애일라

항일투쟁으로 산화한 애국지사

# 애일라 愛日羅

김 수 호 지음

도서출판 **얼레빗**

이제 어디 가지 마오.

내가 두 무릎으로 걸어서라도 당신을 돕겠어요.

– 이애라 여사 유언

# 덕수 이씨 이도희 가계도

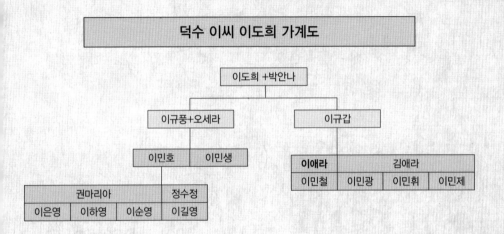

덕수 이씨 이도희 가계도

이도희 +박안나

이규풍+오세라 　　　 이규갑

이민호　 이민생

| 권마리아 | | 정수정 | |
|---|---|---|---|
| 이은영 | 이하영 | 이순영 | 이길영 |

| 이애라 | | 김애라 | |
|---|---|---|---|
| 이민철 | 이민광 | 이민휘 | 이민제 |

**차례**

## 들어가기 전에

1. 이 글은 소설이다.

2. 사료에 선생의 존함은 주로 이애라로 기술되어 있지만, 때로는 이앨라·이애라·이애심·이심숙·이십년으로 되어 있는 경우도 있었다. 이 글에서는 제목은 '애일라'로 하고, 본문에서는 이애라로 통일한다.

3. 선생에 관한 자료는 대부분의 여성 독립운동가가 그렇듯 빈약한데다, 서로 다르게 기술되어 있는 경우가 많았다. 이런 경우 더 공신력 있는 자료를 사용했다.

4. 이 글의 지향점이 연대기적 나열이나 평전이 아니기에, 여러 군데 문학적 상상력을 가미했다. 이로 인해 시기적으로 맞지 않는 진술이 있고, 다른 독립운동가의 일화를 차용하기도 했으며, 허구적 인물도 등장했음을 밝힌다.

江

목선은 밤물결의 속살을 헤치며 조심스럽게 나아가고 있었다. 사공은 가쁜 숨도 제대로 뱉지 못하고 노를 저었다. 뱃전을 때리는 파도 소리만 놀란 듯 적막 속에서 크게 들렸다.

'지금쯤 국경을 넘었을까? 국경을 넘었다면 그 강이 저 어둠 너머 어디쯤 있겠지. 목사님이 계신 곳, 동지들이 목을 축이고 피 묻은 몸을 씻는 곳, 그 강의 끝이 저기 어디쯤이겠지. 그 강을 거슬러 올라가면 목사님과 동지들을 만날 수 있겠지.'

애라[1]는 몸을 추슬러 그 강이 있을 반대편을 바라봤다. 암흑 저편 어디쯤에서 대륙을 쉴 새 없이 달려온 그 강이 긴 숨을 내뱉는 소리가 들려올 것 같았다. 어둠 저편에서 거대한 몸을 뒤틀며

---

1) 李愛羅, '애라'는 성녀 헬레나(St. Helena)의 애칭인 '엘라'(Elena)를 한자식으로 표기한 것으로, 여사의 감리교 세례명임. 헬레나는 콘스탄티누스 대제의 어머니로, 밀라노 칙령을 발표하는데 큰 노력을 함. 이로 인해 로마제국에서 그리스도교를 인정하게 됨.

바다로 합류하는 소리가 들릴 것만 같았다. 월경을 위해 몸을 의지한 낡은 배 밑 부분에도 지금 그 강물이 닿아 있을 것이었다.

그 강은 몽골과 중국 그리고 아라사[2]를 가로지르며 오호츠크해로 흘러들었다. 그 강 끝에 '넓은 강'이라는 뜻을 가진 '오호타'라는 도시가 있었다. 이 도시의 이름을 따서 생긴 바다의 이름이 오호츠크였다. 바다의 이름이 되어버릴 정도로 거대한 강. 눈이 깊고 푸른 아라사인들은 그 큰 물줄기를 '아무르 강'이라고 불렀다. 그들 말로 그리스 신화의 '에로스'를 뜻한다고 했다. 사랑을 뜻하는 법란서[3] 말 '아모르'와 같은 가지에서 나왔다고 했다.

아무르가 아모르에서 나왔다는 말을 들었을 때, 대륙을 도도히 흐르는 그 강에 전혀 어울리지 않는 이름이라고 생각했다. 광활한 벌판을 쉬지 않고 달려가는 검은 물빛을 보며, 다른 누군가가 들려줬던 또 다른 이름이 더 잘 어울린다고 생각했었다. 실카강, 제야강, 송화강, 우수리강을 품고 바다로 가는 검은 용, 헤이룽 강. 흑룡강, 중국 사람들은 그 물줄기를 그렇게 불렀다. 높은 곳에서 보면 정말 대륙을 천천히 기어가는 용 같았다. 금방이라도 몸을 일으켜 하늘로 날아오를 것 같았다. 강이 사행하며 군데군데 남겨놓은 하적호는 용이 떨어트린 여의주 같았다. 몽골인과 퉁구스인은 이 강을 '카하라 무렌'이라고도 불렀는데 이는 '검은 물'이라는 뜻이었다. 무렌 무렌 빨리 발음해보니 조국의 말인 '물'과 비슷하게 들렸다.

---

2) 러시아.
3) 프랑스.

그녀는 하류로 접어들어 도도히 흐르는 그 강을 떠올리며, 조국 대한제국을 생각했다. 거대하고 깊은 그 검정, 그 절망의 색. 희망을 전부 덮어버린 그 어둠의 색. 푸르다 못해 시커먼 흑룡강을 처음 봤을 때 가장 먼저 생각난 것이 바로 대한제국이었다. 그 강 빛처럼 검게 변해버린 삼천리강산이 눈에 밟혔다. 땅을 치며 가슴을 쥐어뜯으며 통곡하던 산하가 보였다. 하지만 흑은 절망의 색이 아니었다. 태극기를 나눠주고, 군자금을 모금하며, 밀서를 품고 몰래 강을 건너며 보았다. 손가락이 곱아드는 추위를 견디며 언 생감자로 연명하면서도 조국으로 가슴이 뜨거운 별들을 보았다. 부모를, 형제를, 자식을 잃고서도 의연한 풀들을 보았다. 형무소 찬 바닥에서도 지조를 잃지 않던 바람들을 보았다. 조국의 밤하늘에 떠있는 뭇별 같이 헤아릴 수 없이 많은 희망들을 보았다.

　강은 결코 멈추지 않았다. 막힌 곳이 있으면 몸을 비틀어 바다를 향해 길을 잡았다. 어떤 것도 그 흐름을 막을 수 없었다.

# 동토의 주춧돌

'얼마나 지났을까? 정신을 잃었던 것일까, 아니면 잠이 들었던 것일까?'

인기척에 눈을 떴다. 웅기[4]에서 고초를 당하던 중, 기적처럼 장질 이민호를 만나고, 그의 도움으로 탈출하고, 그 이후로는 기억에 온통 먹빛뿐이었다. 배에서 잠깐 강기슭을 보며 흑룡강을 떠올리다 다시 정신을 놓은 것 같았다. 목선에서 내린 뒤 대기하고 있던 마차로 갈아탔던 기억이 어렴풋하다. 그때부터 얼마나 시간이 흘렀는지 알 수 없었다. 벌써 한기를 품은 연해주의 바람에 목덜미가 서늘했다.

아서방이라고 불리는, 호복차림의 마부는 말 엉덩이에 채찍질을 하고 있었고, 장질은 뒤에서 마차를 밀고 있었다. 처음 이곳으로 접어들 때 어두워서 길의 상태를 잘 살피지 못한 것 같았다.

---

4) 현 함경북도 선봉군.

큰 비가 내렸는지 길은 수렁이 되어 질퍽거렸다. 그 바람에 마차 바퀴가 깊숙이 빠져 버린 것 같았다. 말이 아무리 안간힘을 써도, 빠져나올 기미는 보이지 않았다. 마부는 연이어 채찍질을 하고 장질은 어금니를 깨물며 마차를 밀었다. 두 사람은 구령에 맞춰 다시 밀었지만 한번 박힌 바퀴는 좀처럼 빠져나오지 않았다. 빠져나온다고 해도 걱정이었다. 마차 앞으로 펼쳐진 길들은 진흙탕이 되어 어둠 속에서 도사리고 있을 것 같았다.

그녀는 몸을 일으켰다. 어둠 속에서도 흰 빛을 잃지 않고 있는 나무줄기들이 눈에 들어왔다. 사방이 온통 흰 나무숲이었다. 고향에서는 볼 수 없었던 자작나무가 하얀 얼굴로 그녀를 내려다보고 있었다.

"숙모님, 이제 정신이 드세요?"

인기척에 장질이 고개를 돌리며 말을 건넸다. 그의 음성은 한결같이 따뜻하기만 했다. 성경 속의 '누가'가 장질 같은 사람이었을까? 장질이 그 시대에 살았다면 정말 그런 사람이 되었을 것만 같았다. 다시 그의 얼굴을 바라봤다. 3·1만세 운동으로 붙잡힌 뒤 평양에서 삼 년 가까이 옥고를 치르고 출감한 지 얼마 지나지 않았다. 그 고된 시간이 지난 지 얼마 되지도 않았는데, 얼굴에 어두운 빛이 전혀 스며있지 않았다. 밝은 빛뿐이었다. 그는 언제나 빛이 나는 그런 사람이었다. 어디서도 그렇게 빛나는 존재였다. 이제 그는 양의로서 그리고 독립운동가로서 조국의 빛나는 사람이 되어 가고 있었다. 동포들의 환부를 만지던 손은 그들의 가슴 깊은 곳에 있는 상처까지 낫게 해주었다. 독립군을 돈 한

푼 받지 않고 치료해주던 그였다. 뒤쫓아 온 헌병에게 불호령을 내리며 쫓아내던 그였다. '내게는 후테이센진[5]으로도 독립군으로도 보이지 않는다. 오직 환자로 밖에 보이지 않는다. 너희도 상처를 입고 찾아오면 조선인 일본인 구분하지 않고 똑같이 치료해주겠다! 사람의 목숨이 경각에 달렸으니 빨리 비켜라!' 그렇게 소리치던 목소리가 아직도 귓가에 쟁쟁하다. 이제 그는 새로운 곳에 둥지를 틀고 더 큰 일을 하려고 하고 있다. 만주와 연해주 동포들의 아픈 몸과 마음을 치료해주는 의원을 만들기로 마음먹은 것이다. 하지만 이곳의 조선인 의원들이 대부분 그렇듯이 독립운동의 전초기지가 될 것이다. 군자금을 모금하고 독립군을 치료하는 일을 하게 될 것이다. 이전보다 더 크고 밝은 빛이 그의 등 뒤에 서려 있는 것 같았다. 조카지만 동갑인데다 큰일을 하는 사람이어서 단 한 번도 하대를 한 적이 없었다. 그런 그녀의 마음을 아는지 장질도 그녀를 깍듯이 대했다.

'장질의 그 뜻이 많은 사람들을 살릴 거예요. 그 뜻이 저를 살리고 우리 동포도 살리고 대한제국도 살릴 거예요. 하지만 그 뜻이 장질의 몸과 마음을 얼마나 아프게 할지……'

그를 향한 마음을 겉으로 드러내지는 않았다. 겉으로 표현하지 않아도 서로 잘 통하리라 믿었다. 같은 소원으로, 같은 마음

---

5) 불령선인(不逞鮮人), 불온하고 불량한 조선 사람이라는 뜻.

으로, 같은 일을 하고 있으니 말을 초월한 어떤 것이 의사전달을 대신할 때가 많았다.

발을 마차 밖으로 내딛자 신발 안으로 황톳물이 질걱질걱 스며들었다. 장질이 만류했지만 가만히 있을 수 없는 노릇이었다. 마부가 마른 풀, 나뭇가지, 돌을 주워왔다. 그것을 마차 바퀴 밑에 촘촘히 깔았다. 다시 채찍질을 시작했다. 채찍은 벌판을 가르는 소리를 내며 말 엉덩이를 할퀴었다. 말의 딱딱한 근육들이 맞물려 움직였다. 마부는 그치지 않고 채찍질을 해댔다. 말은 허연 입김을 뿜어대며 앞발을 움직였다. 연거푸 투레질을 하였다. 마부는 한쪽 어깨로 마차를 밀었고, 장질과 그녀도 있는 힘껏 밀었다.

"이럇! 이럇!"

마차의 무게가 피부를 파고들었다. 수레바퀴가 들썩이며 나뭇가지가 우두둑우두둑 부러졌다. 계속 채찍질을 당한 말은 바람소리보다 높은 비명을 지르며 마지막 힘을 쏟아냈다. 눈을 뒤집고 허연 거품을 내뱉었다. 장질과 그녀도 바퀴가 수렁을 빠져나가길 바라며 온 힘을 다했다. 하지만 마차바퀴는 좀처럼 움직이지 않았다.

"다른 마차가 올 것 같지도 않고, 벗어난다고 해도 길 상태를 장담할 수 없어요. 우선 이곳을 벗어나는 게 급선무이니 마차를 버려야할 것 같아요."

아서방의 말에 장질도 고개를 끄덕였다. 아서방은 마차에서 말을 끌러냈다. 흙 범벅이 된 장질은 이마에 흐른 땀을 닦으며 궐련 한 대를 피웠다. 맵싸한 궐련 냄새가 가을 들판을 물들였다.

그녀는 바람에 한들거리는 갈대를 바라봤다. 이역이건만 고향 풍경 같다는 생각이 들었다.

"저…… 그런데 민철이는?"

"……."

"녀석이 병진년[6] 생이지요, 아마?

"예."

"그럼 벌써 여섯 살이겠네요. 고놈한테 딱지 접어주고 방패연 만들어준다고 약조했는데, 통 지킬 수 없네요. 대동강에서 굴렁쇠 굴리는 것도 알려주기로 했는데……. 숙부를 닮아 노래 부르는 것을 참 좋아했지요. 둑에 앉아 한없이 노래를 부르던 녀석의 모습이 눈에 선하네요. 피 도둑은 못한다고 하던데……. 아버질 닮아서 노래를 잘 한다고 했다가 어찌나 끈질기게 숙부님에 대해 묻던지. 둘러대긴 했지만 숙부님에 대해 아무 말도 해줄 수 없어서 마음이 좋지 않았어요."

민철이와 보냈던 짧은 시간을 떠올리는지 장질의 눈빛이 깊어졌다. 자상한 종형의 모습이었다. 피가 가실 날이 없던 손에 수술 도구 대신 장도리를 쥐고 아들뻘 되는 종제에게 썰매를 만들어주며, 자신이 더 신나서 웃던 그 얼굴이 눈에 보일듯했다. 그 웃음 끝에 곧 안타까움이 서렸다.


'민철이…….'

_____
6) 1916년.

그 이름을 듣자 가슴 속에 꼭꼭 감춰놓았던 슬픔이 튀어나오려고 했다. 슬픔을 억누르려고 했지만 쉽지 않았다. 가슴에 수천 번 적어서 넣어놓은 이름. 매 순간마다 떠오르는 이름. 떠오를 때 마다 가슴이 찢어져버릴 것 같은 아들의 이름이었다. 지금쯤 어디를 걷고 있을까, 부르튼 발로 이역의 어디쯤 방황하고 있을까? 끼니도 제대로 챙겨먹을 수 없을 것이다, 일탐(日探)이나 밀정에게 고초를 당하지는 않을까? 들짐승 날짐승에게 해를 입지나 않았을까?

  한편으로는 걱정이 부질없는 짓이라는 생각이 들기도 했다. 누구의 후손이던가! 누구의 아들이던가! 충무공의 후손이고 대한제국의 아들이다. 그리고 하나님께서도 기도를 들어주실 것이다. 그러니 걱정을 할 필요가 없을 것이라고 마음을 다 잡았다. 선조들이 그러하듯 그 어려움을 다 이겨낼 것이다. 그래야 덕수(德水) 이 씨의 자손인 것이고, 대한제국이 나은 아들인 것이다. 한없이 풀리려는 감정의 실타래를 전부 다시 감아 들였다. 다시는 풀리지 않게 묶어둬야만 했다.

  "위험한 발길이어서 외가에 맡겨놓고 왔어요."

  "그러셨군요."

  거짓말을 하고, 그녀는 다시 왼쪽 가슴을 움켜쥐었다. 가족 그리고 동지를 위해 마지막 남은 자식마저 버려야할 것 같았다. 동지들을 위해 딸을 버렸듯 아들도 그렇게 버려야할 것 같았다.

  "몸은 좀 어떠세요?"

  "장질 솜씨가 어디 보통 솜씨인가요. 조선서 제일가는 양의가 돌봐줬는데 나아져야지요."

"농이 지나치시네요."

장질의 질문을 간신히 얼버무렸다. 하지만 말에 힘을 실을 수 없었다. 고문에 또 고문. 그동안 여러 차례 악형을 받은 몸은 더 이상 괜찮을 수 없었다. 간신히 괜찮다고 말했지만 경성의전을 빼어난 성적으로 졸업한 장질이 그 사실을 모를 리 없었다. 자신보다 장질이, 자신에게 남겨진 시간이 얼마 되지 않는다는 것을 더 잘 알거라는 생각이 들었다. 그녀는 힘겹게 웃어 보였다. 그 미소가 무엇을 뜻하는지 아는 듯 그도 엷게 웃어보였다.

*

수차례 고문을 받으면서도 반드시 살아나가서 다시 독립만세를 부르리라고 이를 갈았다. 어금니가 부서지도록 이를 악물고 고통을 참아냈다. 단 한 번도 후회를 하지 않았고 누구의 이름도 토설하지 않았다. 하지만 그동안 여러 곳에서 당한 사매질에 온몸에 장독이 올랐다. 게다가 요기도 제대로 하지 못해서 몸은 형언할 수 없는 상태였다. 출감한지 얼마 되지 않았으니 우선 요양부터 해야 했다. 하지만 그 임무는 자신만이 할 수 있을 것 같았다. 그리고 조금도 지체할 수 없는 일이었다. 몸 상태를 핑계로 하루 이틀 미루다보면 독립의 날은 그만큼 멀어지는 것이었다. 그러면 그만큼 고통 받는 동포가 늘어나는 것이다. 그러니 자리를 털고 일어나야했다. 신의주로 원산으로 웅기로 길을 잡아야 했다.

발걸음을 내딛을 때마다 더 조심하고 신경을 썼다. 이번에 또 잡혀 고초를 당한다면 그녀 스스로도 목숨을 장담할 수 없다는 것을 느끼고 있었다. 웅기까지 오는 동안 여독까지 겹쳐 몸이 말이 아니었다. 그런데 기차에서 내리자마자 헌병들이 그녀를 둘러쌓다.

"이애라 맞지!"

"아닙니다. 전 그런 사람 아닙니다. 제 이름은 조선화입니다."

그녀는 전혀 당황하지 않고 위조한 국민증을 내밀었다. 자주 당해본 일이어서 그녀의 태도에는 어떤 흐트러짐도 없었다. 그런데 국민증을 넘겨받은 헌병 뒤로 요시다 타타요시가 보였다. 온몸으로 소름이 끼쳤다.

"선화? 평양기생 같은 이름이군. 이름 짓는 솜씨가 형편없는 것 같아, 이애라."

"……."

"오랜만이군. 그동안 잘 지냈는가? 평양에서 이 먼 곳까지 무슨 일로 왔지?"

"너야 말로 여기까지 웬일이냐? 나처럼 바람 쐬러 왔느냐?"

"아직도 입은 살아 있고만. 지물행상 차림으로 무슨 바람을 쐬러 다니나! 그렇게 변복하고 다니면 못 찾을 줄 알았나? 노서아[7]로 밀항해서 밀서를 주고받으려고 하는 걸 내가 모를까봐! 체포해!"

---

7) 러시아.

요시다의 말에 헌병 보조원 두 명이 그녀의 양쪽 겨드랑이 밑으로 팔을 끼워 넣으려고 했다.

"내 몸에 손대지 마라! 순순히 걸어가겠다! 포승줄도 하지 마라! 지은 죄도 없고 도망치지도 않을 것인데 그게 무슨 필요가 있겠느냐!"

그녀의 서슬에 헌병보조원들은 아무런 행동도 하지 못하고 멈칫거렸다. 요시다는 알았다는 듯이 손사래를 쳤다. 그녀는 조선인 헌병보조원들에 둘러싸여 걸어가며 그들을 꾸짖었다. 주위를 끌기 위해 일부러 더 큰 소리를 내었다.

"우리 국모를 능욕해 돌아가시게 하고 우리 황제의 자리를 빼앗는 왜놈들의 개돼지가 되어 무슨 짓을 하는 것이냐! 너희는 대한제국의 백성이 아니냐? 신라의 개돼지는 될지언정 왜놈의 신하는 되지 않겠다며 참수당한 박제상을 모르느냐!"

그들의 황색 군복을 보자 어디서 그런 힘이 솟아났는지 말끝마다 귀기가 서렸다. 그녀 자신도 놀랐다. 방금 전까지 숨 한번이라도 크게 쉬면 꺼져버릴 것 같은 촛불 같은 몸이었다. 그런데 그들을 보자 그런 힘이 솟아났다. 그 힘은 필시 분노에서 생겼을 것이다. 그동안 보아온 일제의 행태와 그로 인해 고통 받는 동포들에 대한 안타까움에서 생긴 힘일 것이다. 그녀는 자신의 등에 와 닿는 시선을 느끼며 더 악을 쓰고 떠들어댔다.

"네 이놈들! 천벌 받을 놈들! 너희들은 하늘이 무섭지 않느냐!"

"닥쳐!"

요시다의 주먹이 날아들었다. 그녀는 더 큰 소리를 내며 사람들의 시선을 붙잡았다.

취조실에 들어서자 요시다는 구석에 자리를 잡았다. 낮은 조명 속에서 그의 턱선이 날카롭게 빛났다. 그의 턱짓에 헌병 한 명이 그녀의 뺨을 걷어 올렸다. 턱이 반대편으로 돌아가며 검붉은 피가 바닥으로 튀었다. 두 번, 세 번, 네 번. 그녀의 야윈 뺨은 금방 퍼렇게 멍이 들었다. 헌병이 군홧발로 그녀의 허벅지를 밟아대기 시작했다. 다리뼈가 부러질 듯한 고통이 허리를 타고 올라왔다. 하지만 그녀는 목구멍에서 새어나오려고 하는 비명을 삼키고 삼켰다. 어금니가 주저앉을 만큼 이를 악물며 비명을 삼켰다.

헌병이 그녀의 옷을 찢으려고 했다. 그들은 조선 여인들이 매질보다 수치스러운 짓을 더 견디지 못한다는 것을 잘 알고 있었다. 여인의 옷을 다 벗겨놓고 매질하는 것은 예삿일이었고 몸을 범하거나 국부에 작대기를 쑤셔 넣는 짓도 했다. 그 짓에 아기집이 상해 평생 후사를 이을 수 없게 된 여고보생들도 있었다. 그녀들을 대신하려는 듯 그들을 노려봤다.

"더러운 손 치워라! 여인네의 몸을 보는 게 소원이면 내가 직접 보여주마! 자, 봐라! 개돼지 같은 너희들을 낳은 어머니의 몸도 이렇게 생겼다! 니들 누이들도 이렇게 생겼고, 집에서 너희를 기다리는 아내, 딸들도 나와 하나도 다르지 않은 몸이다! 자, 봐라! 보거라! 왜 똑바로 보지 못하느냐!"

망설임 없이 옷을 벗었다. 한 단어 한 단어에 힘을 주며 말을 뱉었다. 말을 할 때마다 입안에서 튀어나온 피들이 바닥에 떨어졌다. 그녀의 몸에 손을 뻗으며 음흉하게 웃던 헌병들이 시선을 피했다. 그녀는 흐트러졌던 옷매무새를 고치며 똑바로 앉았다. 물러나 있던 요시다가 엷게 웃으며 다가섰다.

"니가 논개나 계월향이라도 되는 듯이 행동하는구나!"

"지금 조선에 네놈들을 끌어안고 물에 빠져죽는 것을 주저할 여인은 없다!"

"목숨이 서너 개쯤 되는 줄 아는가 보군."

"너도 나도 목숨은 다 한 개뿐이지 않느냐? 하나뿐인 목숨 하나뿐인 나라를 위해 쓴다는 게 뭐가 아깝겠느냐!"

"여기에 왜 왔느냐?"

"이미 말하지 않았느냐, 바람 좀 쐬러 왔다고. 네놈들한테 고맙게도 몽둥이찜질을 하도 많이 당해서 요양차 왔다."

"요양이 목적이면 평양 근처 개성도 있고, 니 본향인 아산 근처에도 얼마든지 좋은 곳이 있지 않느냐! 어디서 말도 되지 않는 거짓말을 하려고 하느냐! 이미 정보가 있었다!"

"한낱 밀정의 말을 믿고 여기까지 따라 왔느냐? 나는 요양차 왔다는 거 말고는 아무 할 말도 없다."

"누구의 지시로 누구를 만나러 가느냐?"

"……."

"말하지 않아도 다 안다. 당연히 니 남편 이규갑을 접선하러 가는 거겠지. 그리고 이규풍, 김좌진, 이범석, 강만국을 만나겠지."

"……."

"어디 있느냐, 이규갑?"

"······."

"어디 있느냐고!"

"너는 안사람인 나보다 목사님이 어디 계신지 더 궁금해 하는 구나. 네가 나한테 그 질문을 수년 동안 몇 번이나 했는지 아느 냐? 골백번도 더 될 것이다. 그런데 내 대답은 늘 똑같았던 거 기억나지 않느냐? 골백번 들은 그 대답 지겹지도 않느냐? 또 들려 주랴? 내 대답은 항상 그렇듯, '모른다'다. 나도 목사님이 어디 계 신지 알고 싶다!"

"쿠소!8) 내가 불게 해주마!"

요시다의 손짓에 헌병이 그녀를 의자에 앉혔다. 그녀의 양다 리를 의자에 묶더니, 손을 끌어 탁자 위에 고정되어 있는 수갑 에 끼워 넣었다. 무쇠로 만든 수갑이 차갑게 팔목에 닿았다. 비 녀 모양의 쇠막대를 형구 끝에 있는 고리에 끼워 넣자 손을 움직 일 수 없었다. 요시다는 얇게 깎은 대나무꼬챙이를 탁자 위에 늘 어놓았다. 그중 한 개를 집어 들더니 끝을 천천히 다듬기 시작했 다. 칼이 한번 지날 때마다 끝이 날카로워지기 시작했다. 뾰족해 진 대나무꼬챙이의 끝이 그녀를 노려보고 있었다. 요시다는 전혀 서두르지 않고 대나무꼬챙이의 끝을 날카롭게 만들었다. 그것이 어떻게 사용되는지는 삼척동자도 다 알고 있었다. 그 고통이 얼 마나 큰지 백치도 다 알고 있었다.

---

8) 빌어먹을!

끝이 뾰족하게 다듬어진 대나무꼬챙이가 늘어갈수록 그녀도 두려웠다. 전에도 당한 경험이 있기에 두려움이 손에 만져질듯 했다. 그리고 이제 몸이 더 이상 견디지 못할 거라는 생각도 들었다. 하지만 견디어야 한다. 견딜 수 없어도 견디어야 한다.

"그렇게 버틴다고 여자 몸으로 뭘 할 수 있을 거라 생각하는 거야? 너희 조센징들은 왜 그렇게 멍청하냐? 우리가 시키는 대로 하면 이등국민은 될 텐데 말이야. 역사상 처음으로 중국인보다 더 높은 위치에 설 수 있을 텐데 말이야."

"……."

"네 남편 이규갑이 이순신의 후예라고 했지? 대대손손 어리석은 짓을 하고 있구나. 우리 선조도 칠년 전쟁에 참가했었다. 가토 기요마사 장군 휘하에 있다가 장렬히 전사하셨지. 전쟁이 그때 끝난 게 아니었어. 너희 조센징들은 전쟁이 그렇게 끝난 걸로 생각하고 있었지. 하지만 우리는 단 하루도 전쟁이 끝났다고 생각하지 않았어. 잠시 숨을 고르고 있었던 거야. 이 방법이 잘못되었으니 다른 방법으로 하려고 계획을 세우고 있었던 거지. 우린 우리 것을 찾으러 온 것뿐이야. 조선은 이미 임진년에 일본의 것이나 다름없었어."

"너희들은 바보 같구나. 너희들만 그러고 있었던 줄 아느냐! 우리 선조들은 가만히 있었던 줄 아느냐! 너희들이 또 다시 야욕을 부릴 줄 알고 끊임없이 문무를 갈고 닦고 있었다. 지금 전국에 들불처럼 일어나는 의병과 만세운동을 보면 모르겠느냐!"

그녀의 일갈에 요시다는 말을 잇지 못했다. 갓을 씌운 등불이 그의 얼굴에 깊은 음영을 만들었다. 그늘로 인해 인상이 더욱 일그러졌다. 그는 잠시 그녀의 얼굴을 올려다봤다. 마지막 시간을 주는 것 같았다. 하지만 그녀는 표정 하나 바꾸지 않았다. 그는 대나무꼬챙이 하나를 쥐더니 그녀의 오른손 장지 손톱 밑에 꽂아 넣기 시작했다. 손톱 밑이 찢겨지며 피가 솟구쳤다. 손톱 밑에서 흐른 피가 팔걸이를 따라 바닥으로 흘러내렸다. 잇몸에서 피가 날정도로 어금니를 악물었지만 고통을 참을 수가 없었다. 취조실을 빠져나간 비명이 좁은 복도를 울렸다.

"말해! 이규갑, 어디 있어!"

"아악! 아악!"

"어디 있느냐고!"

"아악!"

"니가 얼마나 버틸 수 있을 것 같아! 말해!"

"아악!"

"이 독한 반도년이!"

"아악, 대한독립 만세!"

그녀는 그날을 떠올리며 대한독립 만세를 외쳤다. 한 명이던 사람이 두 명이 되고 세 명이 되고 무리가 되고. 이 골목에서 저 골목에서 사람들이 뛰어나오고. 한 곳에서 들리던 만세 소리가 반대편에서 들리고 좌우 사방에서 메아리치며 들리고. 그날의 모습이 눈앞에 펼쳐졌다. 평양 시내가 만세 소리와 태극기로 넘치던 그날이 선명하게 보였다. 그녀는 목 놓아 만세를 불렀다. 하나님도 좋아하시리라. 황제도 좋아하시리라. 목사님도 이 광경이 아름답다 하시리라. 그날처럼 목구멍이 터지라고 만세를 불렀다. 비명은 어느새 만세 소리에 감춰져 버렸다. 가슴이 터지도록 만세를 불렀다. 온 세상에 다 들리라고 만세를 불렀다. 비명 소리가 만세 소리가 되고 만세 소리가 비명 소리가 되었다. 헌병들이 입에 재갈을 물리려고 했지만 고개를 흔들며 계속 만세를 불렀다. 주먹질과 발길질이 쏟아졌지만 그녀의 만세소리는 그치지 않았다.

*

부드러운 말소리가 두런두런 들렸다. 꿈속인지 아니면 현실인지 분간할 수 없었지만 봄 햇볕처럼 따뜻한 말투였다.

"상태가 어떻소?"

"이렇게 놔두면 일주일도 힘들겠습니다."

"그렇게 되면 우리도 난처한데, 어떻게 방법이 없겠소?"

"의원 허가 받으러 왔다가 이게 무슨 일인지 모르겠네요."

"의원 설립 허가 건은 내가 속결로 처리해 줄 테니 신경 좀 써 주시오."

"우선 병감으로 옮겨야겠습니다."

"여긴 병감이 없소."

"그럼 우선 하루 이틀 다니며 예후를 보겠소. 그래도 안 되면 근처 의원으로 옮기는 것이 좋을 것 같습니다."

"그건 안 될 말이오! 그러다 탈출할 수도 있소!"

요시다가 둘의 말을 자르며 끼어들었다.

"그러다 저 계집 죽으면 어떻게 할 거야? 캐낸 게 아무 것도 없잖아. 뭘 캐낼 수 있을 것 같지도 않고. 저 계집 저렇게 죽으면 아무 죄도 없는 사람 죽였다고 반도 놈들이 난리를 칠 텐데 그걸 어떻게 감당할 거야? 만세 운동 이후로 상황이 바뀌었다는 걸 아직도 모르겠어? 여기 총책임자는 나니깐 자네는 일단 빠져."

요시다는 아무 말도 하지 못하고 뒤로 물러섰다. 경찰서장은 잘 부탁한다며 양의와 악수를 했다. 경찰서장과 악수를 끝낸 양의는 슬며시 그녀의 손을 쥐었다. 따뜻한 손이었다. 순간적으로 그 느낌을 알아챌 수 있었다. 그 체온의 주인이 누구인지 단박에 알 수 있었다. 그녀는 무슨 뜻인지 충분히 알 수 있었다. 간단한 동작이었지만 그것이 의미하는 수많은 말을 전부 이해할 수 있었다. 고생했다, 수고했다는 말이었다. 빼내어 줄 테니 꼭 살아남아야 한다는 말이었다. 희미하게 붙어 있는 목숨을 반드시 붙잡고 있으라는 말이었다.

의원 허가를 받으려고 경찰서에 들른 장질에게, 위독해진 그녀를 경찰서장이 보인 것 같았다. 영민한 그는 모든 상황을 한눈에 알고 일부러 능청을 떨며 연기를 하고 있는 것 같았다. 어떻게 이런 기적 같은 일이 생기다니! 가슴 속 깊은 곳에서 우러나오는 말로 하나님께 감사드렸다. 아직 이곳에서 할 일이 남아 있기에 하나님께서 그를 보낸 것이라고 생각했다. 이제 그녀가 해야 할 일은 정신을 차리는 것이었다. 죽지 않는 것만 남았다. 나머지는 장질이 알아서 다 해줄 것이다. 빼내어 줄 것이다. 그라면 충분히 그럴 수 있다.

몇 차례 들러 진찰을 한 장질은 환자를 더 이상 이곳에 방치할 수 없다고 말했다. 고문으로 인한 늑막염 때문에 곧 목숨을 잃을 것 같다고 했다. 요시다가 그래도 경찰서 밖으로 내보내면 안 된다고 했지만, 불필요한 일이 생길 것이 두려운 경찰서장이 우선 근처 의원으로 옮기라고 지시를 내렸다. 장질은 그곳으로 그녀를 옮긴 후로는 한 번도 들르지 않았다. 감시하는 헌병이 있었기에 다른 사람을 통해 연통을 했다. 그리고 헌병의 경계가 허술한 틈을 타서 그녀를 탈출시켰다. 간호부로 변복을 한 뒤, 낯선 사람을 따라 의원 문을 나서자 장질이 마차를 대기하고 있었다. 마차는 웅기항을 향해 전속력으로 달렸다. 장질과 그녀는 미리 마련해 놓은 목선으로 갈아탔다. 장질은 해삼위[9]로 간다고 했다.

*

아무런 이정표도 없는데 말은 아라사의 밤길을 헤치며 잘 달렸다. 얼마쯤 달렸을까, 바람 소리를 뚫고 장질의 목소리가 들려왔다.

"이제 얼마 남지 않았습니다. 곧 신한촌이 나올 겁니다."

"신한촌……."

언젠가 목사님에게서 들었던 그 지명을 조용히 발음해봤다. 입안에 넣고 굴리는 눈깔사탕 같은 어감이 나는 마을 이름이었다.

---

9) 海蔘威, 현 러시아 블라디보스토크.

남의 나라에 있는 마을이라는 생각이 전혀 들지 않았다. 오랫동안 알고 지낸 친구가 사는 옆 마을 같은 느낌이 들었다.

신한촌은 구개척리를 흑사병이 창궐한다는 말도 안 되는 이유로 아라사 기병대에게 뺏긴 동포들이 새로 이주한 곳이었다. 동포들은 자갈밖에 없는 동토에 맨손으로 무와 파를 심어 땅을 일궜다. 그렇게 신개척리를 만들었고, 이후 신한촌이라는 어엿한 새 이름도 지었다. 규모가 커져 해삼위 중심가까지 넓어졌다. 이곳에 이범윤·홍범도·유인석·이진룡 등의 독립운동가들이 모여들며 국외 항일 운동의 거점이 되었다. 작년에 발생한 신한촌 사태[10]로 많이 위축되긴 했지만 여전히 그곳은 항일 운동의 구심점이었다. 그곳에 가면 동지들과 그리고 목사님에게 한걸음 더 가까워지는 것이다.

"저 때문에 장질이 고생 많네요."

"무슨 그런 말씀을 하십니까. 아버지한테도 미리 연락을 해놨습니다. 신한촌 사태 이후로 감시가 심해지긴 했지만 그래도 경성에 비할 바는 아니지요. 그리고 말이 신한촌이지 거기서 많이 떨어진 곳에 집이 있어서 계시는 데 큰 불편이 없을 겁니다."

"시숙어른을 오랜만에 뵙겠네요."

"아주 많이 반가워하실 겁니다."

그녀는 웅기 경찰서에서 이곳까지 여정을 되돌아봤다. 기적 같

---

10) 1920년 3월에, 일본인과 조선인이 많이 거주하는 현재의 우수리스크 지역을 붉은 군대가 공격하여 다수의 일본 민간인이 살해되는 일이 발생했다. 이에 일본군은, 조선인이 붉은 군대에 많았다는 이유로 4월 조선인 집단 거주지인 신한촌의 조선인을 대량 학살했다. 신한촌 참변 또는 사월 참변이라고 부른다.

은 만남과 그리고 탈출. 모든 게 현실 같지 않은 일이지만, 다 하늘에 계신 그 분께서 예비하신 것이라고 믿었다. 목에 건 십자가를 다시 양손으로 감싸 안았다.

"그리고 숙부님께도 연통을 했습니다."

"목사님한테요?"

"네. 마침 군관학교 교관으로 있는 분이 근동에 와계셔서 돌아가시는 길에 소식을 부탁했습니다."

"큰일로 바쁘신 분인데, 괜한 일을 하신 건 아닌가 싶네요."

"숙부께서 백야 장군[11]님의 참모로 청산리에서 대승을 거둔 후로 군관학교로 만주 연해주는 물론이고 조선팔도에서도 청년들이 몰려들고 있답니다."

바람이 자작나무의 몸을 흔들어 놓고 있었다. 오호츠크 해보다 더 깊은 그리움, 더 푸른 그리움이 그녀의 몸을 물들이고 있었다.

그들은 곧 신한촌 외곽의 작은 집에 도착했다. 적벽돌로 쌓은 낮은 담장과 집 안을 향해 열린 대문이 경성에서 쉽게 볼 수 있는 정겨운 풍경이었다. 인기척에 안에 있던 사람들이 나왔다. 시숙 이규풍 장군과 손윗동서 오세라였다. 둘은 아무 말도 하지 못하고 그녀의 손을 쥐었다. 그들이 덜어준 체온에 눈시울이 젖어들었다. 친족으로서의 반가움 때문이었고 극동의 추위를 견디며 독립 운동을 하는 동지에 대한 존경 때문이었다.

---

11) 백야 김좌진 장군.

시숙은 계사무과에 급제하여 선전관[12]을 지냈다. 광무황제[13]를 지근거리에서 시위(侍衛)하며 망국의 울분을 토했다. 일제의 횡포가 거세지자 더 큰 뜻을 품고 국경을 넘었다. 황제는 밀명과 함께 창의대장을 제수하였다. 그 뜻을 받들어 시숙은, 좌장군 안중근, 우장군 강만군 등을 이끌고 함북 회령·경원 등지에서 일본군과 끊임없이 교전을 벌여 큰 전과를 거뒀다. 3·1운동 후 경성에서 열린 국민대회에서는 박은식·신채호 등과 함께 평정관에 선임되기도 했다. 이후 독립운동의 근거지를 이곳 해삼위로 옮겨 독립군을 양성하여 조선으로 진공할 계획을 세우고 있었다.

"제수씨, 고생 많았습니다."

"동서, 어서 오게나."

"두 분 정말 오랜만에 뵙는데, 이런 몰골을 보여드려서 송구스럽네요."

"제수씨, 무슨 그런 말을 해요. 어여 안으로 듭시다."

시숙과 손윗동서는 그녀를 안쪽으로 이끌었다. 지짐 냄새가 부엌에서 건너왔다. 참기름 들기름 냄새도 풍겼다. 음전한 손윗동서의 솜씨이리라. 충청도 아산에 있는 그들의 집에 들어선 것 같았다.

마당으로 들어서는데 커다란 돌이 눈에 띄었다. 방금 옮겨놓은 듯 아직 제 자리를 찾지 못하고 있는 것 같았다. 자연석은 아닌 듯 동그랗게 다듬어져 있었다. 그녀는 몸을 제대로 가누지도

---

12) 왕의 시위(侍衛)·전령(傳令)·부신(符信)의 출납과 사졸(士卒)의 진퇴를 호령하는 형명 등을 맡아본 일종의 무직승지(武職承旨).

13) 고종.

못하면서 바로 집 안으로 들어가지 않고 그 돌에 눈길을 맞추었다. 그 돌이 자신을 붙드는 것 같은 느낌이 들었다.

"예사 돌이 아닌 것 같은데요……."

"제수씨 눈이 보통은 아닌 것 같습니다. 아픈 몸 뉘러가는 것도 뒤로 한 채 그 돌을 붙들고 서 있는 것을 보니까 말이예요. 아니면 그 돌이 예사 돌이 아니어서 제수씨를 알아보고 붙잡은 것 같기도 하네요."

"모양으로 보니 어디 큰 건물 주춧돌 같네요."

"잘 봤어요. 발해 궁터에서 나온 주춧돌이에요."

"발해라고요?"

"그래요. 우리가 지금 발 딛고 있는 이곳이, 고조선 땅이었고 고구려 땅이었고 발해 땅이었어요. 특히 여기서 멀지 않은 쌍성자[14]에는 발해 성터가 있지요. 그 성터 돌들을 아라사인들이 가져다가 돌담을 만들어대요. 그 돌들이 이곳까지 흘러들었어요. 지나다가 이 주춧돌을 발견하고 비싼 금을 치르고 가져왔지요. 언젠가 제자리에 돌려놓을 수 있을 겝니다."

주춧돌을 쓰다듬었다. 9월, 아침저녁으로 찬바람이 스치고 가는 연해주의 겨울 추위가 배여 있을 것 같았다. 그런데 발해 성터의 주춧돌은 차갑지 않았다. 오랫동안 발해의 성을 온몸으로 버티고 있었을 주춧돌은 해동성국의 열기를 그대로 간직하고 있는 것 같았다. 그녀는 그 열기를 느끼며 오랫동안 볼을 대고 있

---

14) 雙城子. 현 러시아 우수리스크.

었다. 주춧돌에서 강물 소리가 들렸다. 고조선에서 시작해서 고구려를 거쳐 발해까지 흐르는 도도한 강줄기가 그녀의 귀까지 전해졌다. 주춧돌에서 수레바퀴 소리가 들렸다. 고조선에서 시작해서 고구려를 거쳐 발해까지 거침없이 달리는 수레바퀴 소리였다.

"이곳엔 발해의 손길만 있는 건 아닙니다. 배타고 오면서 아마 녹둔도 근처를 지났을 겁니다. 이미 아라사에게 넘어가기는 했지만, 그곳은 우리 선조 충무공께서 백의종군해서 여진족을 몰아낸 곳입니다. 예나 지금이나 이곳에 우리 조선 사람의 손때가 묻지 않은 곳이 없습니다."

"……."

"제수씨, 우리는 여기에 주춧돌을 놓을 겁니다. 나는 나대로 민호는 민호대로 그리고 규갑이는 규갑이대로, 그리고 제수씨도 그리 하겠지요."

시숙의 말에 그녀의 가슴이 뜨거워졌다. 자신도 그들처럼 동토에 또 하나의 주춧돌을 놓을 수 있을 것 같았다.

"몸도 많이 상한 사람한테 그런 이야기부터 합니까? 동서, 이제 그만 안으로 들어가세. 어머님께서 많이 기다리셨네."

"네, 형님."

방안에 들어서니 시모 박안나가 있었다. 정확히 반으로 나누어 쪽진 머리가 은빛으로 교교히 빛나고 있었다. 머리카락 한 올도 어긋나지 않았다. 시모는 한 치도 흐트러지지 않은 꼿꼿한 자세로 앉아 있었다. 항상 그런 몸가짐과 마음가짐으로 이 집안을 이끌었다. 나이가 들수록 오히려 그런 자세는 더욱 견고해졌다.

그랬기 때문에 이 집안이 모진 고난에도 휘둘리지 않고 제 길을 걸을 수 있었다.

그녀는 부축하던 손윗동서의 손을 물렸다. 흐트러졌던 몸가짐을 바로 하고, 시모에게 정성들여 큰절을 올렸다. 시집와서 처음으로 인사를 올리던 마음으로 자세를 잡았다. 몸이 제대로 말을 들을 것 같지 않았지만, 시모에 대한 그리움이 법도에 맞게 절을 할 수 있게 만들어주었다. 시모는 옷을 짓고 있었는지 바늘과 마포를 치우며 절을 받았다. 고신할 텐데도 싫은 내색 없이 예를 차리는 모습을 바라보며, 시모의 눈 끝도 조용히 젖었다. 하지만 그런 모습을 누가 볼까 바로 감추었다.

"어머님, 그동안 무탈하셨습니까?"

"그동안 참 많은 고생을 했구나. 고생했다는 말밖에 이 늙은이가 해줄 말이 없는 것이 안타깝다. 그런데 네게 그 말을 하도 많이 해서 더 할 면목이 없구나. 얼마나 고초가 심했겠느냐, 말 안 해도 다 안다. 허나 이런 고초는 우리 집안사람이 다 겪고 있다는 걸 알았으면 한다. 또한 조선 사람 모두가 다 겪고 있는 거라는 것도 명심하거라. 하고 싶은 말이야 서로 간에 많겠지만 네 몸이 곤할 테니 말을 아끼마. 네 동서가 마음을 써서 자리를 봐놨으니 요기하고 쉬어라."

"네, 어머님."

시모는 그런 식이었다. 마음속에 담겨 있는 정을 잘 드러내 보이지 않았다. 그 깊은 정을 말로는 들어내지 않았다. 하지만 그게 시모가 자손을 사랑하는 방법이었다. 말로 드러나지는 않았지만

행동을 통해 시모의 마음이 얼마나 깊은 지 알 수 있었다. 말로
는 동서가 마음을 썼다지만, 음식 하나부터 자리 보는 것까지 시
모가 신경 쓰지 않은 것이 없을 거라는 것을 잘 알고 있었다. 방
안에 있었지만 며칠 전부터 대문 밖 소리에 귀 기울이고 있었을
것이다. 하루에도 수십 차례 방문을 열고 길을 바라봤을 것이다.
그리고 며느리의 손을 쥐고 밤새 위로하고 싶지만, 우선 그것보다
몸을 쉬게 하는 것이 중요하다는 것을 알기에 그런 마음도 누르
고 있을 것이다. 다시 한 번 인사를 올리고 곁방으로 물러났다.

간단하게 식사를 마치고 방에 누웠다. 좁았지만 정갈하고 따
뜻했다. 요에 몸을 눕히자 바닥에서 훈기가 올라왔다. 그녀는 자
신도 모르게 깊은 숨을 내뱉었다. 온돌의 따뜻한 기운이 온몸을
데워주었다. 얼마 만에 느껴보는 온돌의 따뜻함인가. 그녀는 바
로 잠에 빠져들었다. 장질과 시숙의 대화 소리가 끊기다 들리고
끊기다 들리고 했다.

"몸이 많이 상했구먼. 전에 봤을 때 보다 얼굴이 훨씬 안 됐
어. 그동안 얼마나 고초를 당했는지 안 봐도 알 것 같다."

"이전 고문으로 인한 후유증에 영양실조까지 겹쳐 장담하기
힘든 상황입니다."

"출옥한지 얼마 안 되어서 네 몸도 성치 않은 거 잘 안다. 네
할 일 많은 것 알고 있지만, 힘 좀 써서 잘 보살펴드려라."

"예, 알겠습니다. 아버지."

거기까지 듣고 더 깊은 잠에 빠져 들어버렸다. 잠속일까, 현실
일까, 발걸음 소리가 들렸다. 그 발걸음 소리였다. 오니 같은 어둠

을 헤치며 성큼성큼 큰 걸음으로 다가오는 소리. 당당하지만 조심스러운 발걸음 소리. 어둠의 속살을 한 꺼풀 한 꺼풀 헤치며 다가오고 있었다. 귀보다 먼저 가슴이 그 소리를 들었다. 어찌 그 소리를 잊을 수 있을까? 단 하루도 단 한순간도 그립지 않은 적이 없던 그 소리. 가슴이 먼저 듣고 고막보다 먼저 떨리기 시작했다. 가슴이, 손가락 끝이, 입술이, 눈꺼풀이 떨리기 시작했다. 지독한 그리움. 쪽빛보다 더 푸른 그리움. 옻색보다 더 깊은 그리움. 낮게 날숨을 뱉었다. 양손을 뻗어 십자가 목걸이를 쥐었다.

"장질, 발걸음 소리 들리지 않아요?"

"아무 소리도 안 들리는데요."

"귀를 기울여 봐요. 발걸음 소리가 들려요."

"숙모님, 그동안 너무 고초를 당해서 환청이 들리시나봐요."

"잘 들어봐요. 목사님 발걸음 소리가 들려요."

"숙모님……."

장질은 귀에 청진기의 귀꽂이를 꽂았다. 숙모가 차갑게 느낄까봐 청진판을 잠시 손으로 데운 다음 가져다 댔다. 심장 소리가 희미했다. 어쩌면 진즉에 멈췄을지도 모르는 그 심장. 아니, 의학적으로 이미 오래 전에 멈췄어야할 심장. 그 심장을 붙잡고 있는 것 중에 하나가, 그녀가 듣고 있는 그 소리라는 것을 그도 잘 알고 있으리라. 청진기를 떼고 그녀의 뜻대로 다시 귀를 기울였지만, 바람벽만 치고 가는 밤바람 소리만 선명했다.

"숙모님, 정신을 놓으시면 안 됩니다!"

"발자국 소리가 들려요. 들린다고요."

이를 악물고 손에 힘을 주고 싶었지만, 몸이 말을 듣지 않았다. 멀어져가는 정신을 붙잡고 싶었지만 그럴 수 없었다. 스물일곱, 하나님께서 허락한 날이 얼마 남지 않았다는 생각이 스쳤다.

'하나님, 정말 여기까집니까? 저는 당신의 뜻을 단 한 번도 거스른 적이 없습니다. 당신께서 둘째를 그렇게 데려가셨을 때에도 하늘에서 빨리 쓰시기 위해서라고 생각했습니다. 그래서 그 큰 슬픔을 가슴 한쪽에 꾹꾹 눌러 담았습니다. 새어나오려고 하면 다시 눌러 담고 새어나오려고 하면 다시 눌러 담았습니다. 피 묻은 딸아이의 옷자락도 묻어버렸고, 엄마를 부르는 핏빛 목소리도 잊어버렸습니다. 눈물샘을 손가락 끝으로 후벼 파며, 명치를 주먹으로 쳐대며 견디어냈습니다. 아이를 안던 품에 밀서를 대신 품고 동분서주 했습니다. 하나님, 시간이 더 필요합니다. 하나님, 하늘에서의 쓰임이 있기에 부르시려는 것이겠지만, 이곳의 동포들을 두고 떠날 수가 없습니다. 아직 저를 다 태우지 못했습니다. 아니, 이제 겨우 제 심지에 불을 붙였을 뿐입니다. 그러니 제게 조금만 더 시간을 허락해 주세요. 그리고…… 민철이……. 이름을 부를 때마다 가슴이 무너져 내릴 것만 같은 내 아들 민철이. 엄마로서 단 한 번도 웃어주지 못하고 엄한 모습만 보여줄 수밖에 없었던 내 아들. 따뜻하게 가슴으로 한번 품어주지 못하고 독하게만 가르쳐야했던 내 아들. 사랑보다 이 세상이 얼마나 험한지를 먼저 느껴야했던 내 아들. 제 아버지 이름 한 번 제대로 불러보지 못한 내 아들. 그래도 싫은 내색하지 않고 그 모든 것을 묵묵히 잘 견뎌낸 기특한 내 아들. 때로는 무너지려는 나를 붙잡아 버팀목이 되어준 작지만 큰 내 아들. 그 작은 발로 절뚝이며 어딘가를 걷고 있을 아들. 제 아들의 발걸음 하나하나 하나님이 이끌어주세요. 그래서 한 치도 잘못되지 않고 걸어갈 수 있게 해주세요. 그리고…… 하나님의 사람으로 조국의 아들로 살기에 얼굴 한번 제대로 볼 수 없었던 그, 그 사람을 한 번만이라도 보고 싶습니다. 바람으로만 소식을 들을 수 있는 그 사람, 한번만이라도 보고 싶습니다. 그 사람의 손을 쥐고, 볼을 쓰다듬고, 속엣말을 하고, 낡은 소반을 사이에 두고 마주 앉고 싶습니다. 참기름 묻은 손으로 무침을 한 움큼 집어서 그 사람의 입에 넣어주고 싶습니다. 호박을 듬성듬성 썰어 넣고 밀가루 반죽을 큼직하게 떼어 넣은 수제비를 그 사람 앞에 소박하게 내놓고 싶습니다. 단한 끼라도 아산의 농투성이처럼 한 소반에 둥그렇게 둘러앉아 밥먹고 싶습니다. 이팝나무 꽃 같은 하얀 쌀밥을 먹고 싶습니다.'

그가 준 십자가 목걸이를 쥐었다. 그의 온기가 남아 있는 것같았다. 자꾸만 몸에서 무엇인가가 빠져나가는 것 같았다. 정신이 계속 흐려졌다. 머리 위를 휘부윰하게 밝힌 등불은 점점 어두워졌다. 눈은 점점 더 흐려졌는데 이상하게 귀는 밝아졌다. 먼 곳에서 징소리 같고 꽹과리 소리 같은 것이 들렸다.

쾌개갱갱 쾌개갱갱 지잉 지징지징
그 소리는 점점 더 가까이 다가오기 시작했다. 그 소리 사이사이로 어깨춤을 들썩이는 사람들의 왁자지껄한 목소리도 들렸다.

  쾌개갱갱 쾌개갱갱 지잉 지징지징

# 눈밭 위의 매화

쾌개갱갱 쾌개갱갱 지잉 지징지징

곡교천은 마을 전체를 완만히 감싸고돌아 서해로 빠져나갔다. 어머니가 팔을 벌려 자식들을 안듯 그렇게 마을을 안고 있었다. 마을은 어머니의 품 같은 물에 안겨 평온하게 조는 듯했다. 물은 어머니의 젖처럼 마르지 않았다. 아무리 가뭄이 심해도 절대로 바닥을 들어내지 않았다. 농부들은 그곳에서 대대로 땅을 부치며 살았다. 땅에 땀을 심으며 욕심을 부리지 않았다. 어머니의 젖을 풍족하게 먹은 농작물들은 늘 씨알이 굵고 튼실했다. 올해도 대풍이 들게 해달라고 비는 꽹과리 소리가 물을 달래고 있었다.

쾌개갱갱 쾌개갱갱 지잉 지징지징

꽹과리 소리가 천을 따라 시립하고 있는 산을 튕기고 되돌아왔다. 그 소리에 맞춰 징과 장구가 경쾌하게 따라붙었다. 밤하늘을 밝힌 대보름달도 신이나 덩실덩실 어깨춤을 추는 것 같았다. 강기슭으로 나온 마을 사람들도 꽹과리 소리와 물빛과 달빛에 취해 엉덩이를 들썩였다. 음력 정월의 추위는 느낄 수 없었다. 손가락과 발가락 끝을 오그라들게 만들던 혹한도 오늘만은 자리를 비켜주었다.

흥겨운 가락에 가만히 있을 수 없었다. 여기저기서 노래가 흘러나왔고 막걸리 잔이 쉴 새 없이 오갔다. 누군가 달빛이 탁해서 올해 가뭄이 들지도 모른다고 걱정을 하며 치성을 더 드려야 한다고 하자, 춤판은 더 커졌다. 불빛에 모여든 흰 나비 떼들이 군무를 추는 것 같았다. 꽹과리 소리도 더 높아졌다.

꽤개갱갱 꽤개갱갱 지잉 지징지징

꽹과리 소리가 절정에 치닫자, 달집에 불을 붙였다. 이 날을 위해 잘 말려놓은 짚단에 불이 옮겨 붙자 한꺼번에 타올랐다. 달까지 태울 듯 거대한 불기둥은 검은 하늘을 반으로 가르며 하늘로 솟구쳤다. 모두들 잠시 춤을 멈추고 하늘을 밝힌 불기둥을 보며 환호성을 질렀다. 합장을 하고 허리를 숙이며 소원을 빌었다. 올해도 풍년들게 해달라고, 아픈 사람 없게 해달라고, 어린 나라님 걱정 덜게 해달라고 천신과 지신에게 빌고 또 빌었다. 달을 불에 그슬려야 그해 가뭄이 들지 않는다고 했다. 그래서 어느 마을이든 달집은 크게 만들었다. 아래에서 올려다보면 불꽃의 혀가 달덩이를 날름날름 핥는 것 같았다.

가자가자 갓나무 오자오자 옻나무
가다보니 가닥나무 오자마자 가래나무
한자 두자 잣나무 다섯 동강 오동나무
십리 절반 오리나무 서울 가는 배나무

너하구 나하구 살구나무 아이 업은 자작나무
앵도라진 앵두나무 우물가에 물푸레나무
낮에 봐도 밤나무 불 밝혀라 등나무
목에 걸려 가시나무 기운 없다 피나무

꿩의 사촌 닥나무 텀벙텀벙 물오리나무
그렇다고 치자나무 깔고 앉아 구기자나무
이놈 대끼놈 대나무 거짓말 못해 참나무
빠르구나 화살나무 바람 솔솔 솔나무

일 년 중 단 하루, 불장난을 허락받은 아이들도 신나게 나무타
령을 부르며, 불을 넣은 깡통을 돌려댔다. 그을음에 얼굴이 까맣
게 되도록 힘차게 팔을 휘둘렀다. 목이 쉬어라 노래를 불렀다. 하
늘로 솟아오르는 불기둥 주변에 수십 개의 깡통들이 불 동그라미
를 그리고 있었다.

쾌개갱갱 쾌개갱갱 지잉 지징지징

불길이 이엉 안까지 들어갔는지, 탁탁 대나무 터지는 소리가 났다. 그 소리에 놀라 악귀들이 다 도망간다고 했었다.

"훠이 훠이 저리 가라! 악귀도 저리 가고 올 더위도 저리 가라!"

사람들이 소리를 보탰다. 애라는 불기둥에 얼굴이 화끈거려 뒤로 물러섰다. 하지만 달집에 찔러 넣은 소지(燒紙)에서 시선을 거둘 수 없었다. 그게 잘 타면 써놓은 소원이 이뤄진다고 했다. 눈이 올까봐, 혹시 바람에 날아갈까 봐 마음을 졸였는데, 다행히 종이는 잘 타올랐다. 단번에 불이 붙더니 까맣게 재로 변하여 하늘로 하늘로 올라갔다. 그제야 마음이 놓여 옆에 있던 여지에게 물었다.

"너는 뭐라고 썼어?"

"……."

여지는 물음에 대답을 하지 못하고 재가 되어 하늘로 오르기 시작한 소지들을 바라봤다. 낮은 한숨 소리가 들렸다.

"안 알려줄 거야?"

"쓰긴 썼는데, 되고 싶다고 해서 될 수 있는 건 아니잖아. 오르지 못할 나무는 쳐다보지도 말아야지."

여지의 얼굴빛이 어두웠다.

"그게 무슨 말이야. 학당에서 뭐든지 마음먹으면 다 될 수 있다고 배웠어."

"정말?"

"세상이 바뀌어서 신분이 아무리 천해도, 그리고 여자도 마음만 먹으면 뭐든지 될 수 있다고 했어. 전에 상왕[15]전하께서 갖바치하고 백정도 다 면천시켜 주셨잖아."

여지의 검은 눈이 빛을 발했다. 눈동자 안에서 붉은 불기둥이 춤을 추고 있었다.

"쓰긴 썼어. 우선 이 여지, 이 이름을 바꿔 달라고……."

"……."

둘 다 잠시 아무 말도 하지 못했다. 마음 깊은 곳에 숨겨놓았던 속마음을 풀어놓고 동무는 눈을 마주치지 못했다.

'뭐 하나 빼놓고 태어나서 모자란 것, 다들 갖고 태어나는데 그거 하나 못 챙기고 태어난 것, 이놈의 세상 뭐가 그렇게 빨리 보고 싶은지 그거 챙기는 걸 까먹은 것, 태어나지 말아야 할 것, 소 새끼보다 못한 것, 마소새끼면 팔아먹기라도 하지. 여자 몸뚱이로 이 험한 세상 어떻게 살라고 태어났는지…….'

여지에게 들은 이야기였다. 자신의 엄마가 또 딸을 낳고 나서 그런 한탄을 했다고. 미역국조차 끓여주지 않는 시모에게 하는 발악인지, 여자 몸으로 살기 힘든 세상에 대한 한탄인지, 갓난애를 뒤집어 놓고 한참을 그렇게 울었다고. 죽어도 지 팔자고 살아도 지 팔자라고 울지도 않는 아이를 윗목에다가 던져놨다고. 그리고 몸도 풀지 못한 채 냉수 한 잔 마시고 화전에 일을 나갔다고. 쏟아지는 밑을 부여잡고 호미질을 했다고. 그렇게 일을 하고 돌아와도 그것이 숨을 버리지 않아서 젖을 먹이기 시작

---

15) 일제에 의해 순종에게 강제 양위당한 고종.

했다고. 오랫동안 이름도 지어주지 않아서 이것, 저것 그렇게 불렸다고……. 그러다 붙여진 이름이 '계집 녀'에 '그칠지', '여지'였다고…….


쾌개갱갱 쾌개갱갱 지잉 지징지징


"그리고……."

"그리고?"

"신여성이 되게 해달라고 썼어. 넌 한성서 신여성 많이 봤지?"

"으응. 학당 오가며 많이 봤어."

"나도 한성에서 살아봤으면……."

"난 동휴 때 이렇게 시골에 다니러 오는 게 더 좋더라."

"사실 나…… 신여성이 되고 싶어."

"신여성?"

"응."

"근데 신여성이 뭔지 알아?"

"신여성이 되려면 우선 히사시카미 머리를 해야 돼. 그리고 깡통치마를 입고 뾰족 구두를 신고 핸드바꾸도 들고 한성 거리를 걷는 거지. 눈을 높이 뜨고 도도하게. 그리고 자기가 하고 싶은 일을 하고 자기 일은 자기가 결정하는 거지. 박에스더처럼 말이야. 보구여관[16] 앞에 진료를 받으려고 조선 여인들이 수백 명씩

---

16) 1887년 서울에 설립된 우리나라 최초의 여성 전문 병원으로, 이화여자대학교 의과대학부속병원의 전신이다.

서있대."

"아, 그 여자 양의? 멋지다. 나하고 함께 그렇게 하자. 근데 새 신여성의 이름은 뭐로 하실 건가요?"

"음, 전부터 생각해뒀던 이름이 있는데, 신애 어때? 강, 신, 애."

"신여성 강신애. 멋지다!"

"그런가요, 신여성 이애라님?"

둘은 모래 바닥을 구르며 웃었다. 둘의 웃음소리에 놀란 새들이 갈대밭에서 떠올라 하늘 위로 날아올랐다.


쾌개갱갱 쾌개갱갱 지잉 지징지징


"신여성님들! 밤늦게까지 이렇게 쏘다니면 그게 물어가요."

여지의 언니인 순향이 뒤에서 와락 안으며 둘을 놀라게 했다. 순향이 말하는 그게 예전 같으면 호랑이었을 것이다. 그런데 어느 순간부터 호랑이보다도 더 그리고 곶감보다 더 무서운 것이 생겼다. 실수로 기명을 깨트리거나, 노느라 귀가 시간이 늦어지면, 모친은 이야기를 바꿔서 주의를 주곤 했다. 얼마 전, 이제 초경할 때가 됐다며 서답을 만들어 준 이후로 모친의 걱정은 더했다.

"다 큰 계집애가 그렇게 손을 함부로 놀리면 순사가 칼로 손모가지를 동강 자른다."

"말만한 처녀애가 그렇게 늦게까지 돌아다니면 순사가 잡아다가 간을 내먹는다."

허리에 군도를 차고 철컥철컥 걸어와 야차처럼 아무나 잡아가는 일본 순사가 정말 올 것만 같았다. 모친의 말을 곧이곧대로 들을 나이는 지났지만 그래도 일본 순사는 무서운 존재였다. 헌병 분대장이 주재소장까지 겸임하고 있어서, 아이들 사이에서는 헌병과 순사를 구분하지 않고 모두 순사라고 부를 때가 많았다.

애라는 순사 이야기를 들을 때 마다, 두려움 속에서도 알게 모르게 적의가 끓어오르는 것을 느꼈다. 왜 남의 나라 사람이 우리나라에서 입에 담을 수도 없는 나쁜 짓들을 하고 있는 것일까? 부친은 조선이 힘이 없어서라고 했다. 하지만 힘이 없으면 도와주고 지켜줘야 한다고 학당에서 배웠다. 일본은 정말 좋은 나라가 아니라는 생각이 들었다. 여기저기서 일본 순사에 대한 흉흉한 소문은 더 많이 들려왔고 모친의 주의도 더 잦아졌다. 그들에 대한 두려움이 커질수록 반감도 커졌다.

쾌개갱갱 쾌개갱갱 지잉 지징지징

탕!
탕!
탕!

마을 사람들 뒤편, 강둑에서 총소리가 났다. 첫발은 와자지껄한 소리에 묻혀 아무도 듣지 못했다. 하지만 연이어 총성이 났고 뒤로 갈수록 선명하게 들렸다. 두 번째 세 번째 총성은 맞은편

산을 울리고 곡교천을 할퀴며 둔치 백사장으로 달려들었다. 갑작스러운 상황에 마을 사람들은 춤사위를 멈추고 총소리가 난 둑길을 바라봤다. 언제 왔는지 검은 그림자 열댓 개가 좌우로 늘어서 있었다.

일본 헌병, 순사, 헌병보조원, 순사보들이었다.

그중 한 명이 달에 대고 권총을 쐈다. 호랑이보다 더 무섭다는 요시다 타타요시였다. 허리에 찬 하이도(佩刀)가 달빛에 퍼렇게 번쩍였다.

달집 주위를 돌던 마을 사람들은 모두 멈췄다. 불길만 이글이글 타올랐다. 누군가 그를 알아보고 '엿이다'라고 말장난을 하는 소리가 들렸다.

"지금 당장 일체의 행위를 중지하시오. 일전에 포고한 내용을 잘 모르시오? 수차례 다니며 알렸는데 이게 무슨 짓이오! 대일본제국에 반항하는 것이오! 범죄즉결령에 따라 일체의 민속놀이를 하지 말라는 명령이 있었는데 이를 어기는 것이오! 당장 중지하고 해산하시오!"

요시다의 날카로운 외침이 하안에 하얗게 모인 사람들 머리 위로 떨어졌다. 하지만 누구 하나 미동도 하지 않았다.

"미친 왜놈들! 이제 남의 나라 명절 쇠는 것까지 이래라 저래라 하는구먼. 왜 다들 이렇게 모여 있으니까 겁이 나나 보지. 뭔일이 일어날까봐 겁이 잔뜩 나나보지. 그래서 민속놀이도 못하게 금지하는가 보지.”

“얼마 전에는 음력설 쇤다고 흰 옷에 먹물을 뿌려대더니만, 이젠 대보름놀이도 못하게 지랄하네.”

“천벌 받을 도이놈들.”

큰 소리는 아니지만 여기저기서 불평이 터져 나왔다. 분위기가 심상치 않음을 느낀 노부인 한 명이 강둑을 걸어 올라갔다. 한 걸음 한걸음 마다 필부는 범접할 수 없는 기운이 서려 있었다. 날이 선 치맛자락이 강직함을 대변하는 것 같았다. 요시다 앞에 선 노부인은 한 치의 흐트러짐이 없는 자세로 그의 눈을 지그시 바라봤다. 정중하면서도 비굴하지 않은 눈빛이었다. 노부인의 눈가에 깊은 주름이 곡교천의 물결처럼 일렁였다. 하얗게 센 귀밑머리가 바람에 흩날렸다. 머리카락 한 올 한 올에 기품이 서려 있었다.

“국록을 먹는 사람으로서 사사롭게 일을 처리할 수 없는 것은 아나, 좋은 날이어서 그간의 회포를 풀고 있는 것이니 너그러운 마음으로 이해해줄 수는 없으시겠는가?”

“어디 아녀자가 이래라 저래라야!”

요시다의 겁박에도 노부인의 표정은 변하지 않았다. 오히려 더 부드러운 미소를 지으며 어린 손자를 달래듯 차근차근 말을 이어나갔다.

“곧 자진해서 조용히 물러가게 할 테니 조금만 말미를 주시게나. 달빛이 좋으니, 시간이 허락한다면 오라와 총검을 잠시 내려놓고 박주에 산채라도 한 잔 하시겠는가? 그간 노고로 수하들도 많이 곤해 보이네, 그려.”

"뭐가 어째? 우리가 시간이 남아돌아서 놀러온 줄 아나! 대일본제국의 헌병대가 그렇게 한가한줄 아나보지! 너희 반도 놈들이 쥐새끼들처럼 일을 꾸며대지만 않았어도 우리가 이렇게 바쁘지도 않았어!"

요시다는 노부인의 손을 뿌리쳤다. 그 바람에 노부인이 바닥에 쓰러졌다. 요시다는 쓰러진 노부인의 옆구리를 군홧발로 걷어찼다. 여기저기서 마님 마님을 부르며 술렁이는 소리가 들렸다.

"반도 놈들은 이렇게 해놔야지 고분고분해지지."

"이놈아! 아녀자를 이렇게 함부로 대하는 법이 어디 있더냐! 니 나라에는 법도도 없느냐!"

"코노야로[17]!"

그때 빠르게 둑을 올라가는 그림자가 있었다. 그림자는 한걸음에 둑길로 달려 올라가 요시다의 멱살을 움켜쥐더니 길바닥에 내동댕이쳤다. 요시다는 아무런 저항도 하지 못하고 쓰러졌다. 청년의 눈에서 부싯돌 같은 불꽃이 튀었다. 요시다의 얼굴을 향해 주먹을 쥐었다. 그의 얼굴에서 달을 태운 달집의 불길이 일렁였다. 그의 온몸이 불타고 있는 것 같았다. 노부인은 청년의 팔을 붙잡았다.

"안 된다, 참아라!"

"어머님!"

"안 된다, 안 된다, 참아라!"

---

17) 바보 같은 놈.

"어머님!"

"이놈! 안 된다고 했다! 네 뒤에 있는 사람들을 생각해라! 일시의 기분에 그리 가볍게 행동해서 무슨 일을 하겠느냐! 안 된다, 지금은 때가 아니다."

늘어서 있던 순사 몇 명은 요시다를 일으켜 세웠고, 나머지 몇 명은 청년을 향해 주먹질을 해대기 시작했다. 청년은 아무런 저항도 하지 않고 주먹질과 발길질을 견뎠다. 순사들의 다리 사이에서 팔로 얼굴을 감싸 안고 발길질을 당했다. 둑 아래쪽에 있던 사람들이 웅성거리기 시작했다.

몸을 일으킨 요시다는 옷에 묻은 흙을 천천히 털어냈다. 양팔을 붙들린 청년에게 다가갔다. 청년의 얼굴은 흙과 피로 엉망이 되어 있었다. 흰 옷에 군화 발자국이 여기저기 찍혀 있었다. 하지만 눈빛은 여전히 날카로웠다.

"오, 이규갑! 너 잘 만났다. 얼마 전에 홍주 의병들한테 식량 나르다가 잡혔었지? 그때 그렇게 맞고도 정신을 못 차린 거냐?"

"정신을 못 차린 건 너희 쪽발이들이지!"

"죽고 싶어서 안달이 났구나. 넌 정말 정신이 없는 놈이야. 이런 희망도 없는 나라에 목숨을 걸다니."

"내 뒤에 저 많은 사람들이 보이지 않느냐! 저 희망들이 네 눈에는 보이지 않는 거냐!"

"예수를 믿는다고 했지? 이순신의 후손이라고 했지? 너도 두 놈처럼 정말 멍청하구나."

청년은 충무공의 발길이 수없이 닿았을 아산 땅을 뒤돌아보려고 했는지 등 뒤로 시선을 옮겼다. 그의 눈에는 천을 따라 하얗게 서 있는 동리 사람들이 가득 찼을 것이다.

"멍청한 건 네놈들이다. 너희 왜놈들이 얼마나 멍청한 짓을 하고 있는지 우리가 알려줄 것이고 역사가 증명해줄 것이다! 일찍이 이충무공 어르신의 역사가 그랬던 것처럼!"

"보케![18]"

요시다의 입술 귀가 살짝 올라갔다. 그러더니 청년을 향해 주먹을 휘두르기 시작했다. 그 모습을 고스란히 보고 있던 마을 사람들이 다시 웅성대기 시작했다. 소요는 점점 커지기 시작했다. 한두 명씩 둑 쪽으로 발걸음을 잡기 시작했다. 한 명이 두 명이 되고 세 명이 되고 네 명이 되고.

탕!
탕!
탕!

그 낌새를 알아채고 요시다가 다시 총을 발사했다. 연이어 총성이 났지만 누구 하나 겁내지 않았다. 마을 청년들이 주먹을 쥐고 앞장섰다. 눈빛이 파랗게 변해 있었다. 가장 앞서 걷고 있는 사람은 여지의 부친이었다. 우리를 도망친 소를 잡아들인 주먹이 부르르 떨고 있었다. 얼마 전 토왜(土倭)[19]에게 땅을 다 **뺏긴** 이

---

18) 멍청한 놈.
19) 일본에 부역하여 크고 작은 권세를 누리던 친일파 들을 지칭함.

후로 칼을 갈고 있던 그였다. 억울해서 그 땅을 되찾으려고 주재소에 갔다가 오히려 태형만 당하고 돌아왔었다. 왜놈들과 그들보다 더 한 앞잡이들에 대한 분노가 가슴 속에 타오르고 있을 것이다. 그는 어금니를 힘줘서 깨물고 천천히 둑을 올랐다. 윗니와 아랫니 사이에서 아드득 아드득 이를 가는 소리가 들릴 것 같았다. 모두의 가슴에 일제에 대한 분노가 쌓일 대로 쌓여 있을 것이다. 그 분노가 발걸음을 이끌고 있었다. 바람에 누웠던 풀들이 우수수 소리를 내며 다시 일어나기 시작했다.

깡통을 돌리던 아이들도 그들의 뒤를 따르기 시작했다. 아이들의 마음도 깡통 속처럼 붉게 달아오르고 있는 것 같았다. 분노의 불길이 활활 타오르고 있었다. 남자 아이들은 깡통을 더 빠르게 돌리며 노래를 부르기 시작했다.

"나리 나리 개나리"

나리 나리 개나리 나리 나리 개나리, 이 부분만 계속 불렀다. 애라는 자신도 모르게 발걸음이 남자 아이들 뒤를 따르는 것을 느낄 수 있었다. 알 수 없는 어떤 힘이 자신을 끌고 전진하게 만드는 것 같았다.

나리 나리 개나리, 이 부분을 돌림노래처럼 부르며 따라 붙었다. 아이들은 '나리 나리 개나리'라는 노래를 자주 불렀다. 뒤에 나오는 가사는 생략을 하고 이 부분만 계속 반복했다. 애라도 동무들을 따라서 불러대곤 하였다. 이 노래를 부르면 묘한 쾌감 같은 것이 가슴 속에서 솟아오르는 것을 느꼈다. 이때 느낀 감정을 제대로 설명할 수는 없지만, 이것은 어쩌면 일제에 대한 아이들

만의 복수였는지도 모른다. '나리'는 일본 순사 나리를 뜻하는 것
이다. 그들을 개나리라고, 개(犬) 같은 나리라고 비꼬고 있는 말
장난이었다.

여지가 애라의 팔을 붙잡았다. 눈길이 마주쳤다. 여지의 눈에
는 두려움이 담겨있었다. 하지만 애라의 눈에는 이미 달집을 태
운 불길이 담겨있었다. 여지의 팔을 뿌리치고 불길을 내뿜는 불
깡통 뒤를 따라 걸었다. 여지도 멈칫거리며 애라의 뒤를 따랐다.
정월 밤하늘을 가르는 불깡통에서 휘휘 날카로운 소리가 났다.
불깡통이 성난 용들을 공중에 그려놓고 있는 것 같았다. 수십
마리의 성난 용들이 밤하늘을 맹렬히 돌고 있는 것 같았다.

"더 이상 가까이 오지 마라! 한 발자국이라도 더 가까이 오면
발포하겠다!"

요시다가 한 발자국 뒤로 물러서며 소리를 질렀다. 하늘을 향
해 겨누고 있던 총구를 사람들을 향하게 했다.

"다시 한 번 경고한다! 한 발자국이라도 더 오면 발포하겠다!"

하지만 마을 사람들은 멈추지 않았다. 오히려 눈빛에 더 힘을
주었다. 누군가 돌을 집어 강둑으로 던졌다. 첫 번째 돌을 따라
두 번째 세 번째 돌들이 연이어 날아갔다. 검은 하늘을 붉게 조
각내며 불깡통도 그들을 향하여 날아갔다. 둑을 따라 늘어서 있
던 헌병과 순사들이 우왕좌왕하기 시작했다.

"마지막 경고다! 일체 행동을 중지하고 해산해라! 발포하겠다!"

강둑을 겨냥한 돌들은 그치지 않았다. 요시다는 거총 명령을
내렸다. 헌병들이 마을 사람들에게 총구를 겨눴다. 둑에서 굴러

떨어지듯이 내려온 노부인이 사람들의 가슴을 떠밀며 그만하라고 했다. 하지만 어느 누구도 발걸음을 멈추지 않았다.

"발포!"

탕! 탕! 탕! 탕! 탕! 탕! 탕! 탕! 탕!

요시다의 명령과 동시에, 둑에서 마을 사람들을 향해 총이 발사되었다. 열댓 개의 38식 보병총이 일제히 불을 뿜었다. 매캐하고 역겨운 냄새. 총알은 앞장선 사람들의 가슴을 뚫고 들어왔다. 동시에 사람들의 가슴에서 피가 뿜어져 나왔다. 비릿하고 뜨거운 냄새. 절벽을 울리는 총소리. 끊이지 않는 총소리. 총소리의 메아리. 메아리의 메아리. 사방이 총소리였다. 그 소리에 이어 여기저기서 쓰러지는 사람들. 아이들도 깡통을 떨어트리고 모래사장에 쓰러졌다. 깡통에서 쏟아진 불들이 모래사장에 흩어졌다. 사람들의 몸에서 쏟아지는 검붉은 피들. 마을 사람들이 사방으로 흩어졌다. 물을 따라 아래쪽으로 도망가는 사람도 있었고, 곡교천으로 뛰어든 사람도 있었다. 총소리는 그치지 않고 사람들을 쫓아왔다. 총 끝에 칼까지 꽂은 헌병들이 둑에서 내려와 흩어지는 사람들을 쫓기 시작했다. 방금 전까지 신명나게 노래를 부르던 자리에 비명과 총소리가 난무했다.

탕! 탕! 탕! 탕! 탕! 탕! 탕! 탕! 탕!

모든 신경들이 멈춰버린 듯 했다. 무엇을 어떻게 해야 할지 몰랐다. 아무 것도 하지 못한 채 그 자리에 서 있었다. 그때 누군가 팔을 낚아채는 것을 느꼈다. 팔에 이끌려 어딘가로 달려갔다. 모래사장을 거쳐 논을 지나 산 속으로 뛰기 시작했다. 다리는 뛰고 있었지만 아무 생각도 들지 않았다. 나무와 풀들이 얼굴과 목덜미를 때려댔지만 어떤 느낌도 느낄 수 없었다. 나뭇가지가 정강이에 상처를 냈지만 아프지 않았다. 머리가 정지해버린 것처럼 아무 생각도 할 수가 없었다. 무슨 일이 일어난 건지 알 수 없었다. 등 뒤에서 총소리가 여전히 따라오고 있었다. 마을 사람들의 발걸음 소리와 비명도 따라붙었다.

"마을로 들어가지 말고 일단 산속에 숨었다가 내려가자."

"……."

여지의 손에 이끌려 매곡[20] 뒷산으로 뛰었다. 여지는 산나물을 뜯으러 여러 차례 다녔기에 어둠 속에서도 길을 잘 찾았다. 정월대보름 달빛을 받은 산길은 끊겼다 나타나고 사라졌다 이어지곤 했다. 그 길 위를 뛰는 것은 외줄을 타는 것 같았다. 여지는 그 길을 한 번도 잃지 않고 헤쳐 나갔다. 얼마나 달렸을까, 총소리와 비명 소리로부터 멀어진 것 같았다. 뛰기를 멈추고 걷기 시작했다. 심장이 터질 듯 가쁜 숨을 몰아쉬었다. 다리에 힘이 없어 그 자리에 주저앉고 싶었지만 여지가 손을 잡아끌었다. 조금만 더 올라가면 안전한 동굴이 있다고 했다. 입구로 사용되는 틈

---

20) 충남 아산시 탕정면 매곡리.

이 비좁아 어른들은 들어올 수가 없다고 했다. 일단 거기까지 가서 숨을 돌리자고 했다.

"가만히 있어!"

"제발 살려 주세요, 살려 주세요."

"살려줄 테니까 가만히 있어!"

인기척에 둘은 몸을 숨겼다. 나무 뒤편에서 소리가 나는 쪽으로 시선을 옮겼다. 달빛을 받은 묘비가 반짝이고 있었다. 그곳에 검정치마에 흰 저고리를 받쳐 입은 처녀가 있었다. 처녀는 반쯤 넘어져서 뒷걸음질을 치다가 등이 묘비에 닿았다. 가쁜 숨을 몰아 쉴 때마다 저고리 앞섶이 오르락내리락했고 입김이 하얗게 새어나왔다. 헌병이 천천히 그녀에게 다가가고 있었다. 피 묻은 칼끝이 처녀의 옷고름을 건드렸다. 칼날은 저고리 안쪽으로 들어가 처녀의 옷을 헤집었다. 달빛에 처녀의 앙가슴이 하얗게 드러났다. 칼끝에 상처를 입은 가슴에서 피가 흘러내렸다. 처녀는 두 손을 모아 가슴을 가렸다. 헌병의 얼굴에 차가운 웃음이 스쳤다. 헌병은 댕기를 늘어뜨린 처녀의 머리채를 낚아채더니 자신의 얼굴을 가까이 가져다 댔다. 날짐승도 들짐승도 울지 않았고 겨울 달빛만 파랗게 봉분 위로 떨어졌다.

"동백인가? 머릿기름 냄새가 좋구만."

"제발 놔주세요."

"순순히 하라는 대로 하면 목숨은 살려주지."

"놔주세요."

"요보들은 거래를 잘 모른다던데 사실이구만. 주는 게 있어야

가는 게 있지. 안 그래?"

"제발, 제발!"

봉분을 살짝 덮은 눈에 반사된 달빛이 처녀의 옆모습을 드러나게 만들었다. 둘은 다시 한 번 가슴이 얼어붙는 것을 느꼈다. 귀밑에서 하관으로 내려가는 부드러운 턱선과 어깨로 길게 뻗은 목선이 눈에 익었다. 여지의 언니 순향이었다. 밤늦게 다니면 순사에게 잡혀간다며 자신들을 겁주던 언니였다. 언니도 이곳으로 발길을 잡고 도망치다가 헌병에게 뒤를 밟힌 것 같았다. 달빛에 드러난 헌병은 요시다였다. 평소에 언니를 눈여겨보던 요시다의 소름끼치는 눈빛이 생각났다.

언니를 구해야 한다는 생각이 들었다. 손에 잡히는 대로 뭐든 쥐고 나가서 그의 머리를 깨트려야만 했다. 하지만 몸이 움직이질 않았다. 조금 전 눈앞에서 벌어진 상황 때문에 단 한 발자국도 나무 뒤에서 벗어날 수 없었다. 여지도 마찬가지였다. 뭐든 해야 한다는 생각이 들긴 했지만 두려움 때문에 아무 것도 할 수가 없는 것 같았다.

요시다는 언니의 속곳을 벗기려고 했다. 언니는 두 손으로 허리춤을 부여잡고 놓지 않았다. 그럴수록 그는 언니의 얼굴에 닥치는 대로 주먹질을 해댔다. 언니의 눈과 입술은 검붉게 부어올랐다. 코와 입에서 피가 쏟아졌다. 눈밭 위로 핏방울이 여기저기 튀었다. 푸르스름한 달빛 아래서 눈밭을 물들인 핏빛은 선명했다.

"이 두억시니 같은 놈아!"

"빠가야로!"

거친 말을 내뱉으며 언니가 요시다의 귀를 깨물었다. 그는 비명을 지르며 펄쩍펄쩍 뛰었다. 귓불에서 턱으로 피가 흘러내렸다. 그의 눈에 핏줄이 돋았다. 내려놨던 권총을 다시 쥐더니 손잡이로 언니의 머리를 찍어 내렸다. 이마 윗부분이 찢겨지며 피가 튀었다. 이마에서 흘러내린 피는 한쪽 눈두덩을 다 물들였다.

둘은 나무 뒤에서 나왔다. 애라는 삭정이를, 여지는 끝이 뾰족한 돌 한 개를 주었다. 더 이상 보고 있을 수 없었다. 가슴 속에서 공포보다 더 큰 분노가 달집을 태운 불처럼 솟구쳐 올랐다. 그 불길은 좀 전까지 온몸을 얼게 만들었던 모든 것을 활활 태웠다. 다시 몸이 뜨거워지는 것을 느끼며 조심스럽게 그의 등 뒤로 걸어갔다.

그러다 언니와 눈이 마주쳤다. 왜놈 헌병 따위에게 절대 지지 않겠다는 불길 같은 눈빛이었다. 하지만 둘을 담자마자 눈빛이 흔들렸다. 날카롭던 눈빛이 허물어졌다. 언니는 속곳을 부여잡고 있던 손을 풀어 손사래를 쳤다.


너희 힘으로는 안 된다, 도망가라, 더 이상 다가오지 마라, 부탁이다.


손을 놓는 바람에 속곳이 벗겨져버렸다. 달빛 아래 언니의 다리가 드러났다. 눈이 시릴 정도로 흰빛이었다. 요시다의 숨소리가 더 거칠어졌다.

둘은 언니의 손사래가 의미하는 것을 알았다. 하지만 그렇게 할 수 없었다. 언니를 그렇게 놓고 갈 수 없었다. 산 아래로 간다고 해서 누구에게도 도움을 청할 수도 없었다. 발걸음을 조심히 하고 좀 더 접근했다. 몽둥이를 쥔 손에 힘을 주었다. 순간, 여지의 발밑에서 소리가 났다. 눈 밑에 있던 나뭇가지를 밟은 것 같았다. 그 소리를 들었는지 요시다가 고개를 돌리려고 했다. 언니는 속곳을 붙잡고 있던 두 손을 뻗어 고개를 돌리는 요시다를 가슴으로 잡아챘다. 그는 언니의 속곳을 아무렇게나 벗겼다. 언니는 온몸에서 힘이 빠진 듯 더 이상 저항하지 않았다. 언니의 눈에서 멈추지 않고 눈물이 흘러내렸다.

도망가,
도망가,
아주 멀리.

젖은 눈동자는 그렇게 말하고 있는 것 같았다. 둘은 다시 나무 뒤로 몸을 숨겼다. 정월대보름달 아래서 짐승 같은 요시다의 신음소리가 눈밭을 날뛰었다. 그 소리에 들짐승도 날짐승도 전부 숨을 죽인 것 같은 밤이었다.

한참 뒤, 그가 언니의 몸에서 일어났다.

"내가 널 꼭 갖는다고 했었지? 좋은 말로 할 때 순순히 따랐어야지. 또 보자."

"……."

그는 아직 통증이 남아 있는지 귀를 감싸 쥐고 언덕 아래로 내려갔다. 하지만 다음에 또 보자는 말은 차갑게 얼어서 그 자리에 남아 있었다. 아무도 움직일 수 없었다. 총소리도 비명소리도 들리지 않았고 정월 겨울바람 소리만 어지러웠다. 달집 주위를 맴돌던 꽹과리 소리가 거짓말 같았다. 삭풍이 그 소리를 전부 지우며 산허리를 훑고 지나갔다. 그 바람 소리마저도 멀어지도록 언니에게 다가가지 못했다.

"여……지야, 여……지야."

"언……니."

언니가 부르는 소리에 그제야 뛰어갔다. 둘은 처참하게 찢겨진 언니의 몸에 안기며 울음을 토해냈다. 아무 것도 할 수 없었던 절망감과 그런 동생들을 지킨 언니에 대한 고마움과 미안함이 가슴 속에서 솟구쳐 올라왔다. 동생들의 울음소리가 커지자 언니는 입에 손가락을 가져다댔다. 둘은 울음을 어금니로 깨물고 겉옷을 벗어 언니의 몸을 감쌌다. 정월 추위에 언니의 맨살은 파랗게 얼어 있었다.

"울지…… 마라."

"언……니."

"난 괜찮다. 이 일…… 비밀이다. 아무한테도 말하지…… 마라. 아버지가 아시게 되면 더…… 큰 일이 생길지도 모른다. 그것만…… 지키면 난 괜찮다."

너덜너덜해진 옷을 주섬주섬 입으며 언니는 어렵게 말을 이었다. 추위 때문인지 치욕 때문인지 온몸이 덜덜 떨려 발음은 분명하지 않았다. 게다가 동풍이 언니의 말을 중간 중간 잘라먹었다. 어렵게 말을 마친 언니는 일어서려고 했다. 하지만 다리에 힘을 줄 수가 없어서 여러 번 휘청거렸다. 여지가 언니를 부축하자 간신히 일어섰다. 언니는 산 아래를 향해 발걸음을 잡았다. 상처 난 맨발이 만든 발자국이 떨며 뒤따랐다.

달집을 태우기 전에 넣은 소원지, 그 흰 종이에 써넣었던 네 글자가 생각났다. 아버지와 어머니, 그리고 이화학당 선생님들의 소원이었던 그 네 글자. 그것이 무엇인지 그리고 자신이 원하는 것인지도 잘 몰랐다. 막연하게 주변에서 모두들 그것을 원하기 때문에 자신도 그것을 바라게 되었다. 부모님과 선생님들의 소원이 어느새 자신의 소원이 되어 버린 것이다. 그래서 써넣은 네 글자였다.


대한독립


비로소 자신이 쓴 그 네 글자가 무엇을 의미하는 것인지 알게 된 것 같았다. 왜 그토록 주변 사람들이 그것을 원하는 지 알 수 있을 것만 같았다. 그리고 반드시 그것을 이뤄야 한다는 생각이 들었다. 그것을 이루기 위해 자신의 모든 것을 바쳐야 한다는 생각이 들었다.

대한독립, 가슴이 터질 듯 하게 만드는 네 글자. 온몸의 신경을 다 일어서게 만드는 네 글자. 그 네 글자를 문신 새기듯 가슴에 품었다. 그러자 가슴 속에서, 달집을 태우고 달을 태우는 불길이 다시 솟구쳤다. 그 거대한 불길은 검은 하늘을 가르고 치솟아 태양까지 태워버릴 것만 같았다. 순간, 갑자기, 그 불길이 배꼽 아래쪽으로 뻗어가려는 것을 느꼈다. 아랫배에 힘을 주었지만 그 뜨거운 기운을 막을 수 없었다. 다리 사이에서 그 기운이 붉게 새어나오는 것을 느꼈다. 속곳을 적시고 속치마를 물들이며 그 거대하고 붉은 불길이 허벅지 안쪽을 타고 흘러내렸다. 온몸이 불탈 것 같이 뜨거웠다. 정월대보름의 달빛을 받은 눈밭 위에 애라의 매화가 뚝뚝 떨어졌다. 태양보다 더 뜨겁고 더 붉은 매화가……

# 이화는 꽃비가 되어

쾌개갱갱 쾌개갱갱 지잉 지징지징

탕! 탕! 탕! 탕! 탕! 탕! 탕! 탕!

꿈 속 꽹과리 소리를 깨고 들어오는 갑작스러운 총소리에 잠
이 산산조각 조각났다. 귓속을 울리는 총성이 여전히 선명했다.
안으로 말아 쥔 두 손에 땀이 흥건했다. 창문 밖으로 푸르스름하
게 아침이 밝아오고 있었다. 어제와 같은 새벽 풍경이었다. 자신
이 있는 곳이 아산이 아니라 한성 한복판에 있는 기숙사라는 것
을 깨닫게 되자 저절로 안도의 숨이 쉬어졌다. 또 그 꿈이었다.
벌써 몇 년째 반복해서 꾸는 악몽이었다. 그날의 기억은 과거가
되지 않는 과거였고, 늘 현재인 과거였다.

그날 산을 내려오면서, 반드시 복수하겠다는 다짐이 불길처럼
치솟았다. 하지만 그때 그녀는 갓 초경을 치른 여자 아이일 뿐이
었다. 그녀가 할 수 있는 것은, 집안사람들과 함께 도망치듯 한성

으로 되돌아오는 것 밖에 없었다. 그곳에 남아서 할 수 있는 것은 아무 것도 없었다. 무엇이라도 해야 했지만 그럴 수 없다는 자각에 큰 절망감을 맛봐야 했다. 그리고 얼굴도 보지 못하고 헤어질 수밖에 없었던 여지와 순향 언니, 그들에 대한 미안함 때문인지 꿈은 계속 그녀를 괴롭혔다.

옆자리에 누웠던 후배 김애라가 눈을 비비며 잠을 깼다. 충청도 태생인데다, '애라'라는 감리교 세례명도 같아서 큰언니와 막내 동생처럼 지내오고 있었다. 김애라가 처음 기숙사에 왔을 때, 사감인 하란사[21] 선생님은 이름을 보자마자 세 번째 '애라'라며 웃음을 터트렸다. 그러면서 그녀의 옆자리를 정해주었다.

그녀는 김애라가 내민 자리끼 한 모금을 마셨다. 밤새 바짝바짝 말랐던 입안이 조금 나아졌다. 이 물로 가슴도 적실 수 있다면, 다 타버릴 것 같은 이 가슴도 적실 수 있다면…….

"언니, 또 그 꿈 꿨어요? 온통 식은땀이네."

"응. 잊히지가 않아."

"어떻게 잊을 수가 있겠어요."

"두 애라 사이에 내가 낄 자리는 없네."

권애라가 장난삼아 투정을 하며 기지개를 켰다. 권애라는, 애라의 동기로 그녀 또한 세례명이 같았다. 이, 권, 김 각기 다른 성을 쓰는 세 여학생이 같은 이름을 썼다. 흔치 않은 우연에 다들 놀라며 서로 많이 의지했다.

---

21) 河蘭史. 세례명인 '낸시(Nancy)'의 한자식 표기.

그녀는 침구를 정리하고 기숙사 방을 나섰다. 안타까움이 담긴 김애라의 시선이 오랫동안 등에 와 닿았다. 화장실로 발길을 잡았다. 세안을 하면 기분이 좀 나아질 것 같았다. 복도 끝으로 걸어가다 메인홀 중앙 벽에 걸려 있는 거울을 보았다. 주변을 둘러보고 아무도 신경 쓰는 사람이 없는 것 같아서 조심스럽게 그 앞에 서 보았다. 슬며시 눈을 들어 거울 속에 담긴 자신을 바라봤다. 가슴에 불이 지펴져있지만 아무 것도 태울 수 없는 작은 소녀가 푸석한 얼굴로 서 있었다. 가슴에 품은 그 불길이 활활 타올라 자신을 태울 것만 같은데 정작 그 외의 어떤 것을 태울 수 없는 차가운 불. 그 차가운 불을 가슴에 품은 여자 아이가 서 있었다. 시선을 돌리려고 하는데, 거울 밑에 쓰여 있는 글귀가 눈에 들어왔다.

–모든 일을 단정히 행하고 규칙을 따라 행하라.

악명 높은 사감 하란사 선생님이 직접 써놓은 글귀였다. 그녀는 초대 기숙사 사감과 총교사 역할을 맡은 후로 학생들에게 '호랑이 어머니', '욕쟁이 선생님'으로 불렸다. 말끝마다 '이 계집애, 저 계집애'를 달고 살았다. 공부를 안 하고 잡담을 한다고, 복장이 불량하다고, 대답을 크게 한다고 혹은 작게 한다고 늘 꾸지람을 했다. 기숙사생에게 오는 모든 편지를 검열했고, 혹시나 남자에게서 온 것 같으면 절대 주지 않았다. 품행점수가 십 점 이십 점씩 깎이는 일도 많았다.

오후에 선생님과 면담이 있다는 사실이 떠올랐다. 무슨 일로 개인 면담까지 하려는 것일까? 욕 몇 마디는 기본으로 얻어먹을 것 같았다. 하지만 그 욕이 싫지 않았기에 은근히 기대가 되기도 했다.

*

문을 두드리려고 손을 들었다가 그만두었다. 안쪽에서 격앙된 목소리가 새어나왔다. 노기가 가득한 하란사 선생님의 목소리였다. 역정을 내는 선생님의 목소리는 하루에도 수십 차례 듣지만 평소와는 다른 음색이었다. 학생에게 화를 낼 때는 그 소리가 크고 높기는 했지만 가시가 돋쳐 있지는 않았다. 하지만 지금 문 안쪽에서 들려오는 선생님의 말은 한마디 한마디가 전부 날카로웠다. 발길을 돌리려다 자신도 모르게 귀를 기울였다.

"대외 행사도 전면 금지하시오! 그리고 조선어 교육 시간도 너무 많소!"

"조선어 시간이 많은 것은 로드와일러 여사 때부터의 방침이오. 그분께서는 조선 여인들에게 가장 필요한 게 조선어 교육이라고 하셨소. 그분의 뜻에 따라 조선어 교육을 중심으로, 모든 교육은 조선식으로 하고 있소. 왜 당신들은 그분과 정반대로 하고 있소! 올해 정월 이십오일에는 각 학교에 정론을 금지한다는 지시까지 내리더니 점점 더 하는군요! 왜 우리 학당 내부 문제까지 간섭하는 것이오!"

"그건 학당에서 자수나 산술 체조 이런 것만 잘 가르치면 됐지, 수업시간에 쓸데없이 정치 이야기를 하니까 그러는 거 아니오! 어린 학생들에게 그런 것을 이야기하는 저의가 뭐요? 학생들을 선동해서 무엇을 하려는 것이오! 게다가 당신네들이 사용하는 교과서에 불온한 내용들이 많기 때문에 이렇게 관여하는 거 아니오!"

"뭐가 불온하다는 거요!"

"정인호의 '대한역사', 안종생의 '초등논리학' 등 한 두 권이 아니오! 그 책들의 내용이 우리 대일본제국의 역사를 왜곡하고 배일사상을 유포하는 거 아니오!"

"무엇을 가르치고 가르치지 않을 지는 우리 학당에서 스스로 결정할 일이니 더 이상 간섭하지 마시오!"

"칙쇼[22]! 미리견[23]에서 많이 배웠다고 들었는데 다른 조선 여자들처럼 당신도 말이 하나도 통하지 않는구만. 선교사 학당이라고 앞으로도 계속 무풍지대일 거라고 생각하지 마시오! 앞으로 어떤 일이 생기든 다 당신이 책임지시오!"

귀에 익은 일본 남자의 목소리였다. 끽연을 많이 해서 그런지 탁했다. 학당에 쳐들어오듯 시찰 와서, 개선 사항이라며 터무니없는 요구를 해대는 학부차관 다와라 마고이치였다. 이화학당이 조선 여성 교육의 상징처럼 여겨져서 끊임없이 찾아와 자기들 입맛대로 길을 들이려고 했다. '다와도 다와라는 오지 마라.'라며

---

22) 젠장, 제기랄.
23) 米利堅, 미국.

키득거리던 동기생들의 말장난이 생각났다.

선생님의 기세에 말문이 막혔는지 자리를 박차고 일어나는 소리가 들렸다. 문이 열리며 얼굴이 벌게진 다와라가 밖으로 나왔다. 화를 참지 못하고 욕설을 내뱉으며 복도를 걸어 나갔다. 구둣발자국 소리가 거칠었다. 양복쟁이 두 명이 황급히 그의 뒤를 따라갔다.

애라는 한참 뒤 안으로 들어갔다. 발끝을 가지런히 모으고 인사를 했다. 선생님은 등을 돌리고 아무 말도 하지 않았다. 항상 그녀의 앞모습만을 보았다는 생각이 들었다. 높은 목소리로 훈계를 하거나 조선 현실에 대해 역설하는 앞모습만 보았다. 뒷모습도 그럴 것 같았다. 그런데 선생님의 뒷모습은 무거운 짐을 진 듯 지쳐보였다.

"이곳 황하방[24]에는 이화가 참 많아. 언제 누가 저렇게 심어놨는지……. 저 이화가 없다면 황하방이 황하방답지 않을 것 같아. 이제 두어 달 뒤면 유월, 올해 우리 학당에서도 또 다른 이화 아홉 송이가 중등과를 졸업하겠지. 벌써 세 번째 중등과 졸업생들이네. 허애덕 윤심성 김메례 학생은 대학과에 진학하기로 했어. 평양 유니온 신학교로 진학하는 한 명을 빼고 나머지 세 명은 학당에 남아서 후배들을 지도하기로 했어."

선생님의 어깨 너머로 배꽃이 하얗게 흩날리고 있었다. 느끼지 못하고 있었지만 자연은 언제나 때에 맞춰 옷을 갈아입고 있었

---

24) 현재 서울특별시 중구 정동.

다. 등을 돌린 채 선생님은 말을 이어갔다.

"아직 이애라 학생은 아무 말이 없네. 어떻게 하고 싶어?"

"……."

"혹시 학당에 남고 싶은 마음은 없어?"

"……."

"잘 알겠지만 요사이 교세가 날로 확장되고 있어. 학생이 일백칠십칠 명이나 되지. 프라이 당장님은 물론이고 스크랜트 대부인도 정말 좋아하셔. 하지만 늘어나는 학생에 비해 교사가 턱없이 부족한 거 알고 있지? 그래서 학생 교사들도 많이 쓰려고 하고 있지. 이럴 때 좋은 성적으로 졸업하는 이애라 같은 학생이 교사로 부임한다면 큰 힘이 될 거야."

"아버님께서 졸업하면 시집을 가라고 하실 것 같아요."

"이 계집애! 아니……, 이애라!"

"……."

"나는 지금 이애라의 학생의 뜻을 듣고 싶은 거야. 학생 부친의 생각을 듣고 싶은 것이 아니라. 이애라도 알겠지만 우리 학당 명은 황제폐하께서 직접 내리신 거야. 왜 그러셨겠어? 이 땅의 젊은 여인들에게 희망을 걸고 계신 거지. 이 땅의 현실을 바꾸기 위해서는 우리 같은 여성들이 나서야 해. 그런데 졸업하자마자 시집이나 간다고? 그것도 부모님의 뜻에 따라? 이 학교를 위해 물심양면으로 도와주시는 분들을 생각해 본 적이 없어? 바다 건너에서 사재를 털어 돈을 보내주시는 분들이 좋아하실까?"

대답을 하고 나서 선생님의 일갈이 있을 것을 알았다. 선생님이 가장 싫어하는 모습이었다. 수동적으로 사는 것 그리고 모든 것을 운명으로 돌리는 것. 노력해서 이룰 수 없는 것은 없고, 바꾸지 못할 것도 없다는 것이 평소 선생님의 생각이었다. 그런 신조가 있었기에 선생님은 학당에 입학할 수 있었다.

선생님은 학당에 입학하려고 몇 번 문의를 했지만 번번이 거절당했다. 이미 결혼을 했기 때문이었다. 이전에 입학한 기혼 학생들이 학업을 제대로 마치지 못하는 경우가 많았기 때문에 학당에서는 결혼 한 여성을 받지 않기로 결정을 내렸다. 하지만 선생님은 포기하지 않았다. 어느 날 밤, 선생님은 하인에게 사방등을 켜게 하고 학당으로 들어왔다. 무슨 영문인지 몰라 당황한 프라이 당장 앞에서 그 등불을 꺼버렸다. 그리고는 한 마디 한 마디 힘주어 '우리가 캄캄한 게 이 등불 꺼진 것 같으니 우리에게 밝은 학문의 빛을 열어 주시오.'라고 말했다. 프라이 당장은 선생님의 진심을 알게 되었고 이후 든든한 후원자가 되었다. 선생님은 인천 감리[25]의 부인 자리를 버리고 학업에 온힘을 다했다. 학당을 졸업한 후 일본 유학을 마치고 미국으로 건너갔다. 그곳에서 대한제국 여성 처음으로 학위를 받은 후 학당으로 돌아온 것이다. 황제 또한 선생님을 높이 사 정관헌[26]에서 귀국 축하연을 베풀어 주기도 했다. 그 인연으로 황제의 밀서를 가지고 출국하는 일이 있다는 소문이 돌았다.

---

25) 현 인천시장.
26) 덕수궁 내에 있는 서양식 회랑 건축물, 고종은 이곳에서 다과를 들거나 연회를 즐겼다.

선생님은 이화학당 학생들 맨 앞에서 등불을 들고 있는 심정으로 서있는 것이었다. 어둠 속에서 학생들이 길을 잃을까봐 정신을 똑바로 차리게 하기 위해서 그렇게 모질 게 대할 수밖에 없었던 것이다.

언제부턴가 선생님은 그 등불을 나눠가져야 한다는 생각을 하는 것 같았다. 등불을 들고 맨 앞을 걷는 사람이 자기 혼자만 있어서는 안 된다는 생각을 하는 것 같았다. 등불을 든 사람이 많아지면 많아질수록 더 나은 세상이 될 거라는 생각을 하는 것 같았다. 그래서 학당의 규모를 더 키우려고 동분서주했고 그러다 보니 교원이 늘 부족했다. 그래서 졸업생이 교사로 남는 경우가 많았다.

이제 졸업이 두 달 밖에 남지 않았기에 선생님은 어느새 학생이 아니라 동료로서 애라를 대하고 있었던 것이다. 자신과 함께 등불을 지고 다른 조선 여인들 앞에 서서 걸을 사람으로 본 것이다.

"나는 사람을 잘 보는 편이야. 내가 지금까지 본 이애라 학생은 오늘과 같은 모습이 아니었어. 겉으로 보기에는 양가댁 음전한 규수처럼 보이지. 필시 궁내부 시종원에 계신 부친의 엄한 교육 탓이겠지. 하지만 호두의 단단한 겉껍질 안에 꺼지지 않는 불길을 품고 있다는 거 잘 알아. 자신을 태우고 이 세상 모든 악한 것들을 다 태우고도 남을 거대한 불의 씨앗이 숨겨져 있다는 것 잘 알아."

"……"

"만주와 연해주에 있는 독립군관 학교에서는 졸업 선물로 출애굽기를 준다고 하더군. 아마 모든 고난을 선두에 서서 이겨낸 모세를 본받으라는 뜻이겠지. 하지만 나는 출애굽기에서 모세만큼 중요한 사람이 그의 누이 미리암이라고 생각해. 미리암은 히브리인 사내는 모두 죽여야 한다는 애굽왕이 무서워 엄마가 모세를 강에 버리자, 그걸 지켜보다 공주가 줍자, 엄마를 유모로 천거했지. 그녀의 현명함이 없었다면 오늘날의 유대인들은 어떻게 됐을까? 그리고 모세가 출애굽을 할 때 가장 큰 힘을 준 동지가 미리암이었어. 그녀가 없었다면 그들은 가나안 땅에 도착하지 못했을지도 몰라. 난 애라에게서 미리암을 봤어. 그녀가 그랬던 것처럼 애라도 우리 조선 여인들을 이끌어 줄 수 있을 거라고 믿어. 애라의 가슴 속에 조국과 민족을 생각하는 그 불길이 타오르는 것을 나는 볼 수 있어. 그 불길로 충분히 그럴 수 있다고 믿어."

"선생님……."

"애라, 어쩌면 우리가 가지고 있는 것은 이 빈 주먹 두 개 뿐일지도 모르지. 하지만 싸워야할 대상이 분명하니까 비록 두 주먹 뿐이라도 나설 수 있는 게 아닐까? 우리가 싸워야 할 것은 우선 일본이지. 그리고 축첩제도 남녀차별 같은 조선의 구습이지. 우리에게는 빈 두 주먹이라도 내놓을 사람들이 필요해. 그러기 위해서는 교육이 필요한 거고."

"선생님……."

*

잠자리에 들었지만 잠이 오지 않았다. 열변을 토하던 하란사 선생님의 목소리가 귀에서 떠나지 않았다. 그 음성이 자꾸만 가슴을 흔들어서 눈을 붙일 수 없었다. 그 목소리를 떨쳐내려고 뒤척거렸지만 그럴수록 저 깊은 곳에서 몸이 울려댔다. 울림통처럼 온몸이 그 목소리에 반응하며 진동을 하고 있는 것을 느꼈다. 몸 깊은 곳에서 선생님의 음성이 웅웅웅웅 울려댔다.

"또 잠 안 와?"

"응."

"고민 있어?"

"권애라, 넌 이다음에 학당 졸업하면 어떻게 할 거야?"

"규방 아씨가 미래에 대한 고민을 한다 이 말이지? 이런 이야기를 할 때는 히야시된 삐루[27]를 한 잔 딱 앞에 놓고 해야 되는데. 담배 자욱한 카페에서 양음악을 들으며 해야 제격이란 말이야. 규방 아씨가 그런 기분을 알려나 몰라. 난 말이야, '신여성'이니 '모던걸'이니 하는 것보다, '혁명가'라는 말이 좋아. 그 단어를 들을 때마다 온몸이 타오르는 것을 느껴. 지금 대한제국에는 개혁이 필요한 게 아니야. 혁명이 필요하지. 있던 걸 고치는 게 아니라 전부 없애고 새로 시작해야해. 김알렉산드라[28]나 스텐카 라

---

27) 맥주.
28) 러시아의 한인계 사회주의 운동가.

진[29]처럼 말이지. 난 주어진 삶을 사는 게 아니고 내가 내게 삶을 주고 싶어. 주어진 삶을 살라면 얼마나 갑갑하고 화딱지 나겠어. 내 성미에 안 맞지 그런 거는. 난 내가 선택한 그 삶에 최선을 다하며 살 거야. 사범과를 졸업한 후에는 내 고향 개성으로 돌아가고 싶어. 내 그리운 고향 경기도 개성군 만월정 327번지! 미리흠이나 내 모교 호수돈도 좋지만, 난 유치부 아이들을 가르치고 싶어. 이 나라의 희망이 그 아이들이라고 생각하니까. 그러면서 늘 혁명을 꿈꾸겠지."

"혁명……."

혁명, 그녀에게는 너무 멀리 떨어져 있는 단어인 것 같았다. 낯선 단어의 어감을 느끼며 다시 한 번 발음해봤다. 신여성이라는 권애라의 말에, 그녀의 기억은 다시 그날의 아산으로 되돌아갔다. 달집의 붉은 기운이 가득한 얼굴로 신여성이 되고 싶다고 수줍게 말하던 여지. 그날 이후 어떻게 살고 있을까? 여전히 그곳에 있을까? 다른 곳으로 몸을 피했어도 여전히 살기 힘들 텐데……. 신여성이 되고 싶다는 꿈은 어떻게 됐을까? 신애, 신애라는 이름을 쓰고 싶다고 했지. 그 이름을 쓸 수 있을까? 아니, 살아는 있을까? 그녀는 깊은 한숨을 쉬며 다시 돌아누웠다. 하지만 언젠가 꼭 다시 만날 수 있을 거라는 희망을 버리지는 않았다.

"하란사 선생님께서 네 걱정 많이 하시더라고. 졸업 후에 뭘할지 아무런 결정을 내리지 못하고 힘들어 하는 것 같다고."

---

29) Stenka Razin, 러시아의 농민 혁명 운동가로 러시아 제국 차르의 전제적 통치에 반발한 반란을 주도한 코사크 지도자.

"……."

"선생님께서 그러셨잖아, 우리가 세상을 바꿀 수 있다고. 정말 우리가 그렇게 할 수 있을까?"

"세상을 바꾸고 싶다는 생각을 한다는 것은, 세상이 잘못됐다는 것을 아는 거라고 하셨어. 그 앎이 세상을 바꾸는 첫 걸음이라고 하셨지. 세상을 바꾸는 거, 물론 너 혼자는 힘들겠지. 물론 나 혼자도 힘들어. 하지만 내가 있고 니가 있고 그리고 동지가 있어. 너와 같은 그리고 나와 같은 사람들이 모이고 모이면 얼마든지 세상을 바꿀 수 있다고 생각해."

"애라야……."

"너무 어렵게 생각하지 마. 일단 부딪쳐 보면 뭐든 되겠지."

권애라의 목소리는 여지의 그것과는 달랐다. 훨씬 자신감이 넘쳤다. 어느새 하란사 선생님의 말투를 닮아있었다. 그녀는 자리에서 일어나 창가에 기댔다. 이화 향기를 담은 봄바람이 귀밑머리를 날리게 했다. 훈풍의 따뜻한 입김이 목에 와 닿았다. 끝날 것 같지 않던 겨울도 봄바람 앞에서 결국 힘없이 녹아내리고 말았다. 대한제국의 이 겨울도 언젠가는 끝날 것이다. 자신과 같은 사람들이 온몸을 태워 훈풍이 되면 이 겨울도 끝날 것이다. 그녀는 몸 어딘가가 타오르기 시작하는 것을 느꼈다. 손끝과 발끝을 태우기 시작한 불이 천천히 손목과 발목을 타고 올라오기 시작하는 것을 느꼈다.

*

　부친 이춘식의 수저 소리가 금방 멈추었다. 그는 몇 번 수저질을 하지도 않고 숭늉을 마셨다. 곁에서 젓가락으로 숙채를 집어 올리던 모친이 걱정스러운 표정을 지었다.

　"식사를 왜 이렇게 안 하십니까? 그러신지 벌써 여러 삭 됐습니다."

　"신경 써서 차렸을 텐데 통 입맛이 없어서 더 못 들겠구려."

　"좋아하시는 봄나물이라도 뜯어다 무칠까요?"

　"괜찮소. 곧 입맛 돌 날이 오겠지."

　"대감 입맛은 나랏일 때문이라는 거 말하지 않으셔도 다 알고 있습니다. 규중 깊은 곳에 있는 여인네에게도 흉흉한 소문이 들립니다. 대감 귀에는 오죽하겠습니까? 다 알고 있습니다. 그러니 입맛이 날 리가 있겠습니까? 하지만 나랏일을 위해서라도 대감께서 먼저 기운을 내셔야 할 것 아닙니까? 그러니 조금만 더 드시지요."

　부친은 원래 마른 몸피였는데, 최근에 식사마저 잘 하지 않아서 더 왜소해보였다. 깡말라서 광대뼈가 도드라질 정도였다.

　부친은 퇴궐 한 후에 마당에 서서 북쪽을 한없이 바라보곤 했다. 서산으로 해가 지면 그의 그림자가 길게 마당을 가로 질렀다. 가끔 집에 다니러 오면, 부쩍 길어진 부친의 그림자를 만나곤 했다.

　난처한 것은 모친이었다. 아무리 갖은 정성을 다해 음식을 만들어도 부친이 입에도 잘 대지 않으니 걱정이 많은 것은 당연한 일이었다. 하지만 걱정은 다른 데도 있었다. 부친이 상에 3첩 이상 올리지 말라고 했다. 전에는 보통 5첩에서 7첩까지 밥상에 오르곤 했다. 하지만 나라가 기울어 가는데 밥상마저 기울게 할 수 없다며 부친이 반찬을 세 가지 이상 올리지 못하게 했다. 그리고 그 세 가지 반찬도 기름진 것을 피해야 했다. 퇴궐 시간이 다가올수록 모친은 걱정이 많아졌다.

"심숙아[30], 수저를 잘 들지 못하는 구나. 찬이 걸지 않아서 그러느냐?"

"아닙니다, 아버님. 아버님 식사하시는 게 예전 같지 않아서 걱정되어서 그렇습니다."

"나 때문에 네 어머니하고 네가 연유도 모르고 고생하는 구나. 얼마 전에 퇴궐해서 돌아오고 있는데, 걸인 아이 하나가 나무를 올려다보고 있더라. 그 모양이 평소 보던 걸인과 달라서 발걸음을 멈췄다. 나무를 왜 그리 올려다보고 있냐고 물으니 그렇게 얘기하더라. 나무에 핀 꽃이 쌀밥 같아 보여서 그런다고, 한 바가지 담아서 어머니하고 나눠 먹고 싶다고. 그때 일부러 그러기라도 한 것처럼 아이의 배에서 꼬르륵 소리가 나더구나. 그 나무가 이팝나무라고 하더라. 함경도 말로 쌀밥을 '이밥'이라고 한다. 그렇게 보니까 그 꽃이 정말 흰 쌀밥 같더구나. 하지만 그걸 손으로 뻗어서 먹을 수가 있겠느냐. 누구는 '이씨 밥 나무'라는 말에서 나왔다고 하더라. 이씨 왕가에서 제일 먼저 해야 할 일이 백성이 배곯

---

30) 이애라의 초명.

지 않게 하는 거라고. 그 말을 듣고 부끄러워 얼굴을 들 수 없었 단다. 일제에게 고혈을 다 빨려서 얼굴이 샛노래진 민초들이 한 둘이 아닌데, 전주 이씨인 내가, 국록을 먹는 내가 어떻게 기름진 음식을 먹을 수 있겠느냐? 내 밥그릇을 비워서라도 그들을 도와 야지."

"……."

"조팝나무, 이팝나무, 밥티기나무, 쌀터밥나무, 이 땅에 밥이란 이름이 붙은 나무들이 얼마나 더 있을는지……."

"……."

부친은 말을 끊고 먼 곳을 바라봤다. 그러다가 갑자기 생각난 듯 그녀에게 말을 건넸다.

"네가 올 해 열 일곱이지?"

"네, 아버님."

"이성지합은 만복의 근원이라고 했다. 너도 때가 됐으니 좋은 배필을 만나야겠구나. 좋은 혼처를 알아보고 있다. 학당 졸업 후 혼례를 올릴 터이니 그리 알아라."

혼례라는 말에 앞이 깜깜해졌다. 모친에게서 언질은 몇 번 받 은 적이 있었다. 졸업하면 바로 혼례를 올리려고 부친이 혼사 자 리를 알아본다는 이야기였다. 하지만 지금까지 한 번도 부친이 직접 그런 이야기를 꺼낸 적은 없었다. 이제 올 것이 왔다는 생각 이 들었다. 더 이상 가슴 속에서 타오르는 불길을 삭이고만 있을 수 없다는 생각이 들었다.

"대감, 어디 좋은 데라도 알아봤나요?"

"전에 아산에 내려갔을 때 본 청년이 마음에 들더군."

"어느 댁 자제입니까?"

"그것보다 사람이 더 중요하지만, 문벌도 빠지지 않는 집안이지."

"오, 그래요!"

부친의 입가에 옅은 웃음이 스쳤다. 모친 또한 얼굴 가득 웃음을 지었다. 하지만 그녀의 귀에는 그런 혼담이 전혀 들리지 않았다. 가슴 속 깊은 곳에서 타오르는 불길에 아무 것도 들을 수 없었다.

"아버님, 드릴 말씀이 있습니다."

"그래, 뭐냐?"

"사대부의 여식으로서 삼종지도를 지키는 것은 당연한 도리라고 생각했습니다. 그래서 자라오는 동안 아버님의 말씀을 하늘처럼 여기고 따라왔습니다. 저를 좋은 혼처에 보내어 영화를 누리게 하고 싶은 아버님의 마음을 잘 알고 있습니다. 저를 길러주신 아버님과 어머님도 계시지만 그 이전에 저를 나아주신 더 큰 아버지와 어머님이 계십니다. 지금 더 큰 아버님과 어머님이 일제에게 고초를 당하고 있는데 제가 그리할 수 없습니다. 국운이 풍전등화 같은 상황에서 제가 어찌 제 몸의 호의호식만 구할 수 있겠습니까? 저는 혼인을 하고 싶지 않습니다. 먼저 학당에 교사로 남아 후배들을 훌륭한 신여성으로 키워내고 싶습니다. 그리고 나라를 위해 제 할 일을 찾아보겠습니다."

수백 번 입 밖으로 튀어나오려고 한 말이었다. 그보다 훨씬 더 많이 머릿속으로 생각한 말이었다. 막상 첫말을 떼자마자 속마음은 술술 풀어져 나왔다. 제 바람을 만난 연실처럼 막힘없이 나왔다. 그녀가 말하는 동안 부친은 아무 말 없이 담뱃대를 물고 있었다. 지그시 감은 눈 밑으로 깊은 상념이 어리고 있었다. 말이 다 끝난 뒤에도 부친은 담배 연기만 뱉고 있었다. 그리고 이내 결심한 듯 놋쇠로 만든 재떨이에 재를 털며 말문을 열었다. 놋쇠가 울리는 소리가 방 안을 차갑게 채웠다.

"안 된다."

"아버님……."

"네 뜻을 모르는 것은 아니다. 이 애비도 부끄럽지만 국록을 먹는 사람이다. 나라를 위하는 네 갸륵한 뜻을 이 애비가 왜 모르겠느냐? 하늘 무서운 줄 모르는 왜놈들의 수작이 경술년31) 들어서는 도를 넘어서고 있다. 나라가 어렵고 시절이 수상하다. 조만간 큰일이 터질 것 같다. 괜히 네 몸 버릴 일이 생길 수 있으니 집에서 조용히 있어라. 애비도 생각이 있다. 너는 사대부의 규수로 수신에만 힘써라. 바깥일은 이 애비가 알아서 하마."

"아버님께서 하실 일이 있으실 것이고 저도 저 나름대로 나라를 위해서 할 일이 있습니다."

"그 이야기는 그만 하자. 곤할 테니 건너가 쉬어라."

"아버님!"

"건너가거라!"

---

31) 1910년.

"아버님!"

"건너가라고 하지 않았느냐! 학당 교사를 하게 되면 어떤 일에 어떻게 연루될지 모른다. 일제의 감시도 있을 것이다. 너같이 몸 약하고 마음 여린 아이가 감당할 수 있는 일이 아니다. 그리고 그런 일을 하는 것은 계란으로 바위치기에 불과할 뿐이다. 계란으로 바위를 친다고 해서 바위가 눈 하나 꿈쩍하겠느냐! 계란만 상처 나고 다칠 뿐이다!"

"유지경성, 뜻이 있으면 이루어진다고 아버님께서 말씀하시지 않았습니까? 제가 비록 계란이라고 하더라도 바위를 치겠습니다. 제 머리가 부서진다고 하더라도 바위에 이 온몸을 부딪치겠습니다. 제가 산산조각이 나더라도 바위에 흠집하나 남길 수 없겠죠. 하지만 바위에 흔적은 남습니다. 제가 부서진 자국이 바위에 남아 이정표가 될 것입니다. 그러면 또 다른 계란들이 그 자리를 향해 달려들 것입니다. 그러면 언젠가 바위에 금이 갈 날이 올 것입니다."

"네가 아직 화를 덜 당했구나! 아산 일은 다 잊어버렸느냐! 저번처럼 또 화를 당하고 싶은 게냐! 그날 이후로 네가 얼마나 아팠느냐? 기억나질 않느냐? 신열로 온몸이 불덩이처럼 달아올라 죽다 살아나지 않았느냐? 고열에 시달리며 혼절을 몇 번이나 하지 않았느냐! 또 그 꼴을 당하려고 하느냐? 아비는 그 꼴을 또 볼 수 없다. 네가 마음먹은 그 일은 이 아비가 목숨을 걸어서 하겠다. 그러니 이제 그만 물러가거라. 다시 아산에서와 같은 일을 당하지 않으려면."

"다시는 그런 일을 당하고 싶지 않아서 그러는 겁니다. 저뿐만 아니라 우리 가족 그리고 우리 대한제국 사람들이 그런 일을 당하는 것을 다시 보고 싶지 않아서 그러는 겁니다. 저 혼자 힘으론 힘들겠지만 저 같은 사람들이 열 명 백 명 천 명 만 명이 모이면 능히 해낼 수 있으리라고 생각합니다."

"셋째야!"

"신체발부는 수지부모라고 했는데, 나라를 위해 조금의 불효를 저지르려고 합니다. 아버님보다 더 큰 아버님을 위해 저를 버리겠습니다."

그녀는 마당으로 내려섰다. 대청마루로 따라 나온 부친의 두 눈을 잠시 올려다봤다. 슬픔도 아니고 분노도 아닌 감정이 스미어 있는 것 같았다. 사지에 가까워지는 딸을 보호하고 싶은 마음과, 대한제국을 생각하는 마음속에서 갈등을 하고 있는 것 같았다. 조국을 위해 자신을 버리겠다는 딸아이가 대견하기도 하다가 그런 위험에 빠트릴 수 없는 마음이 담겨 있는 표정이었다. 부친의 마음이 어떨지 짐작이 가지만 행동을 멈출 수가 없었다. 모친이 옆에 와서 만류했지만 그녀는 멈추지 않았다. 가슴에 품고 있던 은장도를 꺼냈다.

"무슨 짓이냐! 당장 멈춰라!"

"아버님, 용서하십시오."

그녀는 부친이 말릴 틈도 주지 않고 허리까지 땋아 내린 머리를 잘라버렸다. 머리카락 뭉치가 바닥에 떨어졌다. 복자문과 꽃문이 들어간 도투락댕기도 따라서 떨어졌다. 태어나서 지금까지 단 한 번도 자르지 않은 머리였다. 창포물에 머리를 감고 참빗으로 곱게 빗어 내려 동백기름을 발랐다. 검고 윤기 나는 그 머리카락을 동리 사람들이 다 부러워할 정도였다.

"이게 무슨 짓이냐! 조상에게서 물려받은 것을!"

"아버님도 단발을 하신 데에는 다 뜻이 있으셨기 때문이었겠지요. 지금 저도 그렇습니다. 앞으로 머리뿐만 아니라 다른 것도 잘라야 한다면 그렇게 할 것입니다."

"하란사에게서 몹쓸 것만 배웠구나. 어디 네 마음대로 해 보거라!"

"아버님!"

부친은 방안으로 들어가 버렸다. 그녀는 마당에 그대로 꿇어 앉았다. 이미 예상한 일이었다. 쉽지 않으리라는 것도 알고 있었다. 부친은 부러질지언정 휘어질 사람이 아니었다. 한번 마음을 먹었으니 절대로 그 뜻을 꺾을 분이 아니었다. 하지만 이번에는 어쩔 수 없었다.

하루가 지나고 이틀이 지났다. 그녀는 그 자리에서 미동도 하지 않았다. 다리는 이미 감각이 없어져 꼬집어도 아무런 통증을 느낄 수 없을 정도였다. 피가 잘 돌지 않아 종아리가 까맣게 변했다. 타들어 갈듯 목이 말랐다. 다리 통증과 허기는 어떻게든 참을 수 있었지만 갈증은 참기 어려웠다. 하지만 이 정도는 참을 수 있어야 한다고 생각했다. 자신이 겪는 이 정도 고통은 조선 사람들이 겪는 것에 견주면 아무 것도 아닌 것이다. 가족을 잃고 전답을 뺏기고 고향을 버리는 조선 사람들에게 그녀가 자초해서 겪는 이 고통은 소꿉장난에 불과했다.

어쩌면 부친이 자신을 시험하는 것인지도 모른다는 생각이 들었다. 고통을 얼마나 잘 견뎌내는가, 그리고 의지는 얼마나 단단한가를 시험해 보는 것 일 수도 있다. 그녀는 이를 악물었다. 견디어야 한다. 견디어야 한다. 모친이 그녀의 팔을 끌며 매달렸지만 뜻을 거두지 않았다.

삼일 째 날, 봄비가 내리기 시작했다. 마당 여기저기에 후드득 후드득 빗방울이 떨어졌다. 얼굴에 부딪히는 빗방울에 감았던 눈을 떴다. 볼을 타고 흘러내리는 빗방울을 향해 혀를 내밀었다. 까맣게 타들어간 혀끝에 빗물이 와 닿았다. 명절 때 먹던 수정과나 식혜보다 더 달았다. 그러다 물웅덩이에 비친 자신의 모습을 봤다. 춘향가의 한 대목이 생각나는 모습이었다. 쑥대머리 귀신형용. 아무렇게나 머리를 잘라버려 봉두난발이 되어 있었다. 게다가 삼 일 동안 먹지도 씻지도 못해서 얼굴을 봐주기 힘들 정도로 초췌했다. 그러나 가슴 깊은 곳에서 미소가 번지는 것을 느꼈다. 학당에서 조심스럽게 거울 앞에 섰던 그 초라하던 소녀가 사라졌다. 그 대신 어엿한 대한제국의 처녀 한 명이 담겨 있었다. 그렇게 물웅덩이에 비친 모습을 보고 있는데, 다른 사람의 모습이 담겼다.

"이 계집애!"

그녀를 부르는 선생님의 목소리 끝에 물기가 고여 있었다. 학당으로 돌아올 날이 됐는데 오지 않아서 와 봤을 것이다. 집에 다니러 갔다가 여러 가지 이유로 학당으로 돌아오지 않는 학생들이 많았다. 하란사 선생님은 그럴 때면 일일이 다 찾아다녔다. 부모를 어떻게 해서든 설득해서 학당으로 돌아오게 만들었다.

"이 계집애! 누구 마음대로 며칠씩 무고결석을 하고 그래! 그리고 용모는 또 그게 뭐야! 품행점수 이십 점은 깎아야겠어!"

"……."

웅덩이에 비친 선생님을 향해 웃어보였다. 꾸중을 들었지만 더할 나위 없이 정답게 들렸다. 웅덩이에 그녀의 웃음이 떠올랐다. 그 웃음을 따라 선생님의 미소도 손바닥만 한 웅덩이에 떠올랐다. 선생님은 겉옷을 벗어 어깨에 덮어주었다. 선생님의 체온이 남아 있었다. 더 이상 아무 말 하지 않았지만 그것으로 선생님의 뜻을 알 수 있었다.

전날과 다름없이 부친은 마당에 꿇어앉은 그녀에게 눈길 한 번 주지 않고 사랑으로 들어갔다. 하란사 선생님에게도 인사를 건네지 않았다. 이미 그런 대접은 각오했는지 선생님도 단단한 표정으로 앞을 바라볼 뿐 별다른 내색을 하지도 않았다. 선생님은 그녀와 똑같은 자세로 마당에 꿇어앉았다. 선생님을 말리고 싶었지만 그럴 힘도 없었다. 그리고 말린다고 해서 이미 뜻을 세운 선생님을 거스를 수도 없었다.

부친은 식사도 마다한 채 글을 읽었다. 하지만 평소와 달리 글 읽는 소리가 낭랑하지 않았다. 계속 끊겼다. 휴지 사이로 희미하지만 한숨 소리가 새어나오는 것 같기도 했다. 얼마 뒤 부친이 글 읽는 소리가 완전히 끊겼다. 그녀는 탁해지는 정신을 붙잡으며 자세를 바로 잡으려고 했다. 자신을 응원해주는 선생님의 온기를 느끼며 정신을 놓지 않으려고 했다. 다리에 감각이 사라져서 말을 듣지 않았다. 손을 뻗어 흐트러진 다리를 다잡으려고 했지만 쉽지 않았다. 그러는 사이 사랑방 문이 열리며 부친이 댓돌 아래로 내려섰다.

"하란사 선생님, 일어나시지요."

"이애라 학생과 제 뜻을 받아들이시기 전에는 그럴 수 없습니다."

"처음 이곳에 와서 저 아이를 데려다 가르치고 싶다고 말하셨을 때와 하나도 변하지 않으셨군요. 아니 그 의지와 강단이 그때보다 더해진 것 같기도 합니다."

"칭찬으로 듣겠습니다. 이 아이와 제 뜻을 받아들여주십시오."

"그 뜻, 충분히 알고 있습니다."

"감사합니다."

"셋째야, 내 딸아. 이제 그만 일어나거라."

"아버님."

"딸을 잃었지만 동지를 하나 얻었구나."

부친의 목소리는 젖어 있었다. 무릎 꿇고 있는 그녀의 몸을 일으키는 손은 가늘게 떨리고 있었다. 부친의 말을 믿을 수 없었다. 하지만 부친은 분명 자신을 동지라고 했다. 떨리는 목소리지만 분명히 힘주어 동지라고 했다. 같은 뜻을 가진 사람, 동지라고 했다. 그때서야 부친의 뜻을 알 것 같았다. 부친은 딸의 의지를 시험해 본 것인지도 몰랐다. 그녀가 하려는 일이 얼마나 힘든 일인지 알기에, 딸의 의지를 가늠해 본 것이라는 생각이 들었다. 그녀의 뜻이 어느 돌 못지않게 강하다는 것을 알고 그제야 부친이 뜻을 받아주는 것이라는 생각이 들었다. 그녀는 대답도 제대로 하지 못하고 부친의 가슴에 안겼다. 깊고 따뜻하고 포근했다.

'아버님, 저는 아버님도 얻고 동지도 얻었습니다.'

마당에 심어 놓은 이화가 봄바람에 흩날려 꽃비가 되었다.

# 서산으로 해는 지고

"아비갈?"

"안 나왔는데요."

손부채질을 멈추고 아이 한 명이 대신 대답했다. 이마와 코끝에 땀이 맺혀 있었다. 늘어진 대답에도 땀이 배어 있는 것 같았다. 아비갈의 출석부에는 결석을 알리는 사선이 연이어 있었다. 애라는 초등과 출석부에서 눈을 들었다. 아비갈의 자리는 단번에 찾을 수 있었다. 창가 쪽 맨 앞자리, 그 자리는 오늘도 비어 있었다. 책걸상이 어색한 듯한 모습으로 서 있었다. 아비갈은 하기 방학이 끝났는데도 돌아오고 있지 않았다. 벌써 삼일 째였다. 교통편이 나쁜 곳에서 오는 아이들이 하루 이틀 정도 늦게 오는 일들은 자주 있었다. 하지만 아무 연락도 없이 삼일씩 빠지는 경우는 거의 없었다. 그런 경우는 대부분 무슨 변고가 생긴 것이다. 무슨 일이 생긴 걸까? 구석에서 받은기침을 하던 아이의 모습이 자꾸만 떠올랐다. 그녀의 시선이 다시 빈자리로 향했다. 이가 빠진 책상 한 자리가 교실 전체를 텅 비게 만드는 것 같았다.

아비갈은 자신의 것을 헐어서 친구들에게 주곤 했다. 작은 손으로 빵을 갈라 더 배고픈 친구들에게 내밀며 웃던 아이의 모습은 천사 같았다. 그 모습을 보며 다윗에게 빵을 나눠준 아비가일이 생각났다. 그래서 별명이 아비가일이 되었고 마침 '아'씨여서, 그 이름으로 감리교 세례를 받게 된 것이다. 그 이후로 한자를 빌려와 만든 세례명 아비갈이 본명처럼 쓰이게 되었다. '비갈'은 목마른 사람에게 샘물처럼 흐르라는 뜻을 가지고 있었다. 작고 어린 아이였지만 자신의 이름처럼 행동했다. 몸이 약해 자주 허리를 숙이고 해수를 하던 모습이 눈에 밟혔다. 몽돌처럼 둥글둥글한 아비갈의 말투가 귓가에서 맴돌았다.

하란사 선생님이라면 당장에라도 집에 찾아갈 것이다. 무슨 일이 생겨서 학당에 나오지 못하는지 직접 눈으로 확인할 것이다. 스스로 돌아올 것이라는 막연한 기대를 하며 시간을 버리지 않을 것이다. 애라는 수업이 끝난 후 아비갈의 집을 직접 찾아가기로 마음먹었다. 그래서 무슨 일 때문에 학당에 못 나오는지 확인하고, 무슨 수를 써서라도 그 문제를 해결하겠다고 다짐했다. 그래서 아비갈이 다시 예전처럼 맨 앞자리에서 커다란 눈으로 자신과 눈맞춤을 할 수 있게 하겠다고 마음을 먹었다.

"누구 아비갈 집 아는 사람 있어?"

"……."

"정말 없어?"

아이들은 서로를 쳐다보며 까만 눈을 반짝일 뿐 아무 대답도 하지 못했다. 아이들의 침묵 때문에 매미소리가 더 크게 들렸다.

그녀도 아비갈의 집을 몰랐다. 다만 애고개[32] 너머에 살고 있다는 것만 들었다. 그러고 보니 그녀도 아비갈에 대해서는 별달리 아는 것이 없었다. 밝고 명랑하고 구김살 없는 아이, 친구를 위해 자신의 간식까지 건넬 수 있는 아이라는 것 정도 밖에 없었다. 그런데 그나마 알고 있는 것들은 아비갈 본인에 대한 것이었지, 정작 그 아이의 집과 부모에 대해서는 아무 것도 아는 게 없었다. 햇볕에 까맣게 탄 아비갈의 얼굴이 눈앞에 어른거렸다.

*

애고개는 아기고개라는 이름처럼 높지 않았지만, 더위 탓에 깨끼저고리가 땀으로 축축이 젖을 정도였다. 이 동네에 사는 친정 형님에게서, 고개 근처에 아기 무덤이 많아서 그런 이름을 얻었다는 말을 들은 적이 있다. 하지만 주변으로 초가들이 빽빽하게 들어 차 있어서 무덤 같은 것은 보이지 않았다. 그 집들을 매달고 실타래 같은 골목길들이 엉켜있었다. 이 세상 어디로든 뻗어 있을 것 같은 골목길들. 이 골목 저 골목을 뒤져봤지만 학적부에 기재된 주소는 찾을 수 없었다. 친정 형님을 보러 몇 번 와본 곳이라서 쉽게 찾을 수 있을 것 같았는데 그렇지 않았다. 끝날 것 같은 골목은 두 갈래 세 갈래로 갈라졌고 끝에서 굽이치고 갑자기 막다른 길이 나오기도 했다.

---

32) 현 서울시 마포구 아현동, 애오개 일대.

좁다란 골목은 어느새 큰 길을 만나 서활인원[33] 터를 지나 아현감리교당 앞까지 이르렀다. 스크린튼 대부인이 빈민을 위해 만든 시약소에서 시작된 교당이었다. 스크랜튼 대부인의 뜻을 생각하며 다시 길을 잡았다. 대부인은 조선 여인을 자신보다 사랑한 사람이었다. 조선인을 서양인처럼 만들기를 원하지 않는다고, 단지 가난과 악습과 무지에서 보호하고 보다 나은 조선인을 만들고 싶다고 말씀하시던 분. 그분의 반에 반만큼 조선을 사랑할 수 있을까? 이렇게 자문하니 더위쯤은 아무 것도 아니었다. 온몸을 땀으로 젖게 만드는 8월 염천도 그녀를 포기하게 만들지 못했다. 길에 나와 있는 사람들에게 물어 아비갈의 집에 점점 가까이 다가갔다.

비탈에 의지한 초옥은 곧 무너질 듯 위태로웠다. 토담은 군데군데 무너져 있었고, 갈 때를 놓친 이엉은 푹 꺼져 있었다. 집안을 향해 아비갈의 이름을 불렀지만 아무도 없는 듯 인기척을 느낄 수 없었다. 마음을 졸이며 다시 목청을 높였지만 아무 소리도 되돌아오지 않았다. 떨어질듯 위태롭게 달려있는 문을 안쪽으로 밀었다. 녹슨 경첩에서 낡은 소리가 삐거덕거렸다. 태풍이라도 지나간 듯 집안의 살림도구들이 전부 마당으로 쏟아져 나와 있었다. 손바닥보다도 작을 것 같은 마당에 어지럽게 널려있는 세간들이 이 집의 형편을 여실히 보여주고 있었다. 어느 것도 성한 것이 없는 가재도구들이 자꾸만 눈 끝을 어지럽혔다.

---

33) 조선시대에 전염병 환자들을 격리 치료하던 곳, 이곳에 스크랜튼 대부인의 시약소가 있었다. 현 아현중학교 자리.

"그 집에는 무슨 일로 오셨어요?"

등 뒤에서 중년 아낙의 목소리가 들렸다.

"여기 아비갈이란 학생이 살지 않나요?"

"그건 모르겠고, 그 집에 아서방이라고 아씨 성을 가진 사람이 살았죠."

"학당 다니는 열두 살 난 여자 아이가 있었을 텐데요."

"길례 얘기하는 가보구만."

"네, 길례요. 그런데 어디 갔나요?"

아낙은 대답대신 그녀의 얼굴을 쳐다봤다. 무슨 말을 하려고 하는지 아낙의 눈동자가 흔들렸다. 그 흔들림이 벌써 많은 말을 건네고 있었다. 애라는 자신도 모르게 입술을 깨물었다. 아낙은 한숨을 쉬며 천천히 마루 끝에 걸터앉았다.

"하늘이 무너져도 솟아날 구멍이 있단 말이 있는데, 그것도 다 틀린 말인 것 같아요. 우리 같은 것한테는 하늘이 무너지면 그냥 다 죽는 거지요. 어디 솟아날 구멍이 있겠어요? 누가 사대문 밖에 사는 우리 같은 거 신경써주기나 하나요. 이 집 양반은 전라도에서 농사깨나 지었다고 하더라고요. 근데 그거 왜놈들한테 몽땅 뺏겼다고 하더라고요. 억울해서 주재소 갔다가 치도곤만 당해서 도망치듯 한성으로 왔다더라고요. 고향을 몸으로는 버렸어도 마음으로 버릴 수가 있나요. 술 한 잔만 먹으면 내 고향 만경들판, 만경들판하며 한바탕 타령을 해대곤 했지요. 고향 버리고 야반도주한 사람이 어디 간들 잘 풀리겠어요? 얼마 전에 여기가 난리가 아니었어요."

아낙이 잠깐 말을 끊었다. 말머리가 잘 잡히지 않는지, 숨을 고르는지 휴지가 길어졌다. 그녀는 이어서 나올 아낙의 말에 두려움이 앞서 재촉하지 못했다.

"이 집 양반이 각다귀 같은 왜놈 고리대금업자한테 돈을 빌렸나 봐요. 근데 워낙 고리라 이자에 이자가 붙는 바람에 이자도 못 갚았다고 하더라고요. 그런데 어떻게 어떻게 해서 돈을 마련해가지고 조금이라도 갚으러 가면 자리를 피해서 없어져버리곤 했대요. 그래서 이자가 눈덩이처럼 불어났어요. 그런데 그렇게 해서 구한 돈, 의원에 처넣었는데도 부인도 못 살리고……. 그리고 이자를 감당하지 못해서 딸까지 뺏기고……. 딸 안 뺏기려고 했다가 불한당 같은 놈들한테 얼마나 맞았는지 차마 눈을 뜨고 볼 수가 없었어요. 그 이후로 반실성해서 애고개가 떠나가도록 딸 이름을 부르고 다녔어요. 아무리 정신 차리라고 해도 사람 말을 알아듣지를 못했어요. 그럴 만도 하지요. 그 애가 지 부모한테 얼마나 잘했는데요. 조석으로 부모 수발들면서 인상 쓰는 거한번 보지 못했어요. 효녀도 그런 효녀가 없었어요. 그런 딸을 잃었으니 아비 마음이 어떻겠어요? 여기 애고개 사는 사람치고 딸이름 부르는 그 소리에 안 운 사람이 없을 거예요. 다들 자식 키우는 사람들인데 그 소리에 가슴이 찢어지지 않으면 그게 사람이요, 목석이지. 가슴이 터져라 딸 이름을 부르다가 순검들한테 저주를 퍼붓고 그러다 매질도 많이 당했어요. 매질을 당하면서도 어찌나 딸아이 이름을 부르던지……. 밤늦게까지 들리던 그 울부짖음이 아직도 귀에 쟁쟁해요. 사람 소리 같지 않던 그 목소리가 귀에서 떨어지질 않아요. 연해주로 갔다는 이야기도 있는데, 어디 가서 죽었는지 이제 잠잠해요. 그 정신에, 그리고 매질을 그렇게 당했는데 살지는 못했을 거요. 차라리 잘 죽어버렸는지도 몰라요. 이 풍진 세상 더 봤자 뭐 할 것이요."

아낙은 옷고름 끝으로 눈물을 닦으며 간신히 이야기를 끝냈다. 그새 아낙의 눈시울이 짓물러져 있었다. 애고개를 넘나들며 딸 이름을 불렀다는 그를 찾아보려는 듯 시선이 먼 곳에 닿아 있었다. 아낙의 시선 끝에서 황혼이 서산 뒤로 몸을 숨기고 있었다. 딸을 찾던 그의 목소리도 저렇게 핏빛이었을 것이다. 저 황혼의 빛깔처럼 붉은 빛으로 불탔을 것이다. 아낙의 귀에 쟁쟁하다던 그 목소리가 들리는 것 같았다. 피를 토하며 온 세상에 대고 딸 이름을 불렀을 아비의 절규가 들리는 것 같았다.


길례야! 길례야! 내 딸 길례야! 어디를 갔느냐! 어디를 갔느냐! 이 아비를 두고 어디를 갔느냐! 왜 대답을 못하느냐! 죽었느냐, 살았느냐 왜 대답을 못해! 아비가 이렇게 목 놓아 부르지 않느냐! 들리지 않느냐! 대답해 보거라! 아비가 온힘을 다해 부르마, 네가 들릴 때까지, 네가 대답할 때까지 부르마! 길례야! 길례야! 내 하나뿐인 딸, 이제 이 험한 세상에 하나 밖에 남지 않은 내 핏줄 길례야! 길례야! 너 없이 이 아비가 어찌 살라하고 어디 갔느냐! 아비 없이 네가 어찌 살라하고 어디를 갔느냐! 길례야! 길례야! 대답을 해다오, 제발 대답을 해다오! 길례야! 길례야!

빠가, 조용히 안 해!

오냐, 알겠다! 다 왜놈들 짓이구나! 이 버러지보다 못한 놈들! 이 육살할 놈들! 네 놈들이 내 금지옥엽 길례를 훔쳐갔구나! 내놓아라, 이놈! 내놓아라, 이놈! 내 딸 데려다 무얼 하려고 하느냐! 내 딸 내놓아라! 차라리 이 몸을 가져다가 뜯어먹어라! 천벌받을 놈들!

핏빛 황혼을 등지고 딸 이름을 목 놓아 부르며 통곡하는 아비의 모습이 보이는 듯 했다. 그 외침을 몽둥이로 잠재우려는 일본 순사들의 험한 얼굴이 보였다. 몽둥이에 묻어나는 핏빛 외침에 온몸이 떨리는 것을 느꼈다.

"어디서 돈을 빌렸는지 아시나요?"

"애고개 초입에 마쓰오라는 흡혈마 같은 놈이 하는 제칠천국[34]이 있어요. 다른 왜놈과 달리 땅문서를 받기도 하고, 물건 없이 돈을 빌려주기도 하죠. 그런데 이자가 너무 높아서 한번 돈을 빌려 썼다간 다들 배보다 더 커진 배꼽에 나가떨어지기 일쑤지요. 돈을 못 갚으면 대문에 못질을 해놓고 사람을 옴짝달싹 못하게 했어요. 나중에는 아예 지 집에다가 옥을 만들어놓고 사람들을 가둬놓기도 했다니까요. 땅 잃고 집 잃고 처자식까지 뺏긴 사람이 한 둘이 아니에요."

---

34) 第七天國. '최고의 천국'이란 뜻으로, 일제 강점기 때 전당포를 지칭하던 말.

아낙에게 고맙다는 말을 건네기는 했을까? 그녀는 바로 발걸음을 돌려 왔던 길을 되짚어갔다. 올 때는 물어물어 찾아왔는데, 돌아갈 때는 길이 한눈에 들어왔다. 마치 골목과 골목이 빨리 가라고 길을 내주는 것 같았다.

얼마 걷지도 않았는데 제칠천국에 도착했다. 한자 그대로 풀이 한다면 일곱 번째 천국이라는 뜻으로 원래는 위안의 이상향을 말했다. 성경에나 나올 법한 명칭이 이 가난한 동네 한복판에서 있었다. 도성 안으로 들어오는 것도 불편해할 정도로 힘겹게사는 그들에게, 이곳이 천국이라는 뜻은 아닐까? 어디서도 돈을 빌릴 수 없는 그들에게 고리지만 돈을 빌려주는 이곳이 천국이란 뜻일까? 지옥마저 천국이 될 수밖에 없는 그들의 현실에 입술을 깨물었다. 혹은 가진 것이라고는 병든 몸뚱이 밖에 없는 그들의 눈에 금고 가득히 현금과 패옥이 쌓인 이곳이 천국이란 뜻은 아닐까? 아니면 가지지 못한 사람들의 것을 쉽게 빼앗기 위해 가진 자들이 자신의 발톱과 뿔을 천사의 날개옷으로 위장한 것일까? 아니면 가진 자들의 입장에서 천국이라는 것일까? 아무런 제재도 받지 않고 가난한 사람들의 피와 영혼을 취할 수 있기에 그들에게 천국이 아닐까? 어떤 뜻이든 마음이 편하지 않았다. 그녀는 복잡한 생각을 털어버리고 간유리가 끼워진 천국의 문을 열고 들어섰다. 악취와 후텁지근한 공기가 그녀를 맞이했다.

"마쓰오 씨를 만나고 싶습니다."

"난데, 무슨 일이오?"

눈썹 끝에서 광대뼈 쪽으로 긴 흉터가 있는 남자가 말을 받았다. 그는 돈을 세던 것을 잠시 멈추고 그녀를 노려봤다. 살기와 탐욕이 느껴지는 눈빛이었다. 수천 마디의 말들이 한꺼번에 쏟아져 나올 것 같았지만, 그녀는 그 많은 말들을 어렵게 억누르며 천천히 해야 할 말들을 꺼내기 시작했다.

"일전에 열두 살 난 여자아이를 데려갔다고 하던데요."

"데려온 애들이 한 둘이 아닌데 그걸 어떻게 다 기억해."

마쓰오는 별다른 일 아니라는 듯이 조소를 지으며 마저 돈을 세기 시작했다. 그 돈 한 장 한 장에 대한제국 사람들의 영혼이 담겨있을 것만 같았다. 고작 돈 몇 푼에 목숨은 물론 영혼까지 뺏겨야 했던 그들의 절규가 들릴 것만 같았다.

남자의 얼굴 앞에 아비갈의 사진을 내밀었다. 그는 사진을 받지도 않고 흘겨보았다. 양미간이 살짝 움직였다. 긴 흉터도 따라서 꿈틀거렸다. 아비갈을 알고 있는 눈치였다. 그녀의 손끝이 파르르 떨렸다.

"가족이오?"

"이화학당 선생님이에요."

"거긴 개나 소나 다 다니나보지."

"스크랜튼 대부인의 뜻으로 천비 노비 기녀까지 가리지 않고 받아 무료로 교육하고 있어요."

"참, 돈 안 되는 짓들 하고 있네."

가슴 속에서 끓어오르는 분노 때문에 그에게 한마디 해주고 싶었지만 어렵게 참았다. 간신히 표정을 누그러뜨리며 다시 물었다.

"그 아이 어디 있습니까?"

"아니, 돈을 썼으면 갚아야지. 갚질 못하니깐 딸이라도 데려왔지."

"살인적인 고리였다던데요. 이자가 어떻게 됐습니까?"

"10일에 1할. 왜 그쪽도 돈 쓰게? 젊은 여자들에게는 이자를 더 헐하게 줄 수 있지. 돈 말고 다른 걸로도 얼마든지 갚을 수 있거든."

마쓰오는 누런 이를 드러내며 낮게 웃었다. 음흉한 그의 시선이 그녀의 몸을 위아래로 더듬었다. 벌레가 온몸을 기어 다니는 듯한 느낌에 그녀는 옷매무새를 매만졌다. 아비갈의 아버지에게 돈을 빌려준 이유가 다른 데 있을 것만 같았다. 그녀는 그의 시선을 외면한 채 이자를 계산해봤다. 머릿속에서 대충 계산이 끝나자 온몸으로 소름이 돋았다.

"그러면 일 년에 빌린 돈의 네 배 가까이 되는 이자를 내야 되는 고리가 아닙니까! 이자를 못 내면 그게 또 원금과 붙어서 이자에 이자를 내야하는 거 아니오! 그걸 이 사람들이 어떻게 감당하겠습니까! 당신은 이식례규[35]도 모릅니까?"

"이식례규? 거 뭐 이자 제한한다는 거? 듣기는 했는데, 우리가 왜 망해가는 나라의 법 따위에 신경을 써! 나는 죽겠다는 사람 살려달라고 해서 도와준 것뿐인데, 무슨 잘못이 있어? 돈 빌려준 내가 잘못인가, 못 갚은 사람이 잘못이지."

---

35) 1906년 9월에 시행된 이자 제한 법.

"애초부터 갚을 수 없었으니까 문제인거 아니오! 살인적인 고리는 둘째 치고 빚을 갚으러 오면 일부러 자리를 비우기도 했다면서요?"

"아니 공사가 다망한데 어떻게 해? 바쁜 게 죈가? 내 돈 빌려 가고 안 갚는 조선 놈들이 한둘인 줄 알아? 그놈들 족치러 다니려면 얼마나 바쁜데."

"그래서 아이는 지금 어디 있나요?"

"혼마치[36] 끄트머리에 묘화라는 요릿집이 있어. 거기에 팔았어."

"팔다니요?"

그녀의 반문에 마쓰오는 피식 웃었다. 엷은 웃음은 그러면 안 되냐는 또 다른 반문 같았다. 아니, 당연한 걸 왜 묻냐는 힐난 같았다.

"10원에 팔았어. 병든 계집이라 넘기는 게 어려웠어."

"아이가 무슨 동물도 아니고 사고 판단 말이오?"

"조센징 계집애가 마소보다 나을 것도 없지."

"뭐요!"

"그 집에 있었으면 굶어죽든 병들어죽든 했을 거야. 요릿집으로 갔으니 배고파 죽지는 않겠지."

"……."

더 이상 아무런 말도 할 수 없었다. 그녀는 돈 세는 소리를 뒤

---

36)本町, 명동.

로 하고 천국의 문을 닫고 나왔다. 그녀의 등 뒤로 마쓰오의 큰 웃음소리가 따라왔다. 지옥에서 들려오는 소리 같았다. 불현듯 하란사 선생님의 말이 생각났다.

"조선 사람들은 자신들이 일제의 총칼에만 지배당하고 있다고 생각하지. 그럴 수도 있지 당장 눈앞에서 자신들을 괴롭히는 것은 놈들의 총칼이니까. 하지만 정말로 조선을 지배하고 있는 건 총칼이 아니야. 정말로 조선의 숨통을 쥐고 있는 것은 왜놈들 돈이지. 지금 조선이 이렇게 된 것도 일본에서 빌려온 차관을 못 갚았기 때문이지. 우리가 그렇게 열심히 국채보상운동을 해도 갚지 못했어. 일본이 원래 돈으로 되돌려 받으려고 한 게 아니니 절대 못 갚지. 그 돈 때문에 지금 망국의 길에 접어들었잖아. 그리고 언젠가 일본의 총칼이 우리나라에서 손을 뗀다고 해도, 돈은 그렇지 않을 거야. 그놈들은 총칼은 거두어가도 돈은 남겨둘 거야. 돈은 남아서 영원히 조선을 조용히 지배하고 있을 거야. 우리가 눈여겨보지 않는 곳에서 그럴싸한 옷으로 갈아입고 고리로 돈놀이를 하고 있을 거야. 그러면서 끊임없이 조선 사람들의 고혈을 빨아먹겠지."

선생님의 말이 맞았다. 총칼에 지배당하는 것보다 돈에 지배당하는 것이 더 무서운 것이다. 삼년 전에 전국적인 국채보상운동이 벌어졌다. 일제가 강제로 제공한 나랏빚 천삼백만 원을 갚자는 운동이었다. 남자들은 금연을 해서 담배 살 돈을 내놓고,

여자들은 베를 짜 팔고 비녀와 가락지는 물론 돌반지도 내놓았다. 심지어 머리를 잘라 의연금을 낸 여인도 있었다. 이화학당 전체 학생도 자수를 해 판 돈으로 그 운동에 참여했었다. 하지만 일제의 방해로 결국 국채보상운동은 실패로 끝나버렸다. 애국심으로 들끓던 조선은 그 운동이 실패로 돌아가자 참담한 열패감을 맞봐야 했다. 빌린 돈을 갚겠다는데 왜 일본은 그것을 막으려고 했을까? 선생님의 말처럼 돌려받고 싶지 않았던 것이다. 영원히 조선에 묻어두고 고혈을 빨아먹고 싶었던 것이다.

마쓰오가 알려준 곳에 아비갈은 없었다. 아비갈의 아버지도 그렇게 허탕을 쳤을 것이다. 빈 가슴으로 찬바람이 관통했을 것이다. 빌어도 보고 멱살을 잡아도 봤지만 돌아오는 것은 욕설과 매질뿐이었을 것이다. 몇 차례 더 그를 찾아갔지만 그녀도 아비갈이 있는 곳을 알 수 없었다. 마쓰오는 갈 때마다 다른 곳을 알려주었다. 그의 속셈을 알아채고, 돈을 쥐어주고 나서야 아비갈이 있는 곳을 알 수 있었다. 대한문 근처에 있는 비화정(秘花停)이라는 곳이었다.

대한문 앞에 정차하고 있던 인력거꾼에게 길을 물었다. 그는 때 절은 핫피37)에서 먼지를 털어내던 손길을 멈추고 반대편을 가리켰다. 자주 다녀본 듯 잘 알고 있었다. 손님이 없어 심심했는지 묻지도 않은 말까지 덧붙였다.

"보아하니 권번 사람은 아닌 것 같고, 혹시 한량 낭군님 찾으

---

37) 法被, 옷깃에 가게상호를 새긴 일본식 종업원 상의.

러 가시나? 전에도 그런 아씨들 몇 명 태워봤죠. 거기 삼삼하고 나긋나긋한 여급들이 일품이죠. 기모노를 쫙 빼입고 오뉴월 엿가락 녹듯, 수양버들가지 낭창낭창하듯 휘감깁니다. 경성 남자들이 거기서 몸 한 번 풀라고 안달 났지요. 거기 기린 삐루도 최고고요! "

입맛을 다시는 인력거꾼에게 인사도 하지 못하고 길을 서둘렀다. 인력거꾼의 안내대로 대한문 건너편 회현방[38]쪽으로 길을 잡았다. 멀리 대한제국의 선포를 알린 원구단의 삼층 팔각정이 보였다. 반대편으로 신축중인 한국은행[39] 건물도 보였다.

신작로에 자리를 잡은 비화정은 일본식 기와를 얹은 가옥이었다. 야시키 형식의 2층 목조 건물은 조선 여염집에 비해 규모가 훨씬 컸다. 2층 전면에 끼어 넣은 유리가 황혼을 눈부시게 조각내고 있었다. 편복도를 기모노 차림으로 종종거리며 걸어가는 일본 여자의 옆모습도 유리창 너머로 보였다. 대문이 열릴 때마다 안쪽에 꾸며놓은 일본식 정원이 눈에 들어왔다. 조선 여기저기서 가져왔을 석등과 석상들이 있었다.

히키즈리 기모노를 입은 게이샤가 양손을 가지런히 모으고, 입구에서 드나드는 손님들에게 인사를 하고 있었다. 무릎까지 내려온 자주색 소매에 벚꽃이 화려하게 수놓아져 있었다. 그녀는 벚꽃보다 더 화사하게 손님들에게 인사를 했다. 손님들은 대부분 개화한 조선 남자들이었다.

---

38) 현 서울시 중구 소공동과 회현동 일대.
39) 舊 한국은행, 1911년에 조선은행으로 변경.

손님들이 돌아간 틈을 타 애라는 게이샤에게 다가갔다. 인사도 생략한 채 사진을 내밀었다.

"혹시, 이 아이가 여기에 있나요?"

"……."

게이샤는 사진을 보지 않고 그녀의 얼굴을 잠시 바라봤다. 흰 화장에 작게 칠한 입술, 가면 같은 화장 뒤에 속마음까지 숨길 수 있을 것 같은 얼굴이었다. 그녀는 게이샤와 눈을 맞추며 아비갈을 안다고 말해주길 바랐다. 이곳에서 건강하게 있다고 말해주길 원했다. 왠지 게이샤의 눈동자가 흔들리고 있다는 생각이 들었다.

"아야코 같은데요."

"아야코?"

"여기서는 조선 이름 안 써요."

게이샤의 흔들리던 눈동자가 멈췄다. 뜻밖에 조선말로 대답이 돌아왔다. 눈빛을 고쳐 게이샤를 다시 바라봤다. 두껍게 바른 화장 뒤로 눈매가 또렷하고 턱 선이 둥근 조선 여인의 얼굴이 있을 것 같았다. 여기저기서 끌려온 조선 여인이 일본 요릿집에서 일을 하는 경우가 많았다. 그녀도 그런 사람 중의 한 명인 것 같았다. 빚 때문이었을까, 아니면 좋은 일자리가 있다는 감언에 속았을까? 그래서 그랬을까? 처음 봤을 때부터, 어디서 본 듯한 느낌이 들었다. 기모노를 입고 게이샤 화장을 했지만 조선의 모습은 지울 수 없었다.

"이 아이 지금 만날 수 있을까요?"

"힘들 거예요. 온지 얼마 안 되서 감시가 심해요."

"몸은 좀 어떤가요?"

"마이코[40]로 쓰려고 데려온 것 같은데, 처음 온 날부터 많이 앓았어요. 일을 제대로 못해서 매질도 심했고요. 게다가 며칠 전에 사고를 당해서 옴짝달싹도 못 하고 있어요."

"사고요?"

게이샤는 문 안을 힐끔거리며 빠르게 말했다. 뒤에 감시하는 사람이라도 있는 듯한 눈치였다.

"사다코, 무슨 일이야! 빨리 들어와!"

애라가 사고라는 말에 놀라자 게이샤가 뭔가 말을 더 하려고 했는데, 날카로운 목소리가 들렸다. 애라는 그녀를 붙잡고 무슨 사고였는지 더 묻고 싶었다. 하지만 애라가 손을 뻗기도 전에 그녀는 안으로 들어갔다. 높은 오코보[41]를 신고 종종걸음을 치며 뛰어가는 그녀의 모습이 곧 쓰러질듯 위태로워 보였다. 남색 유카타를 입은 남자가 애라를 노려보며 말을 이었다.

"보아하니 일자리를 찾으러 온 것 같지는 않은데, 무슨 일이오?"

"저희 학생을 찾으러 왔습니다."

"그럼 번지수를 잘못 찾은 것 같은데. 학생은 학당에서 찾아야지 왜 이런데 와서 찾아."

"이 사진을 좀 봐주시지요."

---

40) 수습 게이샤.

41) 게이샤가 자주 신는 여성용 왜나막신.

아비갈의 사진을 본 남자는 살찐 턱을 움찔거렸다.

"무슨 볼일이라도 있어?"

"아이를 잠깐 만이라도 볼 수 있을까요?"

"지금 한창 바쁠 때라 안 돼."

"그럼 여기서 한가해질 때까지 기다리겠습니다."

"이제 겨우 진정하고 일을 하려는 애 만나서 무슨 소리를 하려고?"

"부탁입니다."

무슨 생각이 떠올랐는지 계속 굳어 있던 남자의 얼굴에 웃음기가 번졌다.

"정 만나고 싶으면 20원에 사가던가. 그 정도면 그동안 내가 손해 본 거에 비하면 싼 거지 뭐. 골골하는 애 더 이상 데리고 있기도 귀찮으니까."

"20원?"

"그 정도면 뭐 거저지."

애라의 대답도 듣지 않고 남자는 문을 닫았다. 가격에 흥정하고 싶지 않다는 마음이었을 것이다. 어쩌면 남자는 오랫동안 장사를 한 경험으로 그녀의 마음을 읽었을 지도 모른다. 어떤 상황에서도 자신의 지위가 절대적으로 높고 유리하다는 것을, 자신이 어떤 조건을 내걸더라도 수용할 수밖에 없다는 것을 알고 있었다. 하지만 그녀의 교원 급여가 5원인 걸 생각하면 적지 않은 액수였다.

밤새 켜져 있을 것만 같던 비화정의 불들이 하나둘 꺼지도록 주변을 맴돌았지만 아비갈의 모습을 볼 수 없었다. 하지만 발걸음을 돌릴 수 없었다. 그러다 건물 뒤편에 마지막 불빛이 하나 남아 있는 것을 보았다. 사용한 식기를 닦는 곳인지 물소리와 식기 부딪치는 소리가 났다. 왠지 그곳에서 아비갈이 자신의 키보다 높게 쌓인 식기들을 닦고 있을 것만 같았다.

"아비갈! 아비갈! 선생님이다! 이애라 선생님이다! 네가 여기 있다는 거 다 안다! 아비갈, 조금만 참아라! 선생님이 꼭 구해줄게! 무슨 일이 있어도 견디어 내거라, 꼭 다시 오마!"

그녀의 말에 대한 대답이라도 되는 듯, 신경질적으로 불이 꺼졌다. 식기가 부딪치는 소리도 더 이상 들리지 않았다. 그녀는 귀를 열고 오랫동안 어둠 속으로 사라져버린 비화정을 바라봤다. 더 이상 아무런 인기척도 나지 않았다.

별도 없는 밤하늘이었다. 달도 뜨지 않아서 길은 어둡기만 했다. 어둠이 깊게 내린 길을 조심스럽게 걸었다. 한 치라도 발을 잘못 디디면 낭떠러지로 떨어질 것 같은 어둠이었다. 아비갈도 이 어둠 속 어딘가에서 떨고 있겠지……. 학당으로 돌아오며 이런 저런 생각을 해봤지만 거리에 깔린 암흑처럼 머릿속도 어두웠다. 여러 가지 방책을 생각했지만 과연 합당한 것인지도 알 수 없었다. 이럴 때 하란사 선생님은 어떻게 하실까? 시간이 많이 늦었지만 일단 사감실의 문을 두드려 보기로 마음먹었다. 이 답답한 가슴을 가지고 날이 밝을 때까지 기다릴 수 없었다. 다행히 사감실 창문 밖으로 낮은 불빛이 새어나오고 있었다. 그녀는 지체 없이 문을 두드렸다.

전후 사정을 전해들은 선생님의 표정이 굳어졌다. 평소 같았으면 실컷 욕을 해댔겠지만 동료 교사 앞이라 그러지 못하는 것 같았다.

"그래, 이애라 선생님은 어떻게 할지 생각해 봤어요?"

"요구를 들어줘야 할 것 같아요."

"20원이면 적지 않은 돈인데요. 그리고 돈을 치르고 학생을 데리고 오는 게 좋은 건지도 모르겠고요."

"많이 생각해봤는데요, 법적 절차를 밟는다는 것은 무리가 따를 것 같아요. 일경이나 왜놈 법원이 우리 편을 들어줄 지도 모르겠고요. 그런데 더 큰 문제는 그렇게 하기에는 시간이 너무 오래 걸린다는 거죠. 그 사이 아비갈한테 무슨 일이 생길지도 모르고요. 돈을 치르더라도 아이를 데려오는 게 우선인 것 같아요."

"분하지만 나도 그렇게 생각했어요. 그럼, 돈은 어떻게 마련할 건가요?"

"그 부분에 대해서 고민을 많이 했는데요, 뾰족한 방법이 떠오르지 않았어요. 그래서 선생님께 의논을 드리려고 찾아왔어요."

"먼저 선생님 생각을 좀 듣고 싶은데요."

"자선바자회를 여는 게 어떨까요? 전에 선생님께서 국채보상운동 할 때처럼, 학생들이 자수 시간에 만든 자수를 팔아서 모금을 하면 어떨까요? 외부에 알려서 큰 행사로 치르면 더 좋을 것 같아요. 그러면 돈을 마련하는 것뿐만 아니라 대한제국 여인들의 현실도 알릴 수 있을 것 같아요. 그렇게 해서 중지를 모아 이런 일이 발생하지 않게 어떤 조치를 취해야한다는 여론을 형성하면 좋을 것 같아요."

"사실은 나도 그런 생각을 했어요. 우리 힘으로 이 일을 해낸다면 오히려 더 큰 효과가 있을 것 같아요. 이애라 선생님이 말한 효과뿐만 아니라, 학생들도 자신들이 손수 만든 자수를 팔아 동무를 구할 수 있다는 생각에 커다란 자긍심을 느낄 수 있을 거예요. 자신의 손으로 대한제국 사람을 구했다는 경험은 자신의 손으로 대한제국을 구할 수 있다는 생각을 들게 할 거예요. 우선 당장님과 의논할게요. 외부 초청은 제가 맡지요. 그렇지 않아도 내일 황귀비[42] 마마를 알현할 일이 있으니 잘 됐네요. 마마는 대한제국 여인들의 교육이라면 문전옥답도 마다않고 내놓고 계시니 좋은 소식이 있을 거라고 생각해요. 그리고 양기탁[43] 선생에게도 연락하지요. 작년에 안타깝게 돌아가신 배설[44] 선생과 국채보상운동에 깊게 관여했으니 좋은 말씀 해줄 거예요. 감리교 측에도 연락을 해보지요. 선생님은 어떤 행사를 할지 계획해보세요. 그리고 다와라가 무슨 시비를 걸지 모르니까 우선 대외적으로 학예회라고 합시다. 나라를 구하는 것도 이렇게 국민 한 명을 구하는 것부터 시작하는 거라고 생각합니다. 우리 최선을 다해서 아비갈을 구해봅시다."

"네, 알겠습니다. 선생님!"

---

42) 영친왕 이은의 생모, 엄귀비.

43) 梁起鐸, 대한매일신보 발행인.

44) Ernest Thomas Bethel, 영국인 기자로서 대한매일신보 발행인을 역임. 고종에게 배설(裵說)이란 이름을 하사받았다.

"빠르면 빠를수록 좋으니까 서두릅시다!"

뜻이 같았기에 엉켰던 일들이 한꺼번에 풀려버렸다. 아직 시작도 하지 않은 일들이지만 선생님의 명쾌한 계획에 모든 일이 다 해결된 듯 기뻤다. 가슴 가득 해낼 수 있다는 자신감이 팽팽하게 차올라 잠을 이룰 수 없었다.

'아비갈, 조금만 참아 다오. 선생님이 꼭 구해주마. 너는 혼자가 아니다. 내가 있고 하란사 선생님이 있고 네 친구들이 있고 대한제국 사람들이 있다. 그러니 조금만 참아 다오. 희망을 버리지 말아다오.'

*

8월 29일, 어김없이 날은 밝았다. 간밤에 한숨도 자지 못했다. 이리 뒤척 저리 뒤척 하는 사이 동창으로 새벽빛이 스며들어 있었다. 조각난 잠을 이어 붙이려는 마음을 접고 학당에 나왔다.

무더위 속에서도 사람들이 속속 찾아왔다. 일손을 보태겠다고 감리교 측 사람들이 도착했다. 정동교회 신도들, 배재학당 학생들, 협성신학당[45] 학생들과 교직원들이 행사 시작 전부터 왔다. 자신들의 일처럼 팔을 걷어붙이는 그들의 모습에 그녀의 불안이 가셨다.

---

45) 현 감리교신학대학교.

그녀는 새로운 사람들과 섞여서 정신없이 마무리 준비를 하고 있었다. 인기척이 나서 뒤를 돌아보니 하란사 선생님이 남자 한 명과 함께 와 있었다.

"한성사범[46]을 졸업하고 협성신학당에서 목회 공부를 하고 계시는 이규갑 목사님이세요. 오늘 신학당 학생들을 인솔하고 오셨어요. 목사님은 보기와 다르게, 약관의 나이에 홍주 의병에 참여하여 운량관으로 활동하셨다가 옥고를 치르기도 하신 투사이시지요. 이 뜻 깊은 행사를 기획한 분을 만나고 싶다고 하셔서 모셔왔어요."

"처음 뵙겠습니다, 이규갑입니다."

"신학당 공사 관계로 다망하실 텐데 이렇게 누추한 행사에 찾아주셔서 정말 감사합니다."

"여기 행사 끝나고 가서 바로 등짐 지어야죠. 다 우리 대한제국을 위한 일이니 몸을 쪼개서라도 열심히 해야죠. 행사가 잘 치러지도록 저희도 최선을 다해 돕겠습니다."

그는 처음 뵙겠습니다, 라며 인사를 건넸다. 그런데 그녀는 그를 보자 처음 보는 사람이 아니라는 것을 알 수 있었다. 그의 얼굴을 보자마자 몇 년 전 아산으로 기억이 뻗어갔다. 헌병 앞에서도 당당함을 잃지 않던 노부인과 둑길을 빠른 걸음 뛰어가던 그 청년. 노부인을 구하기 위해 헌병의 멱살을 잡아챘던 그 청년. 가슴에 불길을 품고 있는 것 같던 그 청년. 그날의 그와 오늘의

46) 1895년 서울에 설립되었던 우리나라 최초의 관립 교원양성학교, 현 서울대학교 사범대의 모태.

그는 사뭇 달랐다. 온몸에 불길을 품고 둑길을 오르던 투사의 모습이 오늘은 보이지 않았다. 양손을 가지런히 모으고 커다랗게 웃는 목회자의 모습뿐이었다. 그의 본모습은 분명히 후자일 거라는 생각이 스쳤다. 일제의 학정과 그에 시달리는 대한제국 백성들에 대한 사랑으로 전자와 같은 모습을 보였을 것이다.

그날 이후, 하루도 그날을 잊을 수 없었다. 과거지만 과거가 아니고 현재가 아니지만 늘 현재였다. 끝났지만 끝나지 않았고 끝났지만 계속 진행되고 있었다. 그날의 기억을 떨쳐내려고 하면할수록 더 선명하게 다가왔다. 그 기억 속에 그가 있었다. 잊고 싶은 기억 속에 잊고 싶지 않은 그리고 잊을 수 없는 그가 있었다. 마을 사람들을 뒤돌아보던 눈빛과 헌병을 꼼짝 못 하게 하던 눈빛. 그 눈빛을 다시 만나고 싶었다. 그래서 그 모든 기억을 다 지우고 싶다가도 그럴 수 없었다.

"선생님, 왜 갑자기 얼굴이 붉어지시고 그러세요?"

"얘는, 내가 언제 그랬다고."

언제 왔는지 김애라가 말을 거들었다. 김애라는 기숙사생들과 함께 외빈 안내를 맡고 있었다. 전날까지 밤을 새워 자수를 했다. 그동안 잠을 줄이고, 손끝을 찔려가며 한 땀 한 땀 자수를 완성했다. 그 바느질 한번 한번이 동무를 살릴 수 있다는 생각에 피곤한지 모른다고 했었다. 김애라는 무엇을 물으러 왔다가, 둘의 대화에 끼어들었다. 언니라는 호칭대신 선생님이라는 경칭을 사용하고 있지만 장난스러운 기색이 가득했다.

"얼굴이 붉어진 건 도리어 접니다. 이애라 선생님의 열정적인 모습을 뵈니 제가 오히려 더 부끄럽습니다."

"목사님, 농이 지나치시네요."

"그럼 두 분 홍안들께서 좋은 시간 보내시고요, 저는 이만 물러가겠습니다."

"이 애가 말버릇하고는."

김애라는 커다란 웃음소리를 남기고 뛰어갔다. 뛰어가면서도 몇 번이고 뒤를 돌아 그를 바라봤다. 뭔가를 물으러 온 것 같은데 덜렁대는 성격에 그냥 가는 것 같았다. 여름 햇볕에 웃음소리가 반짝이며 빛났다.

"재밌는 학생이군요."

"제가 학생이었을 때, 기숙사 방을 같이 썼거든요. 그래선지 제가 교사가 된 이후에도 저 모양으로 짓궂게 굴어요."

"사제 간에 허물이 없는 것 같아서 좋아 보입니다. 저는 교육 사업에도 큰 관심을 가지고 있습니다. 앞으로 우리가 가장 힘써야할 것이 교육 사업이라고 생각합니다. 더 많은 지식인들을 길러내야 더 빨리 우리 대한제국이 강성해질 수 있다고 생각합니다. 그래서 앞으로 목회 활동은 물론 교육 사업도 할 생각입니다. 저도 방금 다녀간 학생과 이애라 선생님 관계처럼 사제 간에 벽이 없는 그런 선생님이 되고 싶네요."

"네, 그리 하셔야지요."

"기회가 있다면 또 뵙고 좋은 말씀 나누고 싶습니다."

"그리해주신다면 오히려 제가 더 영광이에요. 제가 더 목사님께 배울 게 많아요."

인사를 건네고 그가 돌아섰다. 그제야 긴장되었던 마음이 풀어지는 것을 느꼈다. 그 앞에서는 말이 잘 나오지 않았고 시선을 어디에 두어야할지도 잘 몰랐다. 심장이 뛰는 소리가 그에게까지 들릴 것 같았다. 가슴을 뛰게 만들고 볼을 달아오르게 만드는 느낌. 운동장을 뛴 것처럼 숨이 차는 느낌. 낯설지만 싫지 않았다.

'이 규 갑, 이라고 하셨지요. 목사님에게 참 잘 어울리는 이름입니다. 단단한 어감의 글자들이 목사님의 굳은 심지를 잘 나타내는 것 같습니다. 처음 들었는데 오래 전부터 알고 있었던 이름처럼 하나도 낯설지가 않습니다. 어쩌면 기억 속에서 잠시 스쳤을지도 모르는 그런 이름이기도 하지요. 아산에서 몇 번 스치듯 만난 적도 있었으니까요. 어쩌면 오랫동안 목사님의 이름을 기다리고 있었을 지도 모릅니다. 오랫동안 기다렸던 그 이름⋯⋯. 목사님, 필시 그렇게 하실 수 있을 겁니다. 저하고 김애라보다 훨씬 더 나은 사제지간을 만드실 수 있으실 겁니다. 목사님의 뜻을 받든 제자들이 민들레 홀씨처럼 전국으로 퍼져 대한제국을 위해 일할 그날이 가슴이 뛰도록 기대가 됩니다.'

그녀는 그의 등 뒤에 대고 하고 싶었지만 하지 못한 말들을 했다. 그제야 하고 싶던 말들이 술술 나왔다.

그때 정문에서 큰 소리가 났다. 시선을 옮겼다. 정문에 다와라가 와 있었다. 그의 등 뒤로 헌병들이 도열해 있었다. 어깨에 멘 장총이 언제든 학당 쪽을 겨냥할 것 같았다. 그동안 수차례 학교를 방문했지만 헌병들을 대동한 적은 없었다. 분명히 뭔가 잘못된 것이다. 아비갈의 야윈 얼굴이 떠올랐다. 마른 발목과 가느다란 팔목이 생각났다. 깊게 패인 눈이 보였다. 눈 밑의 짙은 그늘이 보였다.

"이게 무슨 짓이오! 여긴 학당이오!"

"하란사! 내가 누누이 경고 했는데, 결국 일을 저지르는구먼! 당신은 참 대책이 없어. 일전에 대외 행사를 하지 말라고 했던 거 기억 안 나오! 무슨 이유로 쓸데없이 이렇게 사람들을 모이게 하는 거요! 당신 장기인 집단 선동이라도 할 참이요!"

"학예회를 한다고 전에 말하지 않았소!"

"학예회라고? 하기휴가가 끝난 지 얼마나 됐다고 벌써 학예회를 한다는 것이오! 그리고 학예회라면서 성금은 왜 걷는 것이오! 정보를 듣고 왔소. 조선 소녀를 구한다는 구실은 전부 거짓말이라는 거 다 알고 있소! 학당을 군자금 모금 창고로 쓰려는 것 아니오! 지금 당장 행사를 중지하고 해산하지 않으면 헌병들을 진입시키겠소!"

다와라가 눈길을 보내자 교문 앞에 진을 치고 있던 헌병들이 대오를 정비했다. 그들의 서슬에 사람들이 들어서지 못하고 정문 주위에서 웅성거렸다. 다와라가 눈빛을 깎으며 그들에게 외쳤다.

"전부다 돌아가시오! 그렇지 않으면 불온한 행사에 동조한 것으로 간주해 체포하겠소."

"여기가 어딘 줄 알고 그러는 거요? 대한제국의 여인들이 공부하는 곳이고 하나님의 말씀이 살아 있는 곳이요. 아무리 하늘 무서운지 모른다고 해도 이럴 수는 없소! 학부대신이라는 사람이 이래도 되는 거요! 단 한 발자국도 못 들어 올 것이오!"

"당장 그만 두시오! 그리고 안에 있는 사람들도 전부 내 보내시오!"

"그렇게는 못하니 들어오려거든 나를 먼저 밟으시오!"

"피를 보고 싶소?"

"학예회까지 이래라 저래라 할 수 없는 법이오."

"내가 손가락 하나만 까딱 하면 헌병들이 진입할 것이오. 마지막 경고요, 행사를 중지하시오. 셋까지 세겠소!"

"……"

"이치!"

"……"

"니!"

"……"

"싼!"

숫자를 세는 다와라의 얼굴이 일그러졌다. 숫자가 더해질수록 그의 얼굴은 더 붉게 달아올랐다. 금방이라도 손을 들어 진입 명령을 내릴 것 같았다. 선생님은 다와라의 눈을 쏘아보았다. 이를 악문 채 정문 한 가운데에 서서 전혀 미동도 하지 않았다.

셋까지 다 셌지만 다와라는 진입 명령을 내리지 못했다. 콧수염 끝을 비틀며 못마땅하게 선생님을 쳐다보았다. 선생님은 여전히 버티고 서서 그를 노려보았다. 선생님 주변으로 영국인과 미국인 선교사들이 모여 들었다. 다와라는 결국 헌병들을 교문에서 한발자국 물렸다. 하지만 무력 시위하는 듯한 헌병들의 모습에 교문 안으로 들어오는 사람들은 없었다. 학교까지 찾아왔다가도 완전무장한 헌병들의 모습에 발걸음을 돌렸다. 금방이라도 무슨 일이 터질 것처럼 나라 안이 어수선해서 몸을 사리려는 사람들이 많았다. 그런 상황 속에서 헌병들의 시선을 받으며 학당 안으로 들어오기가 쉽지 않았을 것이다.

정문 주변에 늘어선 헌병들의 그림자가 길어졌다. 8월 더위를 등에 업고 서있는 그들도 힘겨워 보였다. 하지만 늦은 오후가 되어도 움직일 기미가 보이지 않았다. 별다른 행동 없이 학당 주변에 도열해 있는 그들을 달리 뭐라고 할 수도 없는 상황이었다. 하란사 선생님도 발을 동동 굴렀다. 그럴수록 불길한 느낌이 커졌다. 뭔가 잘 못 됐을 것 같은 생각, 뭔가 좋지 못한 일이 생겼을 것 같은 생각이 자꾸만 그녀를 괴롭혔다. 그런 그녀의 속마음을 알아차렸는지 하란사 선생님이 말을 건넸다.

"오늘만 날이 아니니 다른 날을 기다려야 할 것 같아요. 자칫 잘못하다가 충돌이라도 생기면 더 큰 문제가 생기니까요. 게다가 군자금 모금 누명을 쓰게 될 수 있어요. 없는 죄도 얼마든지 만들어대는 놈들인데, 무슨 짓인들 못하려고요."

"……"

"저는 이곳에 남아서 애들 마음 다독여주고, 오신 분들 문제없이 돌아가실 수 있도록 하겠습니다. 다와라에게 가서 행사를 자진 해산한다고 하며 주위를 끌게요. 손님들이 나설 때 섞여서 선생님도 나가세요. 그리고 이 돈으로 아비갈을 구하세요. 뜻있는 분들이 보내셨어요. 그리고 아비갈을 데리고 바로 보구여관으로 가세요. 몸이 많이 상했을 겁니다. 그곳에는 제가 기별을 해놓겠습니다."

"선생님……."

선생님이 조심스럽게 봉투를 내밀었다. 그녀는 떨리는 손으로 봉투를 받아 가슴에 품었다. 두툼한 봉투에는 제각기 다른 지전들이 들어 있을 것이다. 각자 다른 사연을 가졌지만 모두 한뜻을 가진 돈들이 모여 있을 것이다. 이미 그것은 돈이 아니었다. 그것은 뜻이고 의지였다. 대한 제국의 한 사람을 살리고, 대한 제국을 구하고 싶다는 마음이었다.

"제가 선생님을 모시지요."

"목사님께서 그래주시면 이애라 선생님께 큰 도움이 될 겁니다."

규갑이 힘을 보태겠다고 나서자 선생님은 믿음직한 눈빛을 보냈다. 그러더니 다와라에게 성큼성큼 걸어갔다. 키 큰 그림자가 그녀 뒤를 따랐다. 그 커다랗고 긴 그림자가 그녀가 얼마나 큰 사람인지를 보여주는 것 같았다. 그런 선생님의 뒷모습을 보며 이전에 들었던 성경구절이 생각났다.


의를 위하여 핍박을 받는 자는 복이 있나니, 천국이 저희 것임이라.[47]

---

47) 마태복음 5장 10절.

그녀는 선생님을 뒤로 하고 규갑과 함께 정문을 벗어났다. 바로 인력거를 타고 비화정으로 향했다. 인력거의 은색 바퀴는 오후 햇살을 튕겨내며 속도를 냈지만 느리게만 느껴졌다. 빨리 가자는 재촉에 우직하게 생긴 인력거꾼의 두 다리가 더 분주하게 움직였다. 인력거는 대한문 앞으로 접어들었다. 무슨 일인지 사람들로 북적거렸다. 잠깐 시선을 줬지만, 유생들이 상소를 올리고 부복을 하고 있는 경우도 있었기에 낯선 광경은 아니었다. 다만 유생들이 아니라 남녀노소를 가리지 않은 사람들이 땅을 치며 울고 있는 것이 눈에 걸리기는 했다. 하지만 그녀에게 그런 풍경이 눈에 들어오지 않았다. 눈에 스치듯 지나갈 뿐이지 의미를 생각할 겨를이 없었다. 자꾸만 무슨 일이 생길 것만 같은 불길한 예감이 그녀를 괴롭혔다.

인력거가 도착하자마자 뛰어내리듯이 내렸다. 무엇에 쫓긴 듯, 불길한 생각에 사로잡혀 비화정의 문을 두드렸다. 오후 햇살이 2층 유리창을 태울 듯 붉게 물들였다.

"아비갈! 아비갈! 돈 가져왔소! 돈 가져왔소! 아비갈을 내놓으시오!"

한참 뒤, 느릿느릿 게타를 끌며 주인 남자가 나왔다.

"얼마 가져왔소?"

"일전에 20원이라고 하지 않았소?"

"그건 그때 가격이고. 시간이 지났으니, 밥값 약값 더 해서 30원 내시오!"

"……"

"이런 천하에 날불한당 같은 놈!"

규갑이 주먹을 들이대며 그에게 다가섰다. 남자는 눈 하나 깜짝하지 않고 계속 이를 쑤셨다. 그녀는 아비갈을 찾는 게 우선이기에 규갑을 말렸다.

"알았소. 그리 할 테니 빨리 아비갈을 내보내주시오."

"뒷문으로 가시오."

돈을 건네자 남자는 금니를 드러내며 웃었다. 황혼을 받은 남자의 얼굴이 붉게 타올랐다. 얼굴에 살짝 비친 웃음도 붉었다. 남자는 액수를 확인한 후 복도 안쪽으로 소리를 질렀다. 남자의 말대로 애라와 규갑은 뒷문으로 발걸음을 재촉했다.


'아비갈 그동안 얼마나 고생했느냐? 그 작은 몸으로 얼마나 힘들었겠느냐? 그 고생 선생님이 다 안다. 다 알아. 이제 그 고생 끝내고 집으로 돌아가자. 선생님이 데리러 왔다. 약속을 지키려고 너를 데리러왔다.'


뒷문으로 돌아가니 일전에 봤던 게이샤가 있었다. 전에 봤을 때보다 얼굴 분장이 더 진했다. 뭔가를 감추려고 더 두껍게 흰 분칠을 한 것 같았다. 하얀 얼굴이 괴이하기까지 했다. 그런데 그녀의 눈이 붉었다. 붉은 눈에서 흘러내린 눈물이 물줄기가 되어 볼을 가르며 턱으로 흘러내리고 있었다. 그 눈물이 안고 있는 아비갈의 얼굴로 떨어졌다. 불길한 마음에 아비갈의 바라봤다. 들고 있던 고무신을 떨어트렸다.

"왜 이제 오셨어요, 왜 이제야! 이 아이, 당신 목소리만 기다렸어요. 어두운 방에서 간신히 목숨을 붙잡고 있으면서 당신의 목소리만 기다렸어요. 당신의 목소리가 들리면 눈을 뜨고 간신히 대답을 했어요. 온몸의 힘을 쥐어짜내며 '선생님, 선생님, 저 여기 있어요.'라고 말했어요."

"어떻게 된 겁니까?"

규갑이 그녀대신 물었다.

"올 때부터 병도 있었고, 일 잘 못한다고 매질을 많이 당했어요. 게다가 주인의 겁간을 피하다가 이층에서 떨어져 석물에 머리를 다쳤어요. 의원에 데려가자고 그렇게 말했어도 그런 곳에 쓸 돈 없다며 살아도 지 팔자 죽어도 지 팔자라고 했어요. 당신의 목소리를 기다리며, 데리러 오기를 기다리며 어렵게 숨을 잡고 있다가 결국 오늘 아침에 놓고 말았네요."

"이런 천하에 죽일 놈. 그런데 돈을 왜 받아요!"

"일본 사람들은 조선 사람들이 주검도 소중히 생각하는지 아니까 그러는 거겠죠. 돈 돌려달라고 하면 의전에 실습용으로 판다고 하라고 했어요."

아무런 말도 할 수 없었다. 온몸에서 모든 것이 다 빠져나가버린 것 같아서 무슨 말도 할 수 없었다. 어떻게 이런 일이, 어떻게 이런 일이……. 믿을 수 없었다. 아비갈은 잠이 든 것뿐이다. 너무 늦게 오는 선생님에게 토라져 장난을 치고 있는 것이다. 받아들일 수 없었다. 절대로 받아들일 수 없었다. 애라는 텅비어버린 시선으로 아비갈의 얼굴을 바라봤다.

"아비갈 눈떠라! 아비갈 일어나라!"

믿어지지 않아서 눈물도 나지 않았다. 아비갈을 업었다. 아무 것도 업지 않은 것처럼 무게를 느낄 수 없었다. 하지만 이 아이가 짊어져야했던 세상의 무게는 얼마나 컸던가! 아비갈을 업고 대한 문 앞으로 방향을 잡았다.

"집에 가자 아비갈, 집에 가자 아비갈. 너 주려고 고무신도 한 켤레 사왔다. 이제 그 고무신 신고 애고개 진흙탕길 맘 편히 다 녀라."

대한문 앞에 당도하자 통곡 소리가 들렸다. 문 앞을 가득 매운 수많은 사람들이 국상이라도 당한 듯이 울어대고 있었다. 가슴을 치며 땅을 구르며 울고 있었다. 경성의 모든 남녀노소가 다 나온 듯 수많은 사람들이 쏟아져 나와 울고 있었다. 온 나라가 통곡의 바다가 된 것 같았다. 서산으로 지는 해를 뒤로 하고 붉은 울음을 울고 있었다. 온 나라가 떠나가도록 울고 있었다. 울음은 거대한 파도가 되고 불길이 되어 하늘을 뒤덮고 있었다.

"아비갈, 네 죽음을 모든 사람이 슬퍼하는구나. 대한제국 모든 사람이 너를 위해 울어 주고 있구나!"

일본 놈들이 나라를 뺏어 갔다고, 친일파 앞잡이들이 나라를 팔아먹는 조약을 체결했다고, 경술년에 조선이 망했다고 가슴을 쳐대며 여기저기서 울부짖었다.

서산으로 해가 지고 있었다. 그 어느 때보다 붉게 울며 지고 있었다. 황혼을 등에 지고 애고개를 올랐다.

"네 아버지가 여기서 너를 애타게 불렀다. 아버지가 부르는 소리가 네게는 들리지 않았니? 필시 들렸을 것이다. 내가 부른 소리도 들렸다지."

온 세상이 우는 소리가 그녀의 뒤를 따랐다. 애고개에 묻혔던 수많은 아이들의 영령도 일어나서 미친 듯이 울고 있었다. 바람도 울고 바위도 울고 나무도 울고 새도 울고 있었다. 온 세상에 울지 않는 것이 없었다. 서산으로 해가 지고 있었다.

# 뜨거운 겨울의 시작

수업을 끝내고 하란사 선생님을 따라나섰다. 선생님은 가야할 곳이 있다고 했다. 내키지 않았지만 그녀는 별다른 말없이 교문을 빠져나왔다. 길 양옆으로 낙엽이 수북이 쌓여있었다. 어제도 그랬을 테고 그제도 그렇게 쌓여있었을 텐데 지금까지 보지 못했다.

아비갈을 떠나보낸 후 집과 학당 외에는 어디도 가지 않았다. 그날에서 도망쳐 자신 안으로 숨어버렸다. 세상에 눈을 가리고 귀를 막고 자유연애나 예찬하는 신소설만 읽어댔다. 이인직, 이해조, 최찬식 등의 소설을 읽고 또 읽었다. 가슴에 아무런 감응도 오지 않았지만 손에서 놓지 않았다. '혈의 누', '자유종', '추월색' 등의 소설책에 손때가 묻도록 읽었다. 그런 편독이 걱정되었는지 하란사 선생님은 그녀의 책상에 장지연의 '애국부인전'을 슬며시 놓고 가기도 했다. 하지만 그녀는 그 번안소설이 법국을 구한 약안아이격[48]이란 여성 영웅을 다룬 것이라는 것을 이미 알고 있

48) 잔 다르크의 한자식 표현.

었다. 그랬기에 손을 댈 수가 없었다. 자신과 너무나 다른, 자신은 닿을 수 없는 곳에 있는 그 벽안의 영웅을 만날 엄두가 나지 않았다. 그 책에는 먼지만 쌓였다. 그렇게 지독한 시간들을 견디어 내고 있었는데 어느새 발밑에서 마른 낙엽이 부서지는 소리가 났다. 가을이 빨갛게 익고 있었다. 벌써 새 계절이 시작된 것이었다. 단 일초도 시간이 안 갈 것만 같았는데, 뒤돌아보니 온통 낙엽뿐이었다. 어떤 식으로든 시간이 흐르긴 흐른 모양이었다.

그날 이후로 말수가 줄었다. 전 같았다면 선생님에게 어디를 왜 가느냐는 정도의 질문은 했을 것이다. 하지만 그런 말도 하는 것이 내키지 않았다. 준 것은 말수 뿐만은 아니었다. 가슴 속에 타오르던 그 불길도 어디로 갔는지 알 수 없었다. 언젠가 부친에게 자신이 그저 계란에 불과할지라도 바위에 몸을 부딪치겠다고 했던 말이 생각났다. 정말 자신은 그저 계란 정도밖에 되지 않는 것 같았다. 그리고 자신 앞에 버티고 선 일제는 바위가 아니라 강철인 것 같았다. 부딪혀 몸이 깨진 흔적도 빗물에 씻겨 내려가는 것은 아닌가하는 생각도 들었다. 그 철저한 절망감과 패배감에 아무 것도 할 수 없었다. 숨을 쉬는 것도 고통스러웠다. 순향 언니, 여지, 그리고 아비갈까지…… 지켜주고 싶지만 그럴 수 없었던 그녀들의 모습이 자꾸만 되살아났다.

그런 그녀의 마음을 잘 알고 있는 선생님도 별다른 말을 걸지 않고 무악재 쪽으로 방향을 잡았다. 평양이나 개성에서 오는 보부상들이 그녀와 선생님 곁을 지나쳤다. 그녀는 그들을 제대로 바라보지 못하고 고개를 숙인 채 걸었다. 그들의 거친 숨소리가 들리지 않게 되자 고개를 들었다. 눈앞에, 인왕산이 왕실 여인의 치맛자락 끝단처럼 펼쳐져 있었다. 선생님은 발걸음을 멈추고 입을 열었다.

"일본 놈들 참 지독하죠. 지관을 데리고 다니면서 우리 산 곳곳에 정기를 끊는다고 쇠말뚝을 박는 다는 소문이 있습니다. 그리고 남의 산 이름도 인왕(仁王)에서 인왕(仁旺)으로 바꿨습니다. 그놈들이 바꾼 '왕'자를 파자하면 일(日)과 왕(王)아닙니까. 어진 일본 왕, 산 이름에도 이런 짓을 하는데 앞으로 무슨 짓을 더 할지 걱정이 큽니다. 나중에는 조선 사람 이름까지 일본식으로 바꾸라고 하는 건 아닌지……."

"……."

"이 선생님, 경성을 병풍처럼 두르고 있는 저 인왕산이 무슨 돌로 되어 있는지 아십니까?"

"……."

"저게 전부 다 화강암이죠. 단단하기가 이루 말할 수 없어서 건축 재료로는 최상이죠. 사람의 뜻은 저래야 하는 게 아닐까 싶어요. 뜻을 세우면 저 화강암보다 강해야 이룰 수 있는 것 아닐까요?"

"……."

"이 선생님, 누구나 다 화강암 같을 수는 없다고 생각합니다. 하지만 누구나 다 화강암 같은 사람이 될 수 있다고 생각합니다. 다만 계기가 필요하고 시간이 필요한 것뿐입니다. 이 선생님은 아니라고 하실 테지만, 저는 압니다. 선생님도 화강암 같다는 것을.

이 선생님, 이제 그만 아비갈을 놓아주세요. 선생님의 잘못이 아닙니다. 나의 잘못이고 대한제국의 잘못이고 시대의 잘못입니다. 이 선생님은 더 많은 아비갈을 구해야합니다. 이 나라에는 여전히 아비갈 같은 아이들이 넘쳐납니다. 그 아이들이 선생님의 손길을 원하고 있습니다. 그러니 이제 자신을 그만 상처내세요. 다시 저 화강암처럼 단단한 선생님의 의지를 보여주세요."

"선생님……."

선생님은 던지듯 말을 하고 다시 앞서 걷기 시작했다. 지난 계절 내내 그녀에게 말을 아꼈던 선생님이었다. 그녀에게 와 닿던 선생님의 시선을 그동안 고스란히 느낄 수 있었다. 다가오려다 말고 다가오려다 말던 선생님의 발걸음도 다 알고 있었다. 다만 손을 내밀 용기가 없었다. 죄책감과 패배감 때문에 선생님의 눈빛에 대답을 할 수 없었다. 선생님은 기다리고 있었던 것이다. 그녀가 절망의 구렁텅이에서 스스로 빠져나오기를 기다리고 있었던 것이다.

선생님은 독립문 쪽으로 뻗은 길로 접어들었다. 먼 걸음에서도 독립문의 위용이 느껴졌다. 그녀는 자신도 모르게 발걸음을 재촉했다. 독립문은 중국 사신을 맞이하던 영은문 주춧돌을 호령하듯 내려다보고 있었다. 그녀는 이맛돌에 새겨진 이화를 바라보았다. 대한제국 황실을 상징하는 이화. 언젠가 마당에 이화가 흩날리던 날이 생각이 났다. 자신의 뜻을 굽히지 않겠다고 마당에서 무릎 꿇었던 날, 그날 이화는 그런 그녀를 응원하듯 흩날렸다. 그날의 그 이화가 독립문 한가운데에 새겨져 있는 것 같았다.

화강암을 층층이 쌓아서 만든 독립문을 보며 가슴 한쪽이 저리는 것을 느꼈다. 어쩌면 선생님은 일부러 이 앞으로 길을 잡은 건 아닐지 하는 생각이 들었다. 자꾸만 흔들리며 조금씩 무너지려고 하는 마음을, 이렇게 굳건히 하늘에 닿을 듯이 서있는 독립문을 보며 다잡으라고 하는 뜻인 것만 같았다.

"미국 망명 생활에서 돌아오신 서재필 선생께서 온 국민의 뜻으로 건립했지요. 그때도 조선 팔도가 대단했지요. 여기저기서 독립신문사로 성금을 보내왔으니까요. 독립신문에 수록된 성금 기탁자 명단을 살펴보다가 아는 사람이 나오면 정말 기뻤답니다. 이 독립문은 단순한 건축물이 아닙니다. 독립국의 국민으로 살고 싶어 하는 조선 사람들의 염원이 담겨 있는 것이지요. 나팔룬[49]의 개선을 축하하기위해 만들었다는 법란서의 개선문을 본떴는데, 원래 이 자리에는 청나라 사신을 맞이하는 영은문이 있었죠. 그걸 허물고 지었지요. 그 당시에는 반청하는 것이 독립이라고 생각했지요. 청나라 사신이 경성으로 들어오는 길목에 한자로 보란 듯이 독립문이라고 써놨으니까요. 그러니까 일제도 건설을 하는 데 많은 도움을 줬지요. 하지만 지금은 이곳이 반일의 상징이 되었어요. 역설적인 것은 무악재 쪽 한문 현판을 을사오적 이완용이 썼다는 것이죠. 사람의 마음이라는 게 그런 것 같아요. 화강암처럼 굳지 않으면 언제 어떻게 변할지 몰라요."

"오늘 가신다는 곳이 혹시 여깁니까?"

---

49) 나폴레옹의 한자식 표현.

"아니에요. 조금만 더 가면 돼요."

언덕을 오르자마자 붉은 벽돌을 쌓아 만든 건물이 보였다. 그 건물이 무엇인지 알자마자 발걸음이 떨어지지 않았다. 하늘까지 가둬버릴 듯한 붉은 담장에 숨이 막혔다. 담장 뒤로 솟은 핏빛 망루에 머리털이 곤두섰다. 보초를 보던 형무관의 총검이 햇빛을 날카롭게 반사했다. 두해 전에 완공된 경성감옥50)이었다. 대한제국 전체에 있는 감옥을 다 합친 것보다 크다고 했다. 일제가 대한제국에 들어와서 가장 먼저 한 일 중에 하나가 감옥을 짓는 것이었다. 이미 전국에 21소에 이르는 형무 시설이 지어졌다. 그럼에도 앞으로 더 많은 감옥들이 지어질 계획이라는 이야기를 들었다. 일제는 앞으로 어떤 짓을 하려고 이렇게 감옥을 지어대는 것일까? 상상하기도 무서운 일이었다.

선생님이 그곳에 간다고 말하지는 않았지만 알 수 있었다. 하지만 이곳에 자신을 데리고 온 연유는 알 수 없었다. 예상대로 선생님의 발걸음은 옥사 철문 앞에서 멈췄다. 선생님을 알아보고 중절모를 쓴 남자가 다가왔다.

"바쁘신 분인데 기다리게 했네요."

"괜찮습니다."

선생님은 그녀에게 시선을 옮기며 남자를 소개했다.

"이쪽은 평리원 판사에 충주지검 검사를 거쳐 지금은 변호사

---

50) 마포에 새 경성감옥이 건설되면서, 서대문 감옥으로 이름이 바뀌었다. 현 서대문 형무소 역사관.

개업하신 홍면희[51] 선생입니다. 재판 중에 피의자로 온 의병을 옹호한 괴짜 검사였지요. 결국 의병들 기소하는 게 민족 반역 행위라고 생각하고 법복을 벗으셨어요. 그 후로는 독립지사들 변호하시느라 정신없이 바쁘시게 지내시고 계십니다."

"파락호를 어찌 그리 융숭하게 소개해주십니까."

쑥스러워하며 웃는 그에게 얼떨결에 고개를 숙였다. 두꺼운 안경 뒤에 선량한 눈, 그리고 콧수염. 어딜 가도 눈에 띌만한 외모였다.

"그래, 목사님은 좀 어떻습니까?"

"원래 강건한 사람이라 그럭저럭 잘 견뎌내고 있는 것 같은데, 최근에 이놈들이 그 알량한 가다밥[52]도 줄인데다가 노역을 심하게 시켜서 고생이 이만저만한 것이 아닌 것 같습니다."

그의 한숨 뒤로 한동안 말이 끊겼다. 경성감옥 담장 너머 어딘가에서 까마귀의 검은 울음소리가 들렸다.

"그동안 변호사님께서 동분서주하셔서 형량이 높게 나오지 않은 것 같아요."

"검사 측에 신조선당[53]에 대한 구체적인 증좌가 없어서 다행이었지요. 그것만 잘 해결되면 내년 봄이면 출감할 수 있을 것도 같습니다."

"추가 수사가 있을까요?"

---

51) 洪冕憙, 홍진(洪震)의 초명, 1919년 중국으로 건너가며 개명.
52) 당시 형무소에서 제공되던 주먹밥.
53) 新朝鮮黨, 이규갑이 조직한 지하결사단체.

"있겠지요."

"고문이 더 심해지겠네요."

"그러게 말입니다. 억지로 자백을 받아내려고 더 물고를 내겠지요. '기부금품취체규칙위반'정도에 만족할 놈들이 아니니까요. 이미 형을 살고 있다고 해도 한번 물었으니 쉽게 놓아주지 않을 겁니다. 보안법 위반이나 내란죄로 공소제기를 하기 위해서 물고 늘어지겠지요. 예심판사였던 나가시마 유우소우도 그쪽으로 심문을 많이 했습니다."

대화에 끼질 못해서 붉은 벽돌만 보고 있던 그녀의 귀가 놀랐다. 지금까지 세상에 대해 닫고 있던 귀가 단번에 열렸다. 선생님이 말한 목사님이란 사람은 분명 그일 것이다. 아산에서 만났던 그 청년, 그리고 아비갈을 데리러 갈 때 동행했던 그 사람일 것이다. 세상의 어떤 소리도 듣지 못하던 귀가 '목사님'이란 선생님의 세 음절에 빗장이 풀렸다. 그런 자신의 모습에 스스로도 놀랐다. 그렇게 갑자기 귀가 열리는 것도 놀랐고, 그날부터 지금까지 그를 한 번도 떠올리지 않았다는 사실도 놀라웠다. 그날 어떻게 헤어졌는지도 기억나질 않았다. 함께 발걸음을 했는데, 언제 어디서 어떻게 걸음이 어긋났는지 도통 생각나질 않았다. 그의 이름을 다시 들을 수 있어서 반가웠다. 하지만 그 반가움은 곧 날카로워졌다. 그가 악명 높은 경성감옥에서 옥고를 치르고 있는 것이었다. 그라면 충분히 그러고도 남을 일이었다. 처음 소개 받을 때도, 이전에 영어 생활을 한 적이 있었다고 했었다. 저 붉은 벽돌 담 뒤에 있는 옥사 한 칸에 그가 있는 것이었다.

그녀는 다시 붉은 담장을 올려다봤다. 올해 전국 감옥에 칠천 명이 수감되어 있다는 신문 기사를 본적이 있었다. 그도 그들 중에 한명이 되어 옥고를 치르고 있었다. 그는 군자금을 모금하는 도중 토왜의 밀고로 붙잡혔다고 했다. 사실 자발적인 모금은 아니었다. 자발적 모금 활동이라면 그가 나설 필요가 없었다. 그것은 감리교 여성들이 충분히 하고 있었다. 그는 민족의 등을 쳐서 축재한 친일파들에 대한 단죄로 금품을 반강제로 걷은 것이었다. 동포들의 것을 되돌려 받아서 대의에 쓰는 것이니 죄의식이 있을 수 없었다. 하지만 친일파들의 생각은 달랐다. 친일파들은 치부가 어려워지는 것은 물론 목숨까지 위태로운 경우도 있어서 적극적으로 고변을 했다. 일제는 그들이 뺏은 금품이 만주와 연해주의 독립군으로 보내진다고 생각하고 그 줄을 끊으려고 혈안이 되어 있었다. 검사는 그에게 수차례 악형을 가했지만 배후를 캘 수는 없었다. 그는 고문에도 불구하고 자신의 독단적인 행위라고 끝까지 주장했다. 또한 독립군 군자금을 달라고 했던 것은 명분을 얻기 위해 한 거짓말이라고 말했다. 강탈한 금품은 전부 유흥으로 탕진했다고 말했다. 하지만 이미 의병 활동으로 옥고를 치른 적이 있는 그의 말을 검사가 믿을 리 없었다. 그래서 우선 '기부금품취체규칙위반'으로만 재판이 진행되었다.

홍면희를 따라 면회실로 들어갔다. 반대편 벽에서 딸깍하더니 손바닥만 한 구멍이 열렸다. 그 구멍 너머로 수갑을 찬 커다란 두 손이 보였다.

"어떻게 지내나?"

"알겠지만 여기는 전국 각처에서 온 사람들로 득시글하다네. 같은 방에 주역을 공부한 분이 있네. 그분이 내 얼굴을 한참 보더니, 얼굴에 관재가 가득하다는 거야. 그러면서 옥살이가 이번은 처음 아니지 하더군. 이름을 묻더니, '갑(甲)'자는 관재구설이 따르고 질병으로 고생한다고 성명학에서는 못 쓰게 한다더군. 우리 집안 항렬자라고 했더니, 하늘을 보며 혀를 차더군. 예수교 신자로서 할 일은 아니지만 재미삼아 말을 받아줬네. 그랬더니 그 사람이 그러더군, 앞으로 서른 번은 더 들락거려야 내 뜻을 이룰 거라고. 그 말이 한편으로는 일리가 있는 것 같네 그려. 그래서 앞으로 수십 번을 더 들락대야 해서 맘 편하게 지내고 있네. 그 횟수 채우려면 빨리 여기서 나갔다가 다시 빨리 들어와야지. 그러면 자네가 지금보다 훨씬 바빠지겠구면."

"농은 여전하고만 그려. 그건 그렇고, 얼마 전에 개성 인삼이 좀 생겼는데, 요즈음 시세가 어떤가?"

"좋을 때지. 그거 잘게 저며서 꿀에 찍어먹어도 좋고 닭 배를 갈라서 넣고 탕을 끓여 먹어도 좋네."

"경성하고 평양에 가서 좀 팔려고 하는데 괜찮겠나?"

"그것도 좋지. 하지만 한 삭 정도 기다렸다가 팔면 금이 더 좋을 것 같네."

"그래, 그렇게 하겠네. 그건 그렇고, 판검사했던 게 좋긴 하더군. 여기 하란사 선생님과 이애라 선생님도 오셨네."

"관상쟁이들 말은 믿을 수가 없지요. 저보고도 객사할 상이라고 했는데 이렇게 잘 살고 있잖아요. 저희들 모두 목사님을 위해

기도드리고 있으니 맘 편하게 먹으세요."

"저 여자를 왜 데리고 왔어!"

선생님의 말을 자르며 날선 외침이 돌아왔다. 그녀도 선생님 다음에 어떤 말이든 해야 될 것 같아 말을 고르고 있었다. 그런데 구멍 뒤에서 격노한 음성이 들렸다. 다가가려던 발걸음 뒤로 물렀다. 구멍 너머로 수갑을 찬 손이 부르르 떨리고 있었다.

"자네 왜 그러는가? 일부러 어려운 걸음 한 분한테!"

"저 여자가 제대로 계획을 세우지도 않고 천방지축으로 날뛰는 바람에 어린 아이가 죽지 않았는가! 그 일로 다와라가 군자금 운운까지 했고! 여러 사람이 저 여자의 헛된 공명심 때문에 위험해지지 않았나!"

"그게 어떻게 이 선생님만의 탓인가. 자네 말이 심하구만!"

"다시는 보고 싶지 않으니 데려가게! 되먹지도 않은 여자가 민족 계몽이니 여성운동이니 하며 날뛰다가 일을 망쳐놓는 꼴은 더 이상 보고 싶지 않네! 이만 들어가겠네! 추후에 이런 일이 없도록 해주게나!"

"이보게, 이보게!"

홍면희가 몇 번 구멍을 두드렸지만 다시 열리지 않았다. 벽 너머로 철문이 거칠게 닫히는 소리가 들렸다. 세 명은 서로 아무 말도 하지 않았다. 그녀는 반대편 벽으로 발걸음을 물리고 발끝만 바라봤다. 여태껏 어느 누구도 하지 못했던 말이었다. 오직 그녀 자신만이 자신에게 했던 말이었다. 그의 말은 하나도 틀리지 않았다. 헛된 공명심 때문에 아비갈을 죽게 하고 여러 사람을 위험에 처하게 했다. 내상을 다시 확인하겠지만 그것은 자신으로 인해 다른 사람이 겪었던 것에 비하면 아무 것도 아니었다. 그의 말에 가슴이 아픈 것이 아니라 다른 사람이 겪을 고통에, 또 다른 슬픔을 느끼는 것이었다.

선생님이 다가왔다. 뭔가 오해가 있는 것 같다며 어깨를 다독여줬다. 그녀는 선생님에게 엷게 웃어보였다. 오해는 없었다. 그는 잘 알고 있었던 것이다. 어느 누구보다도 잘 헤아리고 있었던 것이다. 그런 그녀의 모습을 보며 선생님은 출입문을 열었다. 그녀는 다시 한 번 구멍을 뒤돌아 봤다. 그의 손이 담겨 있던 그 구멍. 그의 목소리가 건너오던 그 구멍. 그녀는 느낄 수 있었다. 자신을 향해 소리치던 그의 목소리가 떨리고 있었던 것을.

"이 선생님 놀라셨겠어요. 그런 친구가 아닌데 왜 저러는지……. 뭔가 오해가 있어도 단단히 있는 게 틀림없습니다."

"아닙니다. 맞는 말만 하셨는데요."

"전에 대단한 활동가라며 이 선생님에 대해 여러 번 이야기 했었는데……."

"……."

그녀는 아무런 대답도 하지 않고 앞서 걸었다. 목덜미를 할퀴고 지나가는 바람을 느끼며 붉은 담장을 다시 올려봤다. 그의 말은 그녀를 밀어내고 있었다. 하지만 그 말속에는 밀었던 것보다 훨씬 강하게 자신을 끌어당기는 힘이 있었다.

＊

수업을 끝내고 집으로 돌아가는 발걸음을 반대편으로 돌렸다. 하루 이틀 사흘 나흘, 이쯤 되면 철문이 열릴 거라고 기대했지만 늘 차가운 대답만 돌아왔다. 아프다는 이유도 있었고, 징벌방에 갔다는 이야기도 들렸고, 본인이 거부한다는 통보도 있었다. 그중 본인이 거부한다는 간수의 짤막한 전갈이 제일 많았다. 그즈음 늘기 시작한 조선인 간수가 딱하다는 눈빛으로 그런 말을 전하곤 하였다. 하지만 그녀는 면회 요청을 거르지 않았다. 마태복음에 '두드려라 그리하면 열릴 것이다'라는 구절이 있다. 그녀는 그렇게 그의 문을 두드리면 언젠가 열릴 거라는 생각했다. 항상 그 자리에서 서서 문을 두드리면 안쪽으로 문이 밀리며 빛이 새어나올 거라고 여겼다. 하지만 그의 문은 경성 감옥의 철문처럼 육중했다. 그러는 동안 계절은 깊어졌고 날은 더 강팔라졌다.

'난방장치가 없는 감옥의 겨울은 더 혹독하리라. 창문으로 드나드는 칼바람이 귀를 에고 손가락을 밸 것이다. 더 두드려야 한다. 더 두드려야 한다.'

그렇게 계속 문을 두드린 이유는, 자신을 왜 그렇게 대했는지 알고 싶었기 때문이었다. 그날 구멍 뒤에서 들려오던 말 속에 분명 다른 뜻을 숨겨놓고 있는 것 같았다. 그 이유를 듣고 싶었다. 하지만 날씨 끝이 계속 예리해지자 그런 생각은 없어졌다. 냉골에서 혹한을 고스란히 견디어내야 하는 그를 위해서였다. 우선 그를 구해야 했다. 또 한명의 독립지사를 잃을 수 있는 조국을 위해 계속 면회 요청을 했다. 손수 만든 솜옷도 차입했다. 솜씨는 없었지만 정성을 들여서 만들었다. 하지만 그것마저 거절당했다. 몇 번이나 면회 요청을 거부당했을까? 경성 감옥을 뒤로 하고 나오는데 홍면희를 만났다.

"그 무정한 사람이 오늘도 안 만나줬나요?"

"네."

"몇 번이고 더 신청해보세요. 언젠가 만나줄 겁니다."

"……."

"그때 한 말, 사실은 본심과는 반대였습니다. 이 선생님이 자신과 가까워져서 고초를 당할 것 같아서 애써 마음을 외면하고 있는 겁니다."

"……."

"오늘 들어가서 그간 사정을 다시 이야기하고 내일은 꼭 만나드리라고 하겠습니다. 그래서 면회가 되면 이렇게 말해보세요. 제가 빠트린 이야기 하나를 전하라고 했다고 하면서요. 평양에 보리농사가 풍년이고 경성에는 쭉정이만 났다고요."

"평양에는…… 보리농사가 풍년이고, 경성에는…… 쭉정이만 났다."

"그렇게만 전하면 무슨 뜻인지 알 겁니다. 그리고 더 이상 이 선생님을 박대하지 않을 겁니다. 그리고 제 수고가 덜고요. 그리하시겠습니까?"

그녀는 그때서야 첫 면회 때 들었던 선문답이 생각났다. 갑자기 홍면희가 개성 인삼 이야기를 꺼냈고, 기다렸다는 듯이 그가 대답을 했다. 옥중에서 하는 대화로는 어울리지 않는다고 생각했지만 대수롭지 않게 생각했다. 그런데 방금 홍면희가 전하라는 말과 조합해보니 그것이 그들이 사용하는 비밀 통지라는 것을 알 수 있었다.

"네, 그렇게 하지요."

"정말 그리 하실 수 있겠습니까?"

"네."

"앞으로 위험해질 겁니다. 그래도 괜찮겠습니까?"

"네."

홍면희는 그녀의 눈을 보며 다짐을 받았다. 눈빛이 어느 때보다 강했다. 그녀는 못을 박듯 대답을 했다. 지금까지 했던 어떤 일보다 더 위험한 일이라는 생각도 들었다. 하지만 그 모든 두려움과 불안을 물리치듯 대답했다.

다음 날, 이전과 다른 마음으로 경성 감옥으로 향했다. 홍면희의 확언대로 면회 신청이 받아들여졌다.

"이 선생님, 자꾸 왜 이러시오!"

"솜옷 좀 차입했습니다. 좋은 것은 아니지만 정성을 많이 보냈습니다."

"제가 그것을 왜 받습니까?"

"고마운 말씀을 해주셔서 그렇습니다."

"그건 또 무슨 말씀이십니까?"

"그때 하셨던 말씀, 사실은 제가 제 자신에게 하던 말이었습니다. 하지만 그게 사실이 아니라고 애써 외면하던 말이었죠. 그러면서 나에겐 아무런 죄가 없어. 다 이 시대와 못난 나라의 책임이라고 생각했습니다. 그렇게 제 자신을 용서하려고 했는데, 저 자신을 제가 어떻게 용서할 수 있겠습니까? 그래서 계속 고통스러웠던 것 같습니다. 그런데 목사님의 말씀을 듣고, 그 모든 일이 제 자신 때문에 생긴 일이라고 인정했습니다. 그러니 마음이 편해지고 다시 뭔가를 할 수 있는 용기가 생기더군요. 감사해서 그럽니다. 그러니 구전이라고 생각하고 받으십시오."

"……."

"그리고 홍면희 선생께서 어제 빠트린 이야기가 있다고 하시면서 말씀을 전하라고 하시더라고요."

"……."

"평양에 보리농사가 풍년이고 경성에는 쭉정이만 났다고 하더군요."

그녀의 말에 놀란 듯 그는 아무런 대답도 하지 않았다. 그녀는 자신이 전한 말이 무슨 의미가 있는지는 알 수 없었다. 하지만 문자 그대로 받아들여서는 안 되는, 이면에 더 많은 뜻을 품고 있는 말이라는 것쯤은 알 수 있었다. 평양과 개성에서 무슨 일이 벌어지고 있다는 것쯤은 눈치챌 수 있었다. 그리고 그 일이 지하 비밀결사조직인 신조선당과 관련이 있다는 것을 알 수 있었다. 그 단체가 어떤 일을 하는지는 물어볼 수 없었다. 하지만 그들이 하는 일이 보통일은 아닐 거라고, 조국을 위해 목숨을 내놓고 하는 큰일이라는 것을 짐작할 수 있었다. 그러니 그만큼 위험한 일이었다. 그러니 조심해야할 일인 것이었다. 그럼에도 불구하고 홍면희가 그녀를 끌어들인 이유는 무엇이었을까? 단순히 그와의 면회를 도와주기 위해서만은 아닐 것이다. 요사이 선생님과 홍면희가 미행당한다고 했다. 뒤가 밟혀 무슨 문제가 생길 것 같아서 연락을 그녀에게 맡긴 것 같다는 생각이 들었다. 그들의 염원을 좀 더 무겁게 다루기 위해 홍면희는 그녀의 입을 빌린 것이었다. 그 의도를 그가 모를 리 없었다.

그의 침묵은 길어졌다. 아무 말도 하지 못하고 두 주먹만 쥐고 있었다. 굳게 쥔 주먹이 떨렸다. 한참동안 말이 없던 그는 조용히 말했다.

"그래요, 그 친구하고 함께 평양에서 꿩고기로 국물을 낸 냉면을 먹읍시다."

"그렇게 전하지요."

"그동안 미안했습니다. 기도드리겠습니다."

"괜찮아요. 저도 주님께 기도드리겠어요."

기도를 드리겠다는 말과 함께 면회가 끝났다는 간수의 말이 들렸다. 그가 무슨 말을 더 남기려는 것 같았는데, 그 낌새를 자르며 딸깍하고 구멍이 닫혔다. 하지만 그녀는 그것으로도 만족했다. 그것으로 이제 다 되었다는 생각이 들었다. 가벼운 걸음으로 면회실을 나섰다. 그가 한 말을 전하러 홍면희의 사무실 쪽으로 방향을 잡았다.

\*

낯선 눈빛이 등에 닿았다. 날을 세운 칼끝처럼 섬뜩하고 차가
웠다. 그 눈빛은 경성 감옥에서부터 끈질기게 쫓아오고 있었다.
그녀는 홍면희의 사무실로 가는 대신 전차에 올랐다. 전차에 오
르자 낯선 남자도 따라 탔다. 신문으로 얼굴을 가리며 오르는 그
의 모습을 조심스럽게 엿보았다. 경성 감옥 한편에서 홍면희와 그
녀를 바라보던 그 사람이었다. 조선인 밀정 같았다. 홍면희와 그
가 말하던 위험이 벌써 시작된 것이었다. 그들에게는 오감 말고
다른 감각이 하나 더 있는 것 같았다. 그녀가 비밀을 품자마자
그 냄새를 맡고 달려드는 모습에 소름이 끼쳤다. 그녀는 낮게 심
호흡을 했다. 받아들이겠다. 피하지 않겠다. 그렇게 다짐했다. 목
사님과 홍면희가 걱정한 그 위험, 당당하게 이겨내겠다고 마음먹
었다.

그녀는 한산한 전차의 끝에 앉았다. 뒤따라 탄 남자는 고개를
숙인 채 전차의 앞부분에 앉았다. 신문으로 얼굴을 반쯤 가리고
힐끔힐끔 그녀의 동정을 살피고 있었다. 그녀는 별다른 기색을
내비치지 않기 위해 시선을 거둬 차창 밖을 바라봤다.

그녀는 혼마치에서 내려 경성우체국을 끼고 돌았다. 아치형 가
로등, 인력거, 자동차, 거리를 매운 인파가 이곳이 대한제국의 번
화가라는 것을 느끼게 했다. 그녀는 미스코시 오복점 안으로 들
어갔다. 일본인이 하는 수입 잡화상이었다. 경성에서 '모던 걸' 소
리를 들으려면 이곳에 자주 들러야 했다. 대한제국의 최신 유행

이 이곳에서부터 시작된다고 했다. 서양과 일본의 최고급 물품들이 천장까지 쌓여 있다고 했다. 그녀는 말로만 듣던 곳이다. 그런 내색을 들키지 않기 위해 당당히 문을 열고 들어섰다. 일층에서는 음식과 과자를 팔았다. 양과자를 굽는 냄새가 가득했다. 들은 적도 본적도 없는 서양음식과 일본음식이 매대를 따라 진열되어 있었다. 계단을 따라 이층으로 올라갔다. 일본 옷감들이 즐비하게 진열되어 있었다. 형형색색의 옷감에 그녀의 걸음걸이도 느려지는 것을 느꼈다. 삼층에는 장난감, 학용품, 아동복, 치마감 등이 진열되어 있었다. 경성 감옥 주변으로 늘어선 집들이 생각났다. 이엉이라도 했으면 다행인 집들. 그나마도 없어서 땅을 파고 얼기설기 목재를 이은 토막들. 그곳과 전차로 몇 정거장 밖에 떨어지지 않은 이곳은 상상할 수 없을 정도로 달랐다. 그녀는 그 괴리 때문에 현기증을 느낄 정도였다.

혼마치를 따라서 서너 개의 일본식 잡화점이 더 생길 거라는 이야기가 있었다. 미스코시 오복점도 미스코시 백화점 경성 임시지점에서 당당히 백화점으로 간판을 바꿔달며 더 확장할 것이라고 했다. 경성보다 인구가 두 배나 많은 명고옥시[54]에도 백화점이 두 개 밖에 없다고 했다. 인구가 열 배나 많은 동경에도 열 개 남짓 있다고 했다. 그런데 인구 오십만이 갓 넘는 경성에 백화점이 서너 개나 들어선다고 했다. 게다가 백화점 설립을 조선총독부에서 적극 추진했다. 이런 현실이 무엇을 의미하는 것일까? 다시 제

---

54) 名古屋市, 나고야.

칠천국의 전주(錢主)가 떠올라 소름이 끼쳤다.

그녀는 태연한척하며 물건들을 둘러봤다. 대부분 일본에서 건너온 것들이었다. 대한제국 사람들의 호주머니에서 나온 돈이 이 물건을 통해 일본으로 들어갈 것을 생각하니 마음이 불편했다. 손님 중 절반은 대한제국 사람들로 보였다. 국산품장려운동을 하던 애국 부인들의 외침이 공허하게 들렸다. 국채보상운동을 하던 대한제국 사람들의 열망이 이곳까지는 전달되지 않은 듯 했다. 그녀는 이 현실을 외면하고 싶었다. 하지만 지금은 아니다. 물건을 살 것처럼 행동하며 사람들 사이로 흘러들었다. 경성 사람들이 전부 이곳에 모인 듯 상점은 북적거렸다. 삼층이나 되는 건물 전체가 발 디딜 틈이 없을 정도였다. 어디서고 아는 얼굴이 튀어나올 것만큼 사람이 많았다. 그녀는 인파 속으로 몸을 숨겼다. 남자의 시선이 분주해지는 것을 느꼈다.

"이 여자가 왜 이래! 이 옷 내가 먼저 골랐던 거야! 빨리 내놓으라고!"

"이 쪽바리년이!"

"뭐야, 이 조센징이!"

신여성 차림의 여자가 기모노 차림의 여자가 고른 옷을 빼앗듯 채갔다. 양어깨를 부풀린 큰소매에 길이가 길고 폭이 넓은 치마였다. 선교사들이나 신여성들이 자주 입는 옷이었다. 일본 여자가 다시 옷을 뺏으며 말다툼이 오갔다. 신여성 차림의 여자는 어디서 본듯 익숙한 얼굴이었다. 하지만 그 여자를 어디서 봤는지 생각할 여유는 없었다. 두 여자 사이로 사람들이 몰려들었다.

그녀는 그들 사이로 몸을 숨겼다.

두 여자의 다툼으로 혼란해진 틈을 빠져나왔다. 뒤따르던 시선이 더 이상 느껴지지 않았다. 그래도 안심하지 않고 돌고 돌아 홍면희의 사무실로 왔다. 자리에 앉기도 전에 평양에서 꿩고기로 육수를 낸 냉면을 먹자는 말을 전했다. 하지만 그 뜻은 묻지 않았다. 묻는다고 해도 그들이 정확한 뜻을 알려주지 않을 것 같았다. 그리고 그 뜻을 아는 것이 오히려 좋지 않을 것이다. 혹시 무슨 일이라도 생기게 되어 붙잡힌다면 그 내용을 발설할 수 있는 것이다. 그러니 그렇게 말을 전하고 말았다. 그리고 방금까지 그녀의 뒤를 쫓았던 남자에 대해 말을 건넸다. 홍면희의 얼굴이 어두워졌다. 그는 창밖 풍경을 보다가, 서랍을 열었다. 낡은 책상이 삐거덕 거리며 열렸다. 책상에서 모젤 권총 한 자루를 꺼내어 그녀 앞에 내놓았다.

"쏴 본적 있습니까?"

"없습니다."

"그럼 이제 배우셔야겠네요. 요긴하게 쓰일 때가 있을 겁니다."

"로마서에 그런 말이 있지요. 아무에게도 악으로 악을 갚지 말고 모든 사람 앞에서 선한 일을 도모하라고요. 제게 권총은 필요 없습니다. 제가 이것을 가지고 다니다가 발각되면 오히려 더 위험해질 수도 있을 겁니다. 독립군이라는 명백한 증거가 되지 않겠습니까?"

"그렇지만……."

"걱정하지 마세요, 제겐 은장도가 있습니다."

"은장도라고요?"

그녀의 대답에 홍면희가 실소를 터트렸다. 그의 입장에서 은장
도로 왜놈에게 맞서는 것은 터무니없는 일일 것이다. 하지만 그녀
에게 은장도는 단순한 쇳조각 이상의 의미가 있었다. 남을 향해
은장도의 날을 세운 것은 아니었다. 오직 자신을 향해 지난 시간
동안 날을 갈아왔다. 남을 해치기 위한 것이 아니라, 초심을 잃
으려는, 비뚤어지려는, 어긋나려는 자신을 겨눈 은장도였다. 아
버지 앞에서 머리카락을 베었던 은장도였다. 일제보다 더 큰 적
인 자신을 이겨내기 위한 칼이었다. 홍면희는 일제라는 적을 이
야기했지만, 그녀는 그보다 더 큰 적이 자신이라는 것을 잘 알고
있다. 자신을 향해 벼른 칼로 마음을 다스릴 수 있다면 일제라는
적은 능히 이길 수 있다고 생각했다. 그녀의 말을 전해들은 홍면
희는 숙연해졌다.

*

계절은 더욱 깊어졌다. 무릎까지 잠길 만큼 눈이 쏟아지기도
했다. 하지만 그녀는 면회를 거르지 않았다. 양손으로 눈을 헤치
며 그를 만나러 다녔다. 그가 전해준 암호 같은 말들을 홍면희를
비롯해 여러 사람에게 전했다. 그러면서 그들이 하려는 일이 어
떤 것인지 조금씩 알게 됐다. 그들이 자세한 것을 알려주지는 않
았지만 조각조각 주어지는 말들을 맞춰보니 어느 정도 알 수 있
었다. 그들은 민족정신을 이어가기 위해 우선 교육이 필요하다고

생각했다. 그래서 각지에 학교를 세우고 지원하는 일을 하고 있었다. 그리고 무장 독립 투쟁을 계획하고 있었다. 피를 흘리며 뺏긴 조국이기에 피로서 찾을 수 있다고 믿고 있었다. 만주와 연해주에 있는 독립군과 연락을 주고받으며 요인 암살, 시설물 폭발, 군자금 확보, 국내 진공 등을 계획하고 있는 것 같았다. 하지만 그들이 계획하는 가장 중요한 일은 정부를 설립하는 것이었다. 그들은 절대로 나라를 잃지 않았다고 생각했다. 그들에게 대한제국은 여전히 살아 있는 나라였다. 그러니 정부가 없다는 것은 말이 되지 않는 것이었다.

홍면희에게 '한성정부'라는 말을 처음 들었을 때 가슴이 떨리는 것을 느꼈다. 그들의 계획은 아직 구상 단계였지만 여러 사람이 그 뜻에 찬동했다. 이승만, 이동휘, 박용만, 이동녕, 노백린, 이시영, 한남수, 신규식, 김규식, 문창범, 안창호, 유동열, 이세영 등이 참여할 뜻을 밝혔다. 정부를 만든다는 이야기에 든든한 지원군을 얻은 듯한 느낌이었다. 어느 누구도 그런 생각을 하지 않았다. 독립을 위해 무엇인가 필요하다고 생각하고 있었지만 그게 구체적으로 무엇인지는 모르고 있었다. 그녀는 홍면희의 말을 듣자 그것이 정부라는 것을 알게 되었다. 자신의 가슴속에서 원하는 그 어떤 것이 바로 대한제국의 태극기를 단 정부였다. 맹목적으로 일본에게 저항하고 있었는데, 구체적인 구심점이 생기는 것 같았다. 그녀는 한성 정부, 우리나라 최초의 정부라고 되뇌어 보았다.

그들의 계획을 어느 정도 알아갈 즈음, 그녀도 독자적인 계획을 세웠다. 조국을 위해 그들이 해야 할 일, 할 수 있는 일이 있다. 그리고 그녀도 해야 할 일과 할 수 있는 일이 있었다. 그녀는 우선 이화학당 학생들의 민족의식 고취에 힘을 쓰기로 했다. 우리말 수업에 더 공을 들이기로 했다. 강습 시간이 많이 줄기는 했지만 주어진 시간 속에서 바르고 아름다운 우리말을 전하기로 마음먹었다. 그리고 전도부인이 되어 사회적 실천과 봉사를 목표로 하는 감리교를 전파하겠다고 마음먹었다. 대한제국의 부인들에게 감리교를 전파하며 조선 글을 가르치겠다고 마음먹었다. 야학을 통해 조선 말 수업을 하며 자연스럽게 계몽과 애국 의식을 고취시키겠다고 마음먹었다. 그렇게 생각하니 무릎까지 눈이 차올라도 겨울이 춥지 않았다.

그렇게 춥지만 춥지 않은 겨울을 이겨내며 또 한 번 그와 면회를 했다. 그는 평소와 달리 오랫동안 말을 고르는 것 같았다. 감춰두었던 마음을 고백하려는 사람처럼 말머리를 뱅글뱅글 돌리기도 했다.

"곧 풀려날 것이오. 그러면 나는 평양으로 갈 것이오."

양손을 오랫동안 만지작거리다가 나온 그 말 뒤에 또 다른 말이 숨겨져 있다는 것을 알 수 있었다. 그의 얼굴을 볼 수 있었다면 숨겨진 말을 더 정확히 알 수 있었을 것이다. 하지만 그녀는 작은 구멍 너머로 포승줄에 묶인 그의 팔과 손밖에 볼 수 없었다. 처음 말을 꺼냈을 때보다 더 분주하게 손가락이 움직이고 있었다. 그녀를 더 위험에 빠트릴 수 있기에 말을 끝까지 뱉지 못했을 거라는 생각이 들었다. 그녀를 보고 처음에 그렇게 화냈던 것처럼, 지금도 그래서 나머지 말을 건네지 못했을 거라는 거 알 수 있었다.

"저도 따라가겠습니다."

그녀의 대답에 그의 떨리는 대답이 이어서 나왔다.

"고맙소."

# 각시연은 얼레를 벗어나고

"아버님, 드릴 말씀이 있습니다."

"그래, 말해 보거라."

"말씀드리기 송구스럽습니다."

그녀는 화로에 넣어놓은 감자를 꺼내며 어렵게 말머리를 꺼냈다. 하지만 뒷말을 잇기가 쉽지 않았다. 부친은 서책에서 눈을 떼고 그녀를 지그시 바라봤다. 아무런 재촉도 하지 않고 뒷말을 기다렸다. 곁에 있던 모친도 손에서 바느질감을 놓고 그녀에게 귀를 기울였다.

"마음에 담은 사람이 있습니다."

"세상이 개화했는데, 그게 흠이 되지는 않는다. 그래 어떤 사람이냐?"

담담한 부친의 모습에 그녀는 힘을 얻었다.

"감리교 목사입니다. 아산 덕수 이문 충무공파 규갑이라고 합니다."

"이규갑이라고? 그러면 선전관을 지낸 이규풍 장군의 아우 아니냐. 부친은 화순 군수를 지내신 이도희 어르신이고."

"네. 어떻게 아시는지요?"

"하늘이 정한 인연은 비켜갈 수 없다는 말이 있다던데……."

"무슨 말씀이신지요?"

평소 감정을 잘 드러내지 않는 부친의 얼굴에 놀라는 기색이 가득했다. 하지만 그 기색은 곧바로 기쁨으로 그리고 깊은 서글픔으로 이어졌다. 부친은 전에 정혼하려고 알아봤던 그 청년이라고 말하며, 인연이라고 덧붙였다. 그런 인연을 사람의 힘으로 막을 수 없다고 했다. 이규풍 장군은 광무황제를 곁에서 모시며 이미 알고 있던 사이라고 했다.

잠시 말을 끊었던 부친이 다시 입을 열었다.

"막내야, 우리 막내둥이야."

"예, 아버님."

"네가 아주 어릴 적에 그런 일이 있었단다. 지금 이맘 때였어. 한겨울 추위도 아랑곳하지 않고 동네 아이들이 뒷동산에 올라 삭풍에 연을 띄우던 때였지. 무슨 일인지 평소엔 얌전하던 네가 연날리기는 좋아했어. 어쩌면 답답했는지도 모르지. 이미 조선의 여인으로 네게 많은 제약들이 시작되었으니까. 하고 싶은 것보다 해야만 하는 것이 많았고, 할 수 없는 것은 더 많아지기 시작했지. 그런 네 속을 헤아려 이 애비가 연 하나를 만들었단다. 각시연이었지. 연의 양 볼에 연지곤지를 찍어줬지. 넌 그 연을 하늘 끝까지 날릴 것 같더구나. 얼레를 풀고 풀어 깨질 것 같이 맑은 유리 하늘 위로 올리고 올렸어. 그런데 어느 순간 연줄이 뚝

끊어지며 각시연이 알 수 없는 곳으로 날아갔다. 그 나이 아이들이라면 연을 찾아달라고 떼를 쓰며 울고불고 난리가 날 텐데, 넌 전혀 그러지 않았단다. 너 대신 연을 놓아주기라도 하는 것 같았다. 그때 문득 그런 생각이 들었다. 언젠가 너도 저 연처럼 저 하늘을 날 날이 오겠지. 네 세상을 원 없이 살 날이 오겠지. 그러면 연줄을 끊어버린 얼레처럼, 아비도 너를 놓아줘야겠지 하고 생각했다. 돌아올 수 없는 연을 보며 언젠가 너도 저렇게 떠날 것이라는 생각을 했단다. 그날이 오늘인가 보구나."

"아버님."

"막내야, 막내둥아. 결심이 섰느냐?"

"네."

"그래, 그러면 됐다."

\*

그녀가 들어서자, 영문 편지를 쓰고 있던 선생님은 펜을 내려놓았다. 대한제국의 현실을 외국 신문에 알리기 위해 기고문을 쓰는 것인지 모른다. 아니면 황실의 밀명을 받고 외국의 어느 공관에 보낼 호소문을 쓰고 있는 것인지 모른다. 그것도 아니면 외국의 부인들에게 후원을 부탁하는 편지를 쓰고 있었는지도 모른다. 아니면 신여성에 관한 생각을 기술하고 있었는지도 모른다.

"바쁘신데 방해한 것 같아요."

"괜찮아요, 제가 안 바쁜 적이 있나요. 미션필드라는 잡지에 신여성이 바느질과 빨래를 할지 모른다고 푸념을 해대는 글이 실려서 반박하는 글을 쓰고 있었어요."

the aim and purpose of the instructions given by the fine institutions are to produce a new type of women who will become wise mothers, dutiful wives and enlightened housekeepers and not cooks, nurses nor seamstresses.

그녀는 선생님이 내민 원고를 바라봤다. '또한 그가 꼭 알아두어야 할 일은 학교 교육의 목적과 목표가 슬기로운 어머니들이나, 충실한 아내들, 개화된 가정주부들이 되는 새로운 형태의 신여성이지 요리사나 간호사, 침모를 배출하려는 것은 아니다.' 평소 신여성에 대한 선생님의 신념이 확고한 어조로 표현되어 있었다. 그녀는 원고를 다 읽고도 아무 말도 하지 못하고 망설였다. 그런 그녀의 기색을 먼저 알아차리고 선생님은 하고 싶은 말을 하라는 눈빛을 보냈다. 하지만 쉽게 말을 꺼낼 수 없었다. 선생님과 함께 보냈던 몇 년의 시간들이 스쳐지나갔다. 그녀가 머뭇거리자 선생님은 괜찮다는 듯 고개를 끄덕였다. 그녀는 어렵게 평양으로 갈 뜻을 밝혔다. 선생님은 이미 다 알고 있었다는 듯이 밝게 웃었다.

"바늘 가는 데 실이 가야지요. 그래야 뭐든 꿰맬 것 아닙니까. 목사님께서 평양기독병원으로 가신 다는 이야기 들었습니다. 병원 일 뿐만 아니라 숭의학교 일도 보신다면서요? 그런데 그거 보다 더 큰 일이 있는 거 알고 있습니다. 만주와 연해주에 있는 독립군과 접선을 용이하게 하기 위해서 그쪽으로 가시는 걸로 알고 있어요. 그런 장한 일을 하는 데 도움을 주러 가시는 건데 이렇게 기쁜 일이 어디 있겠어요."

"선생님……."

"괜찮아요, 그렇게 마음 쓰실 거 없어요. 선생님을 만나고 나서 이화가 벌써 몇 번이나 피었다 졌습니까? 이제 헤어질 때도 되었지요. 헤어져야 또 만나는 즐거움이 있지 않겠어요?"

선생님은 잠시 말을 끊고 그녀를 바라봤다. 시선 끝이 따뜻했다.

"우리 조선 여성도 할 일이 있지 않겠어요? 밥 짓고 빨래하고 아이 돌보는 것도 물론 중요하지요. 하지만 자신의 능력과 재능을 발휘하는 것도 그만큼 중요하다고 생각해요. 정의여학당에 선생님 이야기를 했더니 당장 보내달라고 하더군요. 그곳에 가서서 이곳에서보다 더 열심히 일해주세요. 평양은 부인회 활동이 조선 팔도 어느 곳보다 활발한 곳이니 선생님께서 하실 일이 이곳보다 더 많을 겁니다."

"선생님, 감사합니다."

"이제 제 얼굴 안 봐도 되니 속 시원하실 텐데, 왜 이러세요? 제가 평양을 거쳐 월경하는 일이 종종 있으니 기회가 되면 들릴 게요."

꼭, 그렇게 하시라는 말을 덧붙이고 싶었지만 그럴 수가 없었다.

몇 마디라도 더하면 어렵게 참고 있던 울음이 쏟아져버릴 것만 같았다. 그녀는 하고 싶은 말들을 가슴에 품고 돌아섰다. 등 뒤에서 선생님의 말이 이어졌다.

"참, 권애라 선생님도 이번에 개성으로 간다고 하셔요. 평소 뜻대로 충교예배당 유치부 교사로 가게 되었어요. 한꺼번에 유능하신 선생님을 두 분이나 보내니 섭섭하고, 또 한편으로 거기서 어떤 일들을 벌일지 기대가 돼요."

예전에 권애라가 했던 말이 떠올랐다. 고향에 가서 유치원 교사가 되고 싶다고 했던 말. 그리고 조선에는 개혁이 아니라 혁명이 필요하다는 말. 유치원 교사와 혁명이라는 단어가 간격이 커서 어울리지 않았지만, 가슴에 큰 뜻을 품은 것은 알 수 있었다. 그녀는 권애라를 찾아 복도를 걸었다.

\*

카페 안은 담배 연기가 자욱했다. 삼삼오오 모여 앉은 남자들 사이로 서양식 옷을 차려 입은 여급들이 분주히 움직였다. 그녀는 말없이 카페 안의 풍경을 바라봤다. 남자들의 시선이 몸에 닿는 것 같아 옷매무새를 고쳤다. 권애라는 가방에서 담배를 꺼냈다. 조선연초주식회사에서 나온 '미인표'라는 담배였다. 담뱃갑 표면에 여자가 그려져 있었고 그 밑에 영문으로 춘향이라고 쓰여 있었다. 매일신보에서 한복을 입은 여인이 담배 연기를 뿜는 광고를 본 것 같았다. 권애라는 학당에서 못 피운 것을 보충이라도 하듯 연거푸 담배를 피웠다. 남자들의 시선이 따가웠지만 개의치 않았다. 둘은 아무 말도 하지 않았다. 성냥으로 탑을 쌓던 김애라가 먼저 말문을 열었다. 귀가 따가울 정도로 큰 축음기 소리에 악을 쓰듯 말했다.

"이 언니는 평양으로, 권 언니는 개성으로……."

담배 연기를 뱉으며 권애라가 말을 받았다.

"그러니 너는 경성에 남아라. 학당에 남아서 선생님을 지켜드려."

"무슨 말이에요, 선생님을 지켜드리라는 게?"

곧 헤어지기 때문인지 김애라는 선생님이라는 호칭을 떼어버리고 예전처럼 언니라고 불렀다. 두 언니를 바라보는 김애라의 눈 끝은 벌써 젖어 있었다. 권애라는 그런 동생의 손을 꼭 잡았다.

"흑치마[55]가 선생님 주변을 배회하고 있어. 밀정들도 여럿 풀어 놓은 것 같고. 그년이 선생님에게 무슨 짓을 할 줄 알겠어. 그년이 일본어 통역한다고 황제께 접근해 기밀을 빼돌렸다는 소문이 파다해. 그래서 황제께서 평양 천도도 하실 수 없었고, 해삼위로 몸을 피할 수도 없으셨대. 황제께서 그렇게 총애를 하셨는데, 배은망덕한 년 같으니라고. 선생님께서도 어쩔 수 없이 그년하고 맞닥뜨리는 것 같은데 걱정이야, 무슨 일을 당하시지는 않을지……. 그년 나한테 걸리면 주리를 틀어놓을 텐데 말야. 나도 나대로 하겠지만, 가까이 있는 네가 선생님을 잘 보살펴 드려.

---

55) 배정자의 별명. 요화(妖花)라고도 불렸다.

선생님은 대한제국 여인들의 별이 아니시냐? 무슨 일이 생기면
안 돼."

"예, 알겠어요."

"그리고 너도 이제 선배로서 후배들도 잘 이끌고 그래야지. 유
관순인가 하는 그 아이 참 총명하더구나."

"관순이요? 말 안하셔도 잘 챙겨주고 있어요."

김애라는 힘차게 대답했다.

권애라의 말에 그녀는 배정자와 관순을 번갈아 가며 떠올렸
다. 그녀도 배정자를 먼발치에서 본 적이 있었다. 유창한 일본어
실력이 외모를 더욱 눈에 띄게 만들었다. 또한 모든 남자들의 마
음을 사로잡는 사교력도 대단했다. 배정자의 아버지는 흥선대원
군이 실각할 때 목숨을 잃었다고 했다. 그 충격으로 모친은 시력
을 잃었다. 연좌제를 당해 배정자와 모친은 관비가 되었다. 파랑
을 겪던 배정자는 일본으로 건너가 이토 히로부미의 수양딸까지
되었다. 그 후 광무황제 곁에서 일본어 통역을 하며 여러 기밀을
빼낸다는 소문이 돌고 있었다. 안중근 선생이 이토 히로부미를
저격한 후에도, 배정자는 실력을 행사하고 있었다. 그런 배정자가
선생님 주변에 사람을 풀어놓고 있다면 보통 일이 아니었다.

관순은 김애라의 2년 후배였다. 김애라가 동향이라며 데리고
왔을 때 인사를 받은 적이 있었다. 동급생보다 큰 키에 똑부러지
는 대답이 뭔가 큰일을 할 것만 같은 아이였다. 몇 마디 나눠보
지 않아도 알 수 있었다. 가슴에 무언가를 품은 아이였다. 아직
타고 있지는 않지만 뿌리가 깊은 불같은 것을 품고 있는 아이였

다. 그런 관순을 권애라도 눈여겨 본 것이었다.

"좋은 날, 무거운 이야기만 했네. 자, 마시자!"

"권 언니는 이별하는 날인데 왜 좋은 날이라고 해?"

"시절이 이 모양이니 이제 이별하면 언제 다시 만날 지도 모르잖아. 그러니 기분 좋게 헤어져야지. 그러니 좋은 날이어야지. 그리고 이제 각자의 길에서 나라를 위한 일을 하게 될 거 아니니, 그러니 또 한편으로 좋은 날이지."

말을 마친 권애라는 잔에 담겨 있는 맥주를 단숨에 비웠다. 입가에 묻은 흰 거품을 닦아내며 그녀에게 잔을 내밀었다. 내키지 않았지만 잔을 받았다. 권애라는 넘칠 듯 맥주를 따랐다. 둘을 보고 있던 김애라도 잔을 내밀었다. 그녀가 막았지만 권애라가 술을 따랐다.

"그래, 까짓것 오늘 우리 취해보자!"

"권애라, 안 돼!"

"이 규방 아씨야, 안 돼긴 왜 안 돼! 오늘 같은 날 막내도 한 잔 해야지. 우리가 이제 언제 다시 만날 줄 모르는데."

"맞아요. 나도 이참에 삐루 한 번 먹어봐야겠어요. 그 노란 물 먹으면 몽롱해지고 그런 다면서요?"

"부뚜막에 먼저 올라가는 것 보소. 누가 그러더냐?"

"동급생들 중에 먹어본 아이들이 있는데, 그렇게 말하던 걸요."

김애라의 말에 둘은 마주보고 웃었다. 무거웠던 분위기는 금방 바뀌었다. 그녀는 맥주를 한 모금 마셨다. 알싸한 기운이 온몸으로 퍼졌다. 그녀를 따라서 김애라도 마셨다. 한 모금 마시고 쓰다며 양미간을 일그러트렸다. 권애라는 노래를 따라 목을 까닥이며 어깨춤을 췄다. 그 모습에 그녀와 김애라의 웃음이 더 높아졌다.

"근데 이 언니, 목사님이랑 손은 잡아봤어요?"

"당연히 잡아봤겠지. 요즘 세상에 누가 내외하냐?"

"……."

김애라의 질문에 권애라가 한마디 거들었다. 그녀는 갑작스러운 질문에 얼굴을 붉히며 잔을 들었다. 그녀보다 답을 기다리는 김애라의 얼굴이 더욱 붉어져 있었다.

"이 언니, 혹시 키스는 해봤어요?"

"오! 키―스!"

"이 불량학생이 선생님한테 못 하는 말이 없어."

그녀는 귓불까지 붉히며 말했다. 권애라는 입술을 내밀며 키스하는 흉내를 냈다. 셋의 웃음소리가 더 높아졌다. 술기운이 더 오르자 권애라가 노래를 흥얼거리기 시작했다. 평소에도 자주 부르던 아라사의 민요였다. 봉건 영주에 맞서 민중 봉기를 일으킨 스텐카 라진을 기리는 노래라고 했다. 스텐카 라진이 점령지 영주의 딸과 사랑에 빠지자, 반란군 조직이 분열됐다. 그래서 그가 동지들을 위해 연인을 볼가강물에 수장시켰다는 뒷이야기가 더 슬픈 노래였다. 만주와 연해주에서 독립운동을 하는 우리 투사들이 자주 부르는 노래였다.

넘쳐 넘쳐 흘러가는 볼가강물 위에
스텐카 라진 배 위에서 노래 소리 들린다
페르샤의 영화의 꿈 다시 찾은 공주의
웃음 띤 그 입술의 노랫소리 드높다

\*

헌병이 조선 처녀들을 잡아간다는 흉흉한 소문이 많았다. 부녀자를 실절시킨다던지, 좋은 일자리를 구해준다는 감언으로 꾀여 일본으로 넘긴다는 말이 떠돌았다. '처녀 공출'이라는 말도 흘러나왔다. 그 때문에 규수를 둔 집안은 결혼을 서두르곤 했다. 부친도 그랬다. 의혼이나 납폐 같은 과정을 전부 생략하고, 바로 그녀의 집에서 약식으로 혼례를 치르자고 말했다. 목사님의 집안에서도 그렇게 하자고 답신이 왔다. 그렇게 결정하고도 부친은 안타까워했다. 하지만 그녀는 개의치 않았다. 나라가 이런 상황에 초례상이 어울리지 않는다고 그마저 거부하려고 했다. 여러 사람이 모이는 것을 일제가 단속했다. 혼례 같은 행사를 할 때도 헌병이나 밀정들이 염탐을 나오는 경우가 많았다. 그래서 그녀는 부친과 어머니에게 혼례를 치르기 위한 어떤 준비도 하지 말아 달라고 했다. 올 수 있는 사람도 많지 않았고, 온다고 하면 일제의 감시를 피할 수 없었다. 하지만 그래도 최소한은 해야 한다며 어머니는 상을 차리고 자신이 입고 왔던 혼례복을 손봤다.

그가 오면 가족과 인사를 나누고 저녁 식사를 함께 하는 것으로 혼례를 대신 하기로 했다. 대부분의 동지 결혼이 그런 식이었다. 친지들과 동지들이 식사 한 끼를 같이 먹고 기념사진을 찍는 것 외에는 별다른 것을 하지 않았다. 여전히 부모님은 안타까워했지만 그녀는 그것만으로도 좋았다. 마음 같아서는 함도 시끌벅적하게 받고 싶었고 말을 타고 친영을 오는 늠름한 신랑의 모습을 보며, 기쁜 마음을 어렵게 숨기고 싶기도 했다. 부부의 금실을 상징하는 나무 기러기 한 쌍의 머리를 차례로 쓰다듬어보고도 싶었다. 하지만 그럴 수 없는 상황이라는 것을 잘 알고 있었다. 그와 같이 있을 수 있다면 그런 것은 아무래도 상관없었다.

혼례를 약조한 날이 돌아왔다. 집안 분위기는 평소와 전혀 다르지 않았다. 어느 누구도 전과 다른 기색을 보이지 않았다. 전날과 같은 일상이 이어졌다. 그녀는 학당을 다녀온 후 어머니를 거들어 저녁상을 차렸다. 부친은 사랑채에서 책을 읽다 상을 받았다. 달라진 것은 저녁상 위에 밥이 한 공기가 더 올라와 있었던 것이다. 다들 그를 기다리고 있었지만 아무도 내색하지 않았다. 빈자리가 있지만 의식하지 않고 천천히 식사를 했다. 기다린다고 말하지는 않았지만 늦어지는 그를 위해 느릿느릿 숟가락질을 했다. 그렇게 천천히 식사를 해도 그는 오지 않았다. 숭늉을 마시고 차를 마셔도 그는 오지 않았다. 그녀는 양친에게 인사를 올리고 자신의 방으로 건너갔다. 모친이 정성들여 손본 원앙금침이 쓸쓸하게 방을 지키고 있었다. 그녀는 금침을 손으로 쓰다듬으며 텅빈 바람벽을 바라보았다.

밖에서 부친이 밭은기침을 하는 소리가 들렸다. 그 기침 소리에 수천 마디 말이 배어있다는 것을 그녀는 잘 알고 있었다. 텅 빈 신방을 바라보는 부친의 마음을 그 기침으로 밖에 표현할 수 없을 것이었다. 그 기침 소리 한 마디 한 마디에 마음이 저렸다. 살얼음을 깨고 냇가에 손끝을 담군 것처럼 시렸다.

"아버님, 이제 그만 들어가시지요."

"아니다. 조금만 더⋯⋯. 눈이 참 소담스럽게 내리는구나. 혼례 날 눈이 오면 잘 산다고 하더라."

"잠깐 안으로 드시지요."

"새신랑도 안 들어간 신방에 어찌 들어간단 말이야. 괜찮다, 괜찮아. 이제 여기가 아비의 자리이다."

아비의 자리. 그녀는 비로소 온몸에 걸치고 있는 혼례복을 느꼈다. 자신을 감싸고 있는 혼례복의 때깔이 겨울밤빛과 대조되었다. 부친은 그녀의 방문 아래 마당에서 몇 시간째 서성거리고 있었다. 들어가시라는 말도, 들어오시라는 말도 듣지 않고 그녀 주변을 맴돌았다. 그만큼의 거리가 이제 부친과 시집을 간 딸의 간격이라고 생각하는 것 같았다. 처음으로 느끼는 부친과의 거리였다. 자신을 위해 부정을 누르며 그런 간격을 만드는 부친을 보며 마음으로는 더 가까워지는 것을 느꼈다.

문틈으로 새어든 한풍에 촛불이 허리가 부러질 듯 흔들렸다. 간간이 이어지는 부친의 말도 그렇게 흔들렸다.

"오지 못할 사람을 기다리는 조선의 여인들이 저 하늘의 뭇별들처럼 수도 없이 많다. 기약 없는 기다림처럼 아픈 것이 어디 있겠느냐. 하지만 너는 오기로 되어 있는 사람을 기다리는 것이 아니냐. 올 것이다. 조금 늦어지는 것일 뿐이니, 기다려 보자."

"……."

"처음부터 네 사람이 아니라는 거 알고 있지 않았느냐. 나라가 이런 상황에 어찌 필부의 행복을 바라겠느냐. 그러니 너무 상심하지 말거라."

"예, 아버님."

밤빛 때문에 파랗게 변한 창호지가 바람에 떨렸다. 부친의 목소리도 그랬다. 말 마디마디에 배어있는 물기에 그녀는 고개를 들수 없었다. 쌓인 눈을 밟는 부친의 발자국 소리가 조심스럽게 이어졌다. 얼마나 시간이 흘렀을까, 창호지 문 너머로 눈의 그림자도 더 이상 보이지 않았다. 부친의 발자국 소리도 들리지 않았다. 세상의 모든 소리마저 잠이 든 듯 조용했다.

'목사님은 어디쯤 계실까? 무슨 일이 생긴 건 아니겠지…….'

약조를 잊을 사람이 아니었다. 오늘을 그녀보다 더 손꼽아 기다렸던 사람이었다. 출감한 후에는 시간이 가지 않는다며 투정을 부리기도 했었다. 그런데도 오기로 한 시간에서 이렇게 지체했을 때는 그만한 이유가 있을 것이다. 아무 일 없을 거라고 위안하려고 했지만 시간이 지날수록 걱정되었다. 하지만 무슨 일이 있더라도 반드시 올 사람이라는 생각이 들었다. 헌병에게 추격을 당하고 있다면, 어쩌면 그녀의 집 주변에 밀정이 몸을 숨기고 있을지 몰랐다. 그렇다면 차라리 그가 오지 않았으면 하는 생각도 들었다. 그에게 아무 일도 생기지 않기를 바라며 빈방을 지켰다. 촛불의 그림자도 조용히 떨고 있었다.

그때 문밖에서 소리가 났다. 기왓장이 들썩이는 소리였다. 누군가 담을 넘는 소리인 것 같았다. 그일까? 그녀는 촛불을 껐다. 그런데 그 인기척 뒤에 다른 인기척이 뒤따르는 것을 느꼈다. 담을 넘으려는 인기척은 급하게 몸을 돌려 다른 곳으로 뛰어가는 것 같았다. 호각 소리가 이어지고, 그 소리에 놀란 개들이 짖는 소리가 들렸다. 겨울밤이 깨지는 소리가 골목을 매웠다. 의심을 살 것 같아 그 소란에 밖으로 나가지 않았다. 귀만 빈방을 벗어나 골목 끝을 향하고 있었다. 골목을 울리며 뛰어가는 발소리를 쫓아갔다.


'아, 목사님……. 목사님…….'


문밖으로 파랗게 날이 밝아왔다. 그녀는 날이 밝도록 혼자 신방을 지켰다. 한숨도 자지 않고 앉아 있었다. 차게 식은 방안 공기와 온기 한 번 품지 못한 원앙금침. 그녀는 혼자 옷고름을 풀었다. 신방에서 신부가 옷고름을 푸는 법은 없다고 했다. 만약 그렇게 한다면 눈밑에 평생 눈물주머니를 달고 산다는 말이 있다. 하지만 그녀는 그런 말은 신경 쓰지 않고 저고리와 치마를 벗었다. 그리고 평소 입던 검정색 치마저고리로 갈아입었다.

문을 열고나오니 밤새 쌓인 눈이 그녀를 맞이했다. 부친의 발자국 위로 새로운 눈이 덮여 있었다. 그 많은 발자국 위로 엷게 다른 눈이 쌓였다. 그녀는 소리가 났던 곳으로 발걸음을 옮겼다. 그 소리가 떠난 뒤로도 눈이 왔지만, 그 흔적을 눈이 다 덮지는 못했다. 기왓장 위로 누군가 넘어 오려고 한 흔적이 있었다. 기왓장에 남은 그 흔적에 손을 댔다. 목사님의 체온이 남아 있을 것만 같았다. 깊은 숨을 내뱉자 하얀 입김이 흘러나왔다. 그 입김마저 얼어버릴 듯 추운 아침이었다. 그래서인지 어느 집에서도 밥 짓는 소리가 들리지 않았다. 그녀는 발걸음을 돌리려다가 발밑에 밟히는 게 있는 것을 느꼈다. 손을 뻗어 눈을 헤집었다. 눈 속에 십자가 목걸이가 있었다. 목걸이를 손에 쥐고 가슴에 품었다. 가슴에서 솟아나오는 말로 기도를 올렸다.

'하나님, 당신의 아들을 지켜주시옵소서.'

양친이 쓰는 방 앞으로 다가갔다. 눈 밟는 소리에 잠이 깰까봐 발끝을 조심했다. 그녀의 마음을 아는지, 보드득보드득 눈마저도 숨을 죽이는 것 같았다. 양친도 늦게까지 잠을 이루지 못해서 그런지 방문 너머에서 인기척이 나지 않았다. 평상시 같으면 부친은 서책을 뒤적이고 있을 것이고, 모친은 부엌에 있을 시간이었다. 양친이 다 일어나지 않은데다, 일하는 사람들도 전부 떠나가 버려서 그런지 집안은 조용하기만 했다. 경술년 이후 집안에는 아무도 살지 않는 것 같았다. 그해에 시종원이 해산되자 부친도 더 이상 궁 출입을 할 수가 없게 되었다. 끝까지 황실을 지키려고 했던 부친의 노력은 꺾이고 말았다. 예전에는 공무로 바빠 부친은 집을 비우던 날이 많았다. 그때는 부친이 집에 없어도 있는 것 같이 느껴졌다. 어디서고 부친의 강직한 음성이 흘러나올 것 같았다. 어디서든 인자한 미소를 볼 수 있을 것 같았다. 하지만 이즈음에 부친이 집에 있어도 없는 것처럼 느껴질 때가 많았다. 사랑채에서 책을 읽는 소리가 나고, 잔기침 소리가 들려도 없는 것 같이 느껴졌다. 어쩌면 부친은 집에 없는 지도 몰랐다. 대한제국이 일제에 그렇게 넘어 갔을 때, 부친의 모든 것도 사라졌는지 모른다. 그날 이후 부친은 일을 하던 사람들에게 후하게 삯을 쳐서 내보냈다. 눈에 띄게 준 집안 살림 때문이기도 했지만, 부친이 계획하고 있는 어떤 일로 그들까지 다칠 것을 염려하는 것 같았다. 그런 부모 곁을 막내딸인 자신마저 떠나는 게 쉽지는 않았다.

그녀는 양손을 눈썹 위에 모았다. 정성을 들여 큰절을 올렸다. 언제 다시 만날지 모르기에 가슴 속에서 울음이 새어나오려고 했다. 지난 밤 눈을 다 맞은 부모님의 신을 보니 참기 힘들었다. 하지만 부모님이 깰 수도 있기에 단단히 깨물었다. 어제 부친이 말한, 아비의 자리라는 말이 생각났다. 자신에게서 한발자국 멀어지기는 했지만 부친은 늘 그 자리에서 자신을 바라봐줄 거라는 생각이 들었다. 부친은 세찬 풍설에도 꺾이지 않는 교목이 되어 그 자리를 지킬 것이었다. 자신도 한발자국 떨어져서 그런 부친을 항상 바라보리라고 생각했다. 부친이 벗어놓은 신발 아래, 이제 이만큼의 거리가 시집간 여식의 자리라는 생각이 들었다. 이만큼의 거리에서 부모님과 헤어져야 했다. 그녀는 혼자 길을 나섰다. 어디선가 연을 잡아맨 줄이 툭 끊어지는 소리가 들리는 것 같았다. 아무도 걷지 않은 하얀 눈밭이 그녀를 기다리고 있었다. 오직 자신의 발자국만 그녀를 배웅하며 따라나섰다.

경성역에서 기차에 올랐다. 기차는 흰 연기를 내뿜으며 역을 등졌다. 차창 밖으로 낯익은 모습들이 빠르게 물러났다. 기차는 경적 소리를 내며 눈밭을 가로 질렀다. 반나절이면 평양에 도착할 것이다. 낯선 곳에 간다는 두려움보다 그에 대한 걱정이 앞섰다. 그는 지금 어디에 있을까? 무슨 일로 쫓기는 것일까? 혹시 잡히지는 않았을까? 여러 걱정이 꼬리를 물고 그녀 뒤를 따랐다. 그가 출옥했던 날이 떠올랐다.

*

"우리가 같은 땅을 밟고 자랐다는 게 놀랍습니다. 왜 전에는 한 번도 만나지 못했을까요?"

"제가 일찍 경성으로 이사를 하는 바람에 그렇게 된 것 같아요. 그래도 간혹 방학 기간을 이용해 아산에 갔습니다."

"그래요. 어쩌면 먼발치에서라도 봤겠죠. 혹시 옷깃이 스치며 지나갔을 지도 모르지요. 그래서 그럴지도 모르겠네요. 이화학당에서 처음 선생님을 뵈었을 때, 어디서 본 듯한, 전혀 낯선 사람이 아니라는 생각이 들었습니다. 그리고 이제야 말씀드리는 거지만, 앞으로 인연이 이어질 것 같다는 막연한 기대 같은 것도 했습니다."

그녀는 전에 그의 모습을 본적이 있다는 말은 하지 않았다. 그의 어머니가 둑을 올라가고, 그가 일본 헌병에게 곤혹을 치르던 기억을 꺼낼 수가 없었다. 분명 그에게도 그날의 기억은 깊은 상처가 되어 있을 것이다.

마침 주문한 두부가 나왔다. 그녀는 흰 연기가 모락모락 피어오르는 두부 위에 김치를 올렸다.

"감옥 때문에 경성 시내에 두부가 동날 정도라는 우스갯소리가 있습니다. 앞으로 수없이 들락거릴 건데 왜 두부를 주문했습니까?"

"그런 뜻으로만 주문한 거 아니에요. 옥에서 영양 있는 음식을 제대로 못 드셔서 고기를 대접하고 싶었는데, 갑자기 기름기 있는 음식을 먹으면 안 된다고 하더군요. 그럴 때 두부가 제일 좋다고 해서 여기로 왔습니다. 두부만큼 기력 회복에 좋은 음식이 없다고 하더라고요. 험한 산길 다니는 포수나 심마니들이 산행 후 반드시 두부를 먹는답니다."

그는 두부를 바라보며 잠시 말을 끊었다. 서글픈 눈빛이 두부에 내려앉았다. 그는 젓가락을 쥐며 말을 이었다.

"감옥에 있으면서 그리운 것과 무서운 것이 있었어요."

"그게 뭔가요?"

"어릴 적 생각이 많이 났습니다. 형제들과 함께 곡교천에서 천렵도 하고 뒷동산에서 연 날리기도 하던 그날이 자주 꿈에 나왔어요. 다시는 돌아갈 수 없기에, 그리고 현실과는 너무나 다르기에 그렇게 그리웠는지 모르지요. 그리고 지금 아이들이 그런 시간들을 보낼 수 없기에 그 생각은 더했는지도 몰라요."

"……."

"매사냥꾼이 어떻게 매를 길들이는지 아십니까? 처음 매를 들이면 사흘 동안 먹이를 주지 않고 굶긴답니다. 허기진 상태에서 조금씩 먹이를 주면서 복종심을 기르게 하는 거죠. 아무리 야생이 강한 매라도 일주일을 견디지 못하고 고개를 숙인답니다. 허기라는 게 그렇게 무서운 거지요. 본능마저 꺾게 만드는. 다른 건 이를 악물면 어떻게든 참겠는데 허기는 정말 참을 수가 없었습니다. 맞은 상처는 시간이 지나면 아물어 통증도 덜 하는데 배고픔은 시간이 지날수록 더 커졌지요. 일본 놈들도 그걸 알기에 알량한 식사량을 줄이곤 했습니다. 너무 배가 고파서 창살 사이로 기어들어온 벌레를 잡아먹기도 했습니다. 그런데 그마저도 많지 않았습니다. 벌레도 먹을거리가 없었던 거지요. 같은 방 동지가 먹을 것으로 보일 때도 있었습니다. 큼지막한 씨암탉으로 보여서 뜯어먹고 싶었습니다. 나와 내 동지를 무참히 때리던 간수의 손인데, 배식구로 주먹밥을 던져 줄 때는 얼마나 고맙던지……. 단지 허기 그 자체가 무서운 것이 아니었습니다. 그 허기에 정신을 팔아버리고 뜻을 꺾을까봐 두려웠습니다. 정신이 육신을 이기지 못하고 굴복해서 개밥을 얻어먹으며 고마워 할까봐 두려웠습니다."

그녀는 아무 말도 하지 못하고 두부에 김치를 올려놓았다. 그는 말을 마치자 한 사람 한 사람 호명을 하며 두부를 먹었다. 오씨, 박씨, 태복아범, 용이, 민석이, 관상쟁이……. 같은 방을 쓰던 사람들의 이름이라고 했다. 그 사람들을 대신해서 먹는 것이라고 했다.

"이애라 선생님."

그들의 이름이 끝나자마자 그녀의 이름이 불렸다. 그는 이름을 부르고 나서도 눈만 맞출 뿐 말을 잇지 못했다. 그가 눈빛으로 뭔가를 말하는 것 같아서 그녀는 고개를 숙이거나 돌리지 않았다. 눈빛을 맞추며 그가 마음으로 하는 말을 들으려고 했다.

"고생이 자심하실 것입니다."

"……."

"그래서 오랫동안 망설였습니다. 그러는 동안 마음이 자꾸만 커지더군요. 면회를 하지 못하고 돌아가실 선생님을 생각하면 할수록 마음이 커졌습니다."

"그런 마음 알고 있었어요. 그래서 오히려 감사했고요."

"제 마음을 받아주시니 감사할 따름입니다. 그리고 그동안 여러 일 많이 도와주셔서 정말 감사합니다."

"못난 저 같은 사람을 받아주셔서 제가 더 감사하지요. 그동안 제가 한 일이, 어디 목사님만의 일인가요. 나라를 위한 일인데 니일 내 일이 어디 있나요. 앞으로 저도 저 나름대로 나라를 위한 일을 하려고 합니다. 그러니 앞으로 목사님께서 많이 도와주세요."

"네, 그리하겠습니다."

"참, 그때 그 아이 생각나십니까? 김애라라고."

"네, 생각납니다. 선생님과 이름이 같아서 더 잘 기억납니다. 장난기가 가득한 모습이 아직도 눈에 선합니다."

그는 김애라의 모습을 회상이라도 하는 듯 시선을 잠시 먼 곳으로 던졌다.

"그 아이도 목사님 걱정 많이 했어요. 면회 오며가며 저간의 사정들을 이야기 했었거든요. 자기 일처럼 걱정을 많이 하더군요. 솜옷 지을 때 도움도 많이 줬고요. 워낙 정이 많은 아이여서 그런 것 같아요. 오늘 만난다고 하니 따라오고 싶다고까지 하더군요. 안된다고 하니까 안부 인사라도 전해달라고 하더라고요. 그리고 한번 또 뵙고 싶다고 하더군요."

"그래요, 좋은 날 만나서 창경원[56] 동물 구경이라도 가지요."

"그 아이가 좋아하겠네요."

설한풍에 간유리를 끼워 넣은 출입문이 덜컹거렸다. 문틈으로 냉기가 이빨을 드러내며 쳐들어왔지만 그녀는 춥지 않았다. 오히려 겨울 날씨가 사나워질수록 추위를 이겨내겠다는 오기가 더 커졌다. 그의 손이 건너와 그녀의 손을 감싸 쥐었다. 고신에 여기저기 상해 있었다. 손가락 끝이 동상 때문에 까맣게 변해있었다. 그녀의 마음도 까맣게 변하는 것 같았다. 그녀는 손을 포갰다.


그가 곁에 있는 것만 같았다. 기모노를 차려입은 일본 여자가 옆자리에서 졸고 있지만, 그 여자를 지우고 그 자리에 그를 앉게 했다. 신부 혼자 시댁으로 가는 길이지만 절대 혼자 가는 길이

---

56) 1909년, 일제가 창경궁을 훼손하여 동물원과 식물원을 만들어 일반인에게 관람을 허용했다. 1984년 서울대공원이 건설될 때까지 조선의 궁궐이 놀이동산으로 사용되었다.

아니라고 스스로 다잡았다.

기차에서 내려 인력거를 탔다. 인력거꾼은 순식간에 그의 집에 도착했다. 그녀는 가쁜 숨을 몰아쉬며 짐을 내리는 인력거꾼에게 돈을 치렀다. 대문은 그녀를 기다리기라도 하는 듯 안을 향해 열려 있었다. 그녀는 바로 들어서지 못하고 숨을 돌렸다. 아무리 담이 크다고 해도 처음 오는 시댁을 단번에 들어갈 수는 없을 것이다. 그녀는 양손에 들고 있던 짐을 내려놓았다. 옷매무새를 바로 잡았다. 어깨에 내려앉았던 눈을 꼼꼼히 털어내었다. 마냥 지체할 수도 없는 일이어서 숨을 한번 몰아쉬고 사붓이 계단을 올랐다. 문턱을 넘으며 치마 끌리는 소리가 났다. 문 안으로 들어서자 부엌에서 사람이 나왔다.

"아이구, 새아기씨 오셨네. 곱기도 하셔라!"

"……."

그녀는 탄성을 지르며 다가오는 여자에게 고개를 숙였다.

"먼 길 오느라 고생하셨어요. 마님께서 오랫동안 기다리고 계셨어요. 사람도 보냈는데 같이 오지 않을 걸 보니깐 길이 어긋났나보네요."

"네, 그런가보네요."

"드디어 이 집에도 사람 소리가 나겠네요. 다들 만주로 연해주로 떠나버려서 절간 같았는데, 마님도 저도 이제 덜 적적하겠네요."

"네에."

여자가 찍어놓은 발자국을 따라 안으로 향했다. 수다스러운 여자의 말이 제대로 들리지 않았지만 대답을 건넸다.

"마님, 새아기씨 왔어요."

"들어오라 하게."

여자의 말에 강강한 목소리가 돌아왔다. 낮지만 위엄이 서려 있었다. 그녀는 여자의 눈짓에 따라 마루 위로 올라섰다. 어디가 어긋났는지 삐걱이는 소리가 났다. 그 소리에 신경을 곤두세우며 문지방을 넘어서 방 안으로 들어섰다. 허리를 꼿꼿이 세운 노부인이 자리를 지키고 앉아 있었다. 목소리처럼 흐트러지지 않은 자세였다. 그녀는 정성을 들여 큰절을 올렸다.

"먼 길 오느라 수고했다."

"……."

"사돈어른들은 무고하시고?"

"네, 평안하십니다."

"바깥사돈 어른께서 경성으로 솔거하시기 전까지 우리 집과도 왕래가 더러 있었다. 안사돈의 가르침을 받았으면 별다른 걱정을 할 것 없다고 생각한다."

"……."

"좋은 날 맞아서 온 집안이 사람들로 북적거리고 풍악이 넘쳐야 할 텐데 그러지 못하는 거 네가 이해해주길 바란다."

"네."

"네가 경성옥에서 규갑이를 위해 마음 많이 썼다는 이야기는 들었다. 앞으로 덕수 이가의 여자로서 배울 것이 많을 것이다. 게으리 하지 말고 심신을 다해서 배워라."

"네, 알겠습니다."

"먼 길 오느라 고단했을 테니 어서 건너가거라. 밤골댁 짐 푸는 것 좀 도와주게나."

"네, 마님."

시모의 방을 나와서 댓돌로 내려섰다. 갑자기 긴장이 풀리며 다리에서 힘이 빠졌다. 다리가 꺾이는 바람에 넘어질 뻔했다. 밤골댁이 그녀의 팔을 재빠르게 붙잡았다. 그녀는 한숨을 내쉬며 댓돌에서 내려섰다. 그녀의 머리 위로 옥구슬 같은 평양 하늘이 높다랗게 펼쳐져 있었다. 문득, 얼레를 벗어난 각시연은 어디에 당도했을지 궁금했다.

# 콩 심은 데 콩 나고

"어머님, 부르셨습니까?"

"그래, 들어오너라."

문 건너편에서 시모의 대답이 건너왔다. 방 안에 들어서자 깊은 묵향을 느낄 수 있었다. 시모는 마음이 어지러울 때면 오랫동안 먹을 갈아 글을 쓰곤 했다. 시집 온 후 지난 칠년 동안 그런 모습을 자주 봐왔기에, 농묵의 향기마저 쓸쓸하게 느껴졌다.

시모는 창백할 정도로 하얀 화선지에 '恩' 자를 쓰고 있었다. 종이를 스치는 강모 소리가 낮게 들렸다. 붓끝이 '인할 인 자'에 이어 '마음 심 발'을 쓰러 흘러 내려갔다. 점 하나를 좌측에 힘 있게 찍고, 손목에 있던 힘을 빼내며 붓끝을 살짝 들어 올려 마음 심 자의 두 번 째 획을 완성했다. 간가가 조금도 흐트러지지 않았다. 시모는 온힘을 다해 글씨를 토해내는 것 같았다. 강유한 글씨에 그녀는 숨도 쉴 수가 없었다.

當存望之秋 一死報君恩

"마음 심. 심장을 본뜬 글자라는데, 내 마음이 바르지 못해서 그런지 늘 쓰기가 이렇게 어렵구나. 중심을 제대로 잡고 있지 못하고 한쪽으로 찌그러져 있구나. 본시 마음을 잡는 게 이렇게 어렵구나."

"……."

"이 글귀를 알아보겠느냐?"

시모는 붓을 내려놓고 큰숨을 내쉬며 물었다. 그제야 화선지에 가득 찬 열 글자를 다 볼 수가 있었다. 한 눈에도 무슨 글귀인지 알 수 있었다. 어릴 때 부친이 형제들 앞에서 이 글귀를 쓰며 어떤 내용인지 알려준 적이 있었다.

"충무공 어르신께서 한산섬에서 쓰신 글귀가 아닌가요?"

"그렇지, 잘 알고 있구나."

"어릴 적에 가친께서 저희 형제를 모아놓고 쓰신 적이 있으십니다."

"그래, 그러시고도 남으실 분이시지. 한산대첩 전 날에 충무공 어르신께서 격전을 앞두고 심경을 담으신 글귀지. 나라가 존망의 위기에 처하였으니, 목숨 바쳐 임금님 은혜에 보답하리라는 뜻이지. 그런데 나는 이 글귀를 쓸 때마다 '君'자에 대한 사람들의 해석이 걸린다. 다들 당시 임금이었던 선조로만 해석을 하지 않니. 하지만 말이다 군이라는 이 글자는, 남편이나 부모 그리고 아내, 군자, 어진 이, 조상의 경칭도 되고 그대나 자네라는 뜻도 되지. 한 마디로 모든 사람을 다 칭하는 글자라고 할 수 있어. 꼭 임금이라고 해석할 필요가 없다는 거지. 이 글자를 조선 사람

전체를 뜻하는 것으로 봐도 될 것 같아. 왜놈들에게 고통을 받고 있던 당시 조선 백성을 안타깝게 생각하며 한 순간도 제대로 잠을 자지 못하셨던 충무공 어르신을 생각하면 내 해석도 맞을 것 같다. 그 모든 백성이 충무공 어르신께는 다 '君'이었을 게다. 지금 내게 이 글자는 이천 만 조선 사람을 뜻하는 것으로 보인다."

"……."

"여담이지만, 충무공 어르신과 신사임당 어르신의 자제이신 율곡 이이 어르신도 다 덕수 이씨시다. 우리 덕수 이가는 이렇듯 문무를 다 갖춘 가문이다. 충무공 어르신과 율곡 어르신 이 두 분께서는 숙질간이셨는데, 충무공 어르신이 항렬로는 더 높지만 나이는 아홉 살 적으셨지. 당시에 율곡 이이 어르신의 십만양병론이 받아들여졌다면 임진왜란이 일어나지도 않았을 테고, 지금 같은 환란이 일어나지 않았을 거라는 생각이 든다. 율곡 어르신께서 조금만 더 오래 사셨더라면 어땠을까? 십만양병론을 주장하고 다음 해에 돌아가셨으니 참 애석하구나."

"……."

"아가, 너희 시부께서는 충무공 어르신의 9대손이시지. 너희 시부께서는 철종 13년 임순무과[57]에 급제하여 화순 군수를 역임하셨다. 그릇된 것에는 한없이 강직하지만 백성들에게는 자애로웠던 목민관이셨다. 국록을 먹는 신하로서 기울어지는 나라에 대한 책임감과 죄의식을 많이 느끼셨다. 종형제 사이인 을미의병장

---

57) 1863년.

실곡[58] 선생을 많이 도와주셨다. 이춘영, 이종덕, 이세영 같은 많은 덕수 이가들이 의병에 참가했었지. 그분들이 처음으로 거병을 하시지 않았다면 지금같이 의병이나 독립운동이 활발하지 않았을 것이다. 시부께서는 나라가 왜놈에게 유린당하는 것을 보며 비분강개 하시다가 몸과 마음을 다치셔서 국운과 함께 쓰러지셨지. 너희 시숙과 남편에게 꼭 의병을 일으키라는 유언을 남기셨다. 홍주 의병이 일어나기 네 해 전이었다. 너희 시부는 그런 분이셨다.

이 나라를 위해 충무공 같으신 분들이 목숨을 초개와 같이 버리시지 않았느냐? 나라가 백척간두에 처했는데 내 목숨이 지푸라기보다 나을 게 뭐가 있겠니? 나라를 위해 태울 수 있으면 당장이라도 불길에 뛰어들어야지. 우리 덕수 이문에 독립운동을 하지 않는 사람이 없지 않느냐? 네 남편부터 시작해서 시형 내외간에다 시숙에다가 당질들 그리고 종형제까지. 남자들뿐만 아니라 안사람들까지 다 충무공 어르신의 피가 전해졌기 때문이다. 자고로 피도독은 못한다고 했다. 콩 심은 데 콩나고 팥 심은 데 팥 난다는 말이 있잖느냐."

시모는 말을 끊고 자신이 쓴 글씨로 눈길을 옮겼다. 굳이 나머지 말들을 하지 않아도 그녀는 시모의 뜻을 알 수 있었다.

"다 노서아로 떠나버려서 집안이 절간 같구나. 마당에 이제는 낙엽 떨어지는 소리까지 들릴 것 같구나. 왜놈들의 생트집이 심

---

58) 實谷, 을미의병장 이필희(李弼熙)의 호.

하기도 하고 이놈들의 뒷바라지도 할겸 나도 국경을 넘어야할 것 같다."

"……."

"김구 선생의 모친 곽낙원 여사, 안중근 선생의 모친 조마리아 여사, 신채호 선생의 아내 박자혜 여사. 조선, 만주, 연해주, 일본에 흩어져서 독립 운동을 하는 그 많은 투사들 중 어머니 없는 이들이 있겠느냐? 어머니와 아내와 누이들이 있었기에 그분들이 큰 뜻을 펼칠 수 있었느니라. 머지않은 훗날 독립이 되었을 때, 역사가 행주산성의 아낙네들의 이름을 기억하지 못하듯 이분들의 존함을 잊을까 두렵구나."

"어머님……."

그녀는 시모가 그러하다고 생각했다. 항상 시모를 흔드는 바람이 휘몰아쳤다. 그 바람에 몸을 맡기며 시모는 흔들렸지만 한 번도 부러지거나 쓰러진 적이 없었다. 오히려 댓잎만 더 푸르렀다.

"민철이는 언문 공부가 한창인 것 같더구나."

"예, 기역 니은을 뗀지 얼마 되지도 않았는데 이제 제법 글도 읽고 쓰고 해요."

"녀석이 기역 니은 디귿 따라하는 소리가 어찌나 우렁찬지 깜짝깜짝 놀란단다. 어릴 적 지 아비를 닮은 것 같더구나. 그럼 그렇지, 콩 심은 데 콩이 날 수 밖에."

대문에서 들리는 인기척에 시모의 엷은 웃음이 끊겼다. 그녀는 문을 열고 댓돌로 내려섰다. 시모의 시선의 따라왔다.

'목사님이실까⋯⋯. 그 멀고 험한 길을 건너 그분이 오셨을까?'

거미가 줄을 타고 내려왔고 까치가 아침부터 짖어댔다. 누군가 올 것 같은 날이었다. 어디서라도 무엇이라도 문지방을 넘어설 것만 같았다. 지나가던 개라도 문을 밀고 들어올 것 같았고, 주소가 잘못 쓰인 편지라도 배달될 것만 같았다. 마당을 정성들여 쓸었고 먼지가 나지 말라고 수시로 물도 뿌렸다. 하지만 그러지 않은 날이 없었던 것 같았다. 매일 거미가 줄을 타고 내려온 것 같았다. 하루도 거르지 않고 까치가 울어댔던 것 같았다. 거미가 내려오지 않아도 거미가 보였고, 까치가 울지 않아도 까치의 울음소리가 들렸다. 마음이 그렇게 믿고 귀가 그렇게 듣고 눈이 그렇게 보았다. 하지만 기다리던 사람도 고대하던 소식도 좀처럼 오지 않았다.

그런데 오늘은 달랐다. 조심스럽게 문을 열자, 남자 한명이 서 있었다. 깊게 눌러쓴 중절모와 발등까지 내려오는 긴 코트에 낯선 곳의 기운이 묻어 있었다. 목사님에게서 온 인편이라는 생각이 스쳤다. 그 깊고 넓은 기다림을 건너 온 사람이라는 생각이 들었다. 남자가 들어올 수 있도록 문을 열었다. 몸보다 이곳저곳을 살피는 날카로운 눈빛이 먼저 들어왔다. 집 안으로 들어서서도 그 눈빛은 풀어지지 않았다. 오랫동안 누군가의 감시를 받고 있는 사람의 모습이었다. 오랫동안 누군가를 피해 다니는 사람의 행동이었다. 도수 높은 검은 뿔테 안경 뒤에서 빛나고 있는 눈동자와 잘 다듬은 콧수염, 남자가 누구인 지 알 수 있었다. 남자를 조심히 들인 뒤 문밖을 살폈다. 소리 나지 않게 문을 닫았다.

"제수 씨 접니다. 운호[59] 가 보냈습니다."

"목사님께서요?"

"네, 자당 어른 병고가 어떠신가 봐달라고 했습니다. 그리고 제수씨 걱정도 많이 하더군요. 그간 고초가 심했지요? 오늘은 문서를 품고 온 게 아니니 안심하십시오."

"먼 길 오시느라 고생하셨습니다. 어서 안으로 드시지요."

그의 입에서 목사님의 목소리가 흘러나왔다. 목사님이 시모를 걱정하고 자신을 염려하고 있다고 했다. 그녀는 가슴 한쪽이 젖어드는 것을 느꼈다. 가슴 어디선가 밀물이 밀려와 온몸을 적시는 것을 느꼈다. 온몸이 파랗게 젖는 것 같았다. 그를 붙들고 목사님의 목소리를 더 듣고 싶었다. 식사는 잘 하고 계시는지 잠은 잘 주무시고 있는 지 건강은 좋으신지……. 하지만 그럴 수 없었다. 목소리가 밖으로 새어나갈 수도 있었다. 그리고 우선 시모에게 알려야 했다. 묻고 싶은 것들을 삼키며 그를 안으로 들였다. 그는 방안으로 들어서며 깊게 눌러쓰고 있었던 모자를 벗었다.

"자네는 면희 아니신가? 애국지사들 변호하느라고 정신없이 바쁠 텐데, 여긴 웬일이신가?"

"왜놈들 등쌀에 이제 그 일은 못하고 있습니다. 대신 비밀 연락책임을 맡고 이곳저곳 유랑을 다니고 있습니다. 답답한 재판소보다는 바람처럼 여기저기 맘껏 다니는 게 제 적성에 더 맞는 것

---

59) 雲湖, 이규갑의 호.

같습니다. 이 근동에 지날 일이 있는데, 운호가 깊은 효심에 모친의 환후를 하도 걱정하기에 제가 자청해서 왔습니다. 극구 싫다는 걸 반 우격다짐으로 지나는 길에 한번 다녀온다고 말했습니다."

"그 말 정말인가?"

"네, 자당어른."

"그렇다면 규갑이 놈은 좋은 동지를 두었고, 자네는 미련한 동지를 뒀구만. 못난 놈! 그러고도 지가 독립군 군관학교 교장이야! 저를 보고 있는 사람이 한 둘 아닌데 이런 사소한 일에 신경을 써! 여기 일은 어련히 안사람들이 알아서 할까! 저번에 다니러 왔을 때도 그렇게 혼내서 보냈더니만 또 그러는구먼. 몇 개월이나 지났다고."

"……."

"내 속으로 나았지만 어찌 그리 미혹한 짓을 하는지 모르겠네. 가서 전하게 다시는 이런 미련한 짓 하지 말라고. 집안일은 먼 곳에서 걱정한다고 될 일이 하나도 없으니 아예 생각조차 하지 말라고 이르게! 여기 여인네들이 다 알아서 할 거라고! 그리고 자네가 이런 허드렛일이나 할 시간이 어디 있겠는가! 빨리 돌아가서 더 큰 일을 해야 함세! 규갑이에게 내가 아주 심하게 역정을 냈다고 말하게. 집안 걱정할 시간이 있으면 그 시간도 독립을 위해 쓰라고 했다고 전하게. 숨 쉴 시간도 쪼개가며 독립을 위해 쓰라고 했다고 전하게. 알겠는가? 그리고 규풍이하고 규갑이 이놈들이 나라를 위해 분골쇄신하지 않는 것 같으니 내 곧 해삼위로 건너

간다고 전해주게."

"알겠습니다, 그렇게 전하겠습니다."

"자네 일 분 일 초가 독립지사들에게 얼마나 소중한가! 그걸 규갑이 놈도 알텐데 이런 일을 시키다니!"

"……."

"숭늉 한 그릇이라도 대접해야 하는 게 도리이겠지만, 자네가 해야 할 일이 얼마나 중요한지 알기에 붙잡아둘 수 없어 그냥 돌려보내니 서운해 하지 말게. 이다음에 독립이 되거든 그때 걸판지게 한 상 차려냄세."

"아드님이 술 담배를 전혀 못 하는 글방도련님인데, 제 잔은 누가 채워주나요?"

"내가 그득그득 채워줄 테니 걱정하지 말게나."

"그날이 오면 오늘 것까지 고리로 쳐서 넘치도록 채워주십시오."

"그렇게 하시게나. 아가, 손님 나가신다."

"그럼 몸 건강하십시오."

홍면희는 쫓겨나듯 댓돌로 내려섰다. 하지만 당황하거나 난처해하는 기색은 전혀 없었다. 오히려 얼굴 가득 웃음이 스미어 있었다. 그럴 줄 알았다는 표정이었다. 그는 어쩔 줄 몰라 하는 그녀에게 한번 웃어 보이며 고개를 끄덕였다. 그 몸짓 하나로도 무슨 말인지 다 알 것 같았다. 목사님이 그녀에게 전하려고 한 수천 마디 수만 마디 말이 그 끄덕임 하나로 다 전해지는 것 같았다. 분명 그 많은 말들을 그 끄덕임 하나로 전해달라고 했을 것이다. 그녀도 아무런 말도 전하지 못하고 고개를 한번 끄덕여주었다. 가슴 속에 담긴 그 많은 말을 어떻게 전하겠는가. 할 말이 너무 많으니 아무 말 없이 그렇게 끄덕임으로 대신해야 했다. 그는 그녀가 전하는 작지만 큰 몸짓 하나를 품고, 긴 코트 자락을 휘날리며 대문을 나섰다. 목사님이 안부를 물으면 지금과 똑같이 미소를 띠며 고개를 한번 끄덕일 것이다. 그러면 목사님도 다 알아들을 것이다. 그녀는 홍면희의 등을 보며 속으로 말했다. 그렇게 말하면 목사님에게까지 들릴 것만 같았다.

'괜찮습니다, 어머님도 민철이도 저도 다 잘 있습니다. 집 안은 걱정하지 마세요. 나라를 위해 바쁘실 텐데 집안 걱정하실 틈이 어디 있으시겠습니까. 그러지 마세요.'

대문이 닫히는 소리가 나자 시모가 방문을 열었다. 그의 인기척이 사라졌는데도 오랫동안 대문에서 눈을 떼지 못했다. 시모의 시선은 문을 넘어서 그의 뒤를 따라 갈 것이다. 평양을 출발해서 신의주로 웅기로 그리고 노령[60] 해삼위까지……. 그녀도 알고 있었다. 시모도 매일 방으로 내려오는 거미를 봤고, 하루 종일 시끄럽게 울어대는 까치 소리를 들었다. 거미를 방 밖으로 내쫓지도 못했고, 까치를 손사래 치며 물리지도 못했다. 매일 마당을 쓰는 빗자루 소리에 귀를 기울였을 것이다. 하루도 거르지 않고 주님

---

60) 露領, 러시아. 주로 블라디보스토크 일대를 일컫는다.

께 기도를 올리고 있었다. 하지만 시모도 알고 있었다. 자신의 마음보다 더 앞세워야 하는 것이 있다는 것을. 그것이 덕수 이가 여인의 몫이었고 대한제국 여인이라면 당연히 그래야 한다고 생각했다.

"서운하느냐?"

"아닙니다."

"그날 일도 오늘도 다 서운할 게다. 그러지 않는 게 이상하지."

"……."

"너도 어미이고 조선 여인이니 굳이 말하지 않아도 내 마음을 다 알리라 생각한다."

시모가 그날 일을 마음에 담고 있는지 몰랐다. 시모는 당연히 그러고도 남을 사람이어서 마음에 담아두지 않으려고 했다. 하지만 시모는 그 일이 여전히 마음에 걸리는 것이었다.

\*

빈 마당으로 조심스럽게 들어오는 발자국 소리가 들렸다. 잘못 들었다고 생각하며 귀를 돌렸다. 깊은 그리움이 환청을 만들었다고 생각했다. 하지만 발자국 소리는 그치지 않고 마당을 가로 지르고 있었다. 잘 못 들은 것이 아니었다. 외출 나간 시모의 발자국 소리가 아니었다. 철없는 아들 민철이의 발자국 소리도 아니었다. 누구의 발자국 소리인지 알 수 있었다. 묵직하게 땅을 내딛는 그 소리는 목사님의 발자국 소리였다. 그녀는 얼굴이 빨갛게 달아오르는 것을 느끼며 머리와 옷매무새를 매만졌다.

　방문이 열리고 눈부신 햇빛이 들어왔다. 그녀는 한꺼번에 쏟아져 들어오는 빛에 눈을 뜰 수가 없었다. 그 빛 속에 그가 있었다. 그는 아무런 말도 하지 않고 그녀를 안아주었다. 가슴에 머리를 묻고 눈을 감았다. 그에게서 이역에서 묻혀온 냄새들이 났다. 만주의 풀냄새와 연해주의 흙냄새이겠지. 흑룡강의 물비린내겠지. 독립군 동지들의 피 냄새, 그리고 화약 냄새겠지. 그녀는 그의 허리를 껴안고 놓지 않겠다고 다짐했다. 하지만 그 다짐이 얼마나 쓸모없는 것인지는 자신도 너무나 잘 알고 있었다. 자신이 놓지 않겠다고 해서 그럴 수 있는 사람이 아니라는 것을 잘 알고 있다. 내 사람이지만 내 사람일 수 없다는 것을 잘 알고 있다. 내 사람이지만 내 사람이 될 수 없고 모두의 사람이 되어야 한다는 것을 잘 알고 있었다.

　"얼마나 고생하셨소? 내가 죄인이오."

　"무슨 그런 말씀을 하십니까."

　"그래도 당신 얼굴 보니 적이 마음이 놓이오."

　"……"

　"어머님하고 민철이는?"

　"어머님 기력이 예전 같지는 않으셔서 걱정이 많아요. 민철이는 건강하게 잘 자라고 있어요."

　"많이 미안하오. 내 몫까지 잘 챙겨주시게."

　"많이 야위신 것 같아요. 식사는 제대로 하시는 거예요?"

　"또 그 소리인가? 항상 나만 보면 밥타령을 하는구먼. 걱정하지 말게, 연해주에는 먹을 게 지천이네. 거기는 쥐도 어찌나 통통하게 살이 올라 있는지 강아지만하네. 쥐구멍을 찾아서 쇠줄을 막 쑤셔 넣으면 쥐들이 튀어 나오네. 그걸 잡아서 영양 보충을 하지. 그런데 그게 끝이 아니라네. 쥐들이 땅 속에 방들을 여러 개를 만들어 놓는데, 각 방마다 각각 다른 곡식을 저장하네. 그거 모으면 한 말씩이나 되. 그걸로 밥을 해먹으면 그게 또 일품이네. 그러니 꿩 먹고 알 먹는 셈이지. 때론 순록을 사냥해서 먹기도 하네. 손질하기가 좀 번거로워서 그렇지 고기 맛은 고놈이 최고지. 그러니 걱정하지 마시게."

"그래도 아낙의 손이 간 상과 같겠어요? 상 좀 봐올게요."

"아닐세. 난 괜찮네."

"곧 내올 테니 잠깐만 계세요."

그녀는 옷매무새를 정리하고 부엌으로 나왔다. 만류하는 그의 목소리를 뒤로 하고 봉당으로 내려왔지만 마땅히 대접할 것이 없었다. 집안 형편이 말이 아니어서 좁쌀은 이미 바닥난 데다, 있다고 해도 밥을 짓기가 쉽지 않았다. 불을 피우면 연기가 날 테고 그러면 다른 사람들의 시선을 끌 수 있기 때문이었다. 하지만 한 끼만이라도 대접하고 싶었다. 아낙의 손으로 부군에게 따뜻한 밥 한 끼 올리고 싶었다. 독립운동은 굶는 운동이라는 농이 있다. 그간 밥 먹는 때보다 그렇지 못할 때가 훨씬 많았을 것이다. 밥 굶기를 밥 먹듯이 했을 것이다. 그러니 그에게 안사람의 손으로 따뜻한 밥 한 끼 대접하고 싶었다.

다행히 감자를 섞은 조밥 한 그릇이 채반에 남아 있었다. 시모는 늘 밖에 나가 있는 사람들을 생각해서 밥 한 그릇을 따로 남겨놓게 했다. 끼니때가 지나면, 다른 밥을 한 그릇 퍼놓고 그 밥을 내놓곤 했다. 밖에 나간 사람의 밥을 챙겨놔야 끼니를 거르지 않는다고 했다. 그 밥에 풋고추, 김치, 된장국을 내어왔다. 부끄러운 밥상이어서 몸 둘 바를 몰랐지만 그는 어느 궁궐의 진수성찬보다 더 맛날 것 같다며 수저를 들었다. 얼굴 가득 번진 미소로 그 말이 빈말이 아니라는 것을 느꼈다. 상에 뭘 올리든 내외가 마주 보고 있는 것보다 나은 찬은 없을 거라는 생각도 들었다. 그가 수저를 들자 그녀는 풋고추를 된장에 찍었다. 순간, 마당에서 불호령이 떨어졌다.

"네가 귀신이냐 사람이냐? 만약 귀신이라면 그 자리에 있어도 좋지만 사람이라면 냉큼 물러가라! 나라를 위해 일하는 사람이 죽어서 돌아온다면 환영하겠지만 살아서 오는 법이 어디 있느냐!"

그는 들었던 수저를 내려놓으며 허겁지겁 마당으로 내려섰다.

"지금이 어느 땐데 마누라와 노닥거리느냐! 니 늙은 어머니가 걱정되어서 왔느냐! 여우같은 마누라가 눈에 삼삼해서 왔느냐! 토끼 같은 자식이 눈에 밟혀서 왔느냐! 만주와 연해주에서 목숨을 버리며 나라를 위해 싸우는 니 동지들은 생각하지 않는 거냐! 그 동지들은 어머니도 부인도 자식도 없느냐!"

"어머님, 그간 무탈 하셨습니까?"

"무탈? 너 같은 놈을 아들로 뒀는데 무탈하겠느냐! 없던 병도 생기겠다! 니 아버님 유지는 생각이 안 나느냐! 의병을 일으켜 나라를 되찾으라고 하시지 않았느냐! 그 유지를 받들지 않고 허송세월만 보내고 있는 것 같아서 내가 칼을 물고 니 형과 너에게 의병에 참가하라고 하지 않았느냐! 그때처럼 또 이 에미가 니 앞에 칼을 무는 꼴을 보고 싶은 것이냐!"

"……."

"얼른 썩 돌아가라! 당장 네 동지들 있는 데로 가거라!"

"그럼 어머님, 무고하십시오. 이만 물러나겠습니다."

"이쪽은 뒤돌아보지도 말고 가라!"

그는 기어들어가는 목소리로 인사를 남기고 사라졌다. 그녀에게는 아무 말도 남기지 못했다. 문이 닫히고, 골목길을 빠르게 뛰어가는 발걸음 소리가 사라지고 한참이 지났는데도 시모는 마당에서 발걸음을 떼지 못했다. 그녀도 그런 시모 곁에서 머리를 숙이고 움직일 수 없었다. 한 술도 뜨지 못한 밥 한 그릇에 눈시울이 젖었다. 조금만 더 서둘렀어도, 몸을 조금만 더 재게 놀렸어도 밥 한 공기는 비우고 가실 수 있게 했을 텐데……. 빈속에 그 먼 길을 어찌 갈고……. 그리고 언제 다시 밥상을 올릴 수 있을고…….

\*

그때 일을 생각하는 지 시모의 눈 끝이 젖어드는 것 같았다. 표현은 그렇게 했지만 그때의 마음이 여전히 시모의 가슴 속에 아리게 남아 있었던 것이다.

'어머님, 괜찮습니다. 어머님의 마음을 다는 알 수 없지만 짐작할 수 있습니다. 저도 조선의 여인이 아닙니까. 그러니 괜찮습니다. 마음에 두지 마십시오.'

홍면희가 돌아가고 나서 한참이 지났는데도 시모와 그녀는 문에서 시선을 옮길 수 없었다. 문고리가 시선 끝을 붙잡고 놓아주지 않았다. 문을 열고 그가 다시 돌아올 것 같았다. 그래서 남기지 못했던 그의 말을 더 전할 것만 같았다. 그런데 갑자기, 거칠게 대문이 열리면 헌병 무리가 들어왔다. 요시다의 손짓에 따라 헌병들이 총검을 앞세우고 마당으로 뛰어 들어왔다. 질긴 악연이었다. 아산에서 많은 독립운동가들을 투옥시킨 요시다는 평양으로 영전하였다. 시모 또한 평양으로 옮겨왔기에, 피할 수 없이 또 부딪쳐야했다.

"이규갑, 어딨어!"

"네 이놈들, 여기가 어디라고 이렇게 함부로 날뛰느냐!"

"수상한 남자가 집 안으로 들어가는 걸 봤다는 고변이 있었어!"

"개미 한 마리 얼씬 한 적이 없다! 뭘 잘 못 본 거겠지! 다 쓰러진 집안에 누가 왔다고 이러느냐!"

"허튼 수작하지 마! 다 뒤져!"

"하잇!"

"네 이놈, 요시다! 여인네들만 사는 집 안에서 이게 무슨 짓이야. 그만 두지 못하겠느냐!"

시모의 서슬 퍼런 일갈에 헌병들이 잠시 주춤하는 것 같았다. 하지만 요시다의 명령에 다시 곳곳을 들쑤셨다. 그녀는 눈앞이 캄캄해지는 것을 느꼈다. 시모가 홍면희를 쫓아내듯 보내지 않았으면 어떤 일이 생겼을지……. 상상하는 것만으로도 가슴이 내려앉았다.

"그래 이놈들아, 다 뒤져봐라! 속속들이 다 뒤져봐! 네 놈들이 전쟁놀음한다고 강제 공출해서 고쟁이 하나 속곳 하나 남아 있나봐라!"

"샅샅이 다 뒤져!"

시모는 더 이상 어찌할 도리가 없다는 듯이 그들이 하는 대로 내버려 두었다. 목소리를 날카롭게 깎아 몇 마디를 더 했지만, 별다른 행동을 하지는 않았다. 평소와 같은 모습을 보이려고 하는 것 같았다. 전과 같이 반항을 하는 것 같지만 시모는 그들을 순순히 받아들이고 있었다. 그들의 심기를 건드리지 않으려고 하는 것 같았고 시간을 더 끌려고 하는 것 같았다.

아무리 뒤져도 별다른 게 나오지 않자 요시다는 권총을 꺼내 시모의 머리에 겨눴다. 방아쇠에 손가락을 대고 곧 당길 듯한 표정을 지었다. 하지만 산 같은 시모의 표정에는 변화조차 없었다. 예전에 아산에서 그랬던 것처럼 두려워하는 기색이 전혀 없이 요시다를 노려봤다.

"어디 있어?"

"없다고 하지 않았느냐!"

"니 아들내미 어디로 빼돌렸냐고?"

"애초에 아무도 안 왔는데 어떻게 빼돌릴 수 있겠나! 설사 왔다고 해도 아들을 팔아먹는 에미가 조선 팔도에 어디 있겠느냐? 밀정 놈 눈깔이 삐어서 잘못 봤나보지. 그런 짓 하는 놈이 어딘들 제대로 된 놈이겠어?"

시모는 요시다의 눈을 노려보며 한 마디 한 마디 힘주어 내뱉었다. 불에 달군 쇠를 망치로 두드리는 듯한 목소리였다. 불덩어리가 된 쇳덩이가 쇠망치에 짓이겨지는 강강한 소리가 마당에 쩌렁쩌렁 울렸다.

"운 좋은 줄 알아. 가자!"

요시다의 말에 헌병들이 몰려나갔다. 그런데 대문 뒤로 민철이가 놀란 눈으로 서 있었다. 처음부터 모든 걸 다 지켜봤는지 못 먹어서 노랗던 얼굴이 하얗게 굳어 있었다. 그녀는 아들에게 달려갔다. 그런데 그녀보다 먼저 요시다가 민철이 앞에 섰다. 그는 자세를 낮추어 한쪽 무릎으로 앉았다. 머릿속에 무슨 계산이 섰는지 입가에 웃음이 서리고 있었다.

"오, 너 이규갑이 아들이구나."

"……."

"착한 아이는 거짓말을 하지 않는 법이지. 내가 묻는 말에 대답을 잘하면 이걸 주겠다."

요시다는 주머니에서 확대경을 꺼냈다. 평소 지도를 볼 때 사용하는 것 같았다. 평양 지형이 아직 익숙하지 않아서 항상 지도를 휴대하고 다녔을 것이다. 작은 지면에 빽빽이 기록된 작전도를 보려면 확대경 하나쯤은 있어야 할 것이었다.

확대경의 유리알은 햇빛을 튕겨내며 반짝 거렸다. 유리알을 둘러싼 은빛 테두리도 햇볕을 받아 황홀한 빛을 냈다. 민철은 확대경의 무지갯빛에 시선을 빼앗겨버렸다. 굳었던 표정이 풀리며 얼굴이 밝아졌다. 자신을 걱정스러운 눈빛으로 바라보는 할머니와 어머니의 기색은 알아차리지 못하고 상이 일렁거리는 확대경만 바라봤다. 민철은 확대경 뒤로 뒤틀어지고 일그러진 요시다의 얼굴을 신기한 듯이 바라보고 있었다. 눈이 두세 배로 커지기도 하고 입이 좌우로 뒤틀어지고 턱선이 어긋나기도 했다. 그 모습에 시선을 완전히 빼앗겨 버렸다. 아직 묻지도 않았는데 대답을 해서 확대경을 얻을 준비를 하는 것 같았다.

"이런 거 처음 보지? 루뻬[61]라고 하는 물건이다. 덕국[62]에서 건너온 거지. 제국의 소년들은 이런 거 하나씩은 가져야 한다. 가까이 가져다 대면 글씨가 커지고 멀리하면 작아진다."

"와!"

"신기하지? 내가 묻는 말에 잘 대답한다면 이걸 주마."

"정말요?"

"그래, 착한 아이들한테 주는 선물이란다."

요시다는 확대경으로 햇빛을 모아 마당을 비췄다. 한곳으로 모아진 햇빛이 개미의 등을 겨냥했다. 뜨거운 기운에 놀란 개미는 빠르게 몸을 놀렸지만 자기에게 초점이 맞춰진 빛을 피하지 못했다. 개미는 온몸을 뒤틀며 나동그라졌다. 몸을 동그랗게 말며 바

---

61) lupe, 확대경의 일본식 발음.

62) 德國, 독일.

동거렸다.

"나는 아버지 친구인데, 니 아버지를 보고 싶단다. 니가 도움을 준다면 금방 아버지를 만날 수 있어. 너도 아버지가 보고 싶지?"

"네."

"요사이 아버지 다녀갔지?"

"……"

"어머니와 할머니가, 아버지 어디 있다고 하든?"

"……"

"이거 가지고 싶지 않니?"

바늘에 찔리기라도 한 듯 개미는 괴로워하며 몸을 비틀었다. 하지만 요시다는 그 짓을 멈추지 않았다. 좀 더 초점을 맞춰 개미의 정중앙을 겨눴다. 개미의 허리에서 불이 오를 것 같았다. 개미의 가는 다리가 경련을 일으키듯 부르르 떨렸다.

"너, 이것만 있으면 대장이 될 수 있다. 갖고 싶지 않니? 대장이 되고 싶지 않아?"

"갖고 싶어요."

"그럼 내 물음에 대답 해야지. 니 아버지 다녀갔지?"

"……"

"괜찮으니까, 대답해봐. 너는 정직하고 용감한 아이잖니."

요시다는 확대경을 민철에게 내밀었다. 받으라고 몇 번 손짓을 했지만 민철은 선뜻 손을 내밀지 못했다. 민철은 타버린 개미를 바라봤다. 온몸을 뒤틀며 일그러진 개미를 내려다보며 아무 말도 하지 못하고 있었다.

"똑똑한 아이인줄 알았는데 그렇지 않은가 보구나."

"……."

"이거 갖고 싶지 않니?"

"갖고 싶어요."

"그러면 말해봐. 아버지가 다녀갔지?"

"아니요. 안…… 다녀갔어요."

민철이는 대답을 고르고 고르다 간신히 말했다. 하지만 그 대답이 요시다가 원하는 것이 아니라는 것을 알고 있는 듯 했다. 그렇게 대답하고 뭔가 아쉬워하는 듯한 표정이 얼굴에 가득했다. 아무도 다녀가지 않았다는 대답에 요시다는 양미간을 일그러트렸다. 확대경 너머로 보이는 얼굴이 괴기스러웠다. 눈은 서너 배 커져 있었고 입은 어긋나 비대칭이 되어 일그러졌다. 그 모습이 요시다의 본래 모습일 것 같았다.

"실망이구나. 네가 정직한 아이라고 생각했는데, 그렇지 않은 것 같구나."

"거짓말 아니에요. 정말로 아무도 왔다가지 않았어요. 늘 할머니와 어머니 저 밤골댁 이렇게 넷 밖에 없어요."

"거짓말 마!"

"거짓말이 아니에요. 묻는 대로 대답했으니까 그거 주세요!"

"지독한 것들! 이 어린놈도 철저히 입막음 해놨구만!"

요시다는 손을 뻗는 민철이를 외면하며 일어났다. 확대경을 주머니에 집어넣으며 시모와 그녀를 노려봤다. 살기를 띤 눈빛이었다. 요시다는 어쩔 수 없이 헌병들을 철수시켰다. 그녀는 가슴을 쓸어내리며 아들을 불러 품에 안았다. 놀라서 그랬는지 작은 가슴이 뛰고 있었다. 속으로 잘했다, 잘했다라고 되뇌며 머리를 쓰다듬었다. 헌병들의 군화 소리가 멀어지자 민철이가 귀에 대고 속삭였다.

"어머니, 잘 했지요?"

"그래, 잘 했다."

"어머니가 시키신 대로 잘 했지요?"

"그래 잘 했다, 우리 아들."

그녀는 아들을 가슴에 품고 그날을 떠올렸다.

*

대문이 거칠게 열리며 민철이 들어왔다. 밖에서 무슨 일이 있었는지 얼굴 여기저기에 상처가 나있었다. 가느다란 팔다리에도 멍자국이 나 있었다. 잘 먹이지 못해서 그런지 멍도 잘 드는데다 지워지지 않았다. 그녀는 아들의 멍자국을 살펴봤다. 누군가와 주먹다짐을 했는지 눈과 입 주위가 짓무른 복숭아처럼 뭉그러져 있었다. 옷도 여기저기 뜯겨져 있었다. 아직 분이 풀리지 않았는지 두 주먹을 쥐고 씩씩거렸다.

"얼굴이 왜 그 모양이니?"

"······."

"또 싸웠어?"

"······."

"왜 자꾸 에미 속을 긁어놓니? 싸우지 말라고 몇 번이나 말했어!"

"······."

"종아리 걷어!"

그녀는 시렁 위에서 회초리를 꺼냈다. 무인 집안에서 태어나서 그런지 의협심이 강해 아들은 싸움이 잦았다. 피톨 하나하나에 분기를 삭일 수 없는 기운이 스미어있어서 주먹질을 자주 하고 다녔다. 물론 함부로 싸움질을 하고 다니는 것이 아니라는 것은 알고 있었다. 아들이 직접 전후사정을 이야기 하지 않아도 주변 사람들을 통해 알게 되었다. 하지만 여기저기서 함부로 주먹을 쓰고 다니는 버릇을 고쳐주지 못하면 불한당 밖에 될 것 같지 않아, 싸움을 하고 돌아오면 달초를 했다.

그녀는 회초리로 아들의 종아리를 내리쳤다. 한 대, 두 대, 세 대. 아직 덜 여문 종아리에 금세 핏빛 줄무늬가 생겼다. 그녀는 자신의 심장을 꺼내놓고 거기에 매질을 하는 것 같이 아팠다. 한 번도 아들에게 살가운 어미의 모습을 보인 것 같지 않았다. 가풍을 생각하며 큰 사람으로 키워야겠다는 욕심에 늘 다그치기만 했던 것 같았다. 학교 일, 야간 강습소 일, 교회 일, 그리고 그 일에 매달리면서 어미로서 당연히 해줘야 할 일들을 해주지 못했다. 어미로서 의무도 하지 못하고 매질만 해대는 것 같아서 마음이 편치 않았다.

"이놈, 툭하면 싸움질을 해! 니가 불한당 자식이냐?"

"……."

"불한당 자식이냐고?"

"아니요……."

"그럼 누구 자식인데 이렇게 싸움질을 하고 다녀!"

"저도 궁금해요. 제가 누구 자식인데요?"

아들의 반문에 그녀의 말문이 막혔다. 손에서 힘이 빠져 회초리를 놓쳤다. 아들에게 누구의 아들이라고 제대로 말해 준 적이 없었다. 시모도 마찬가지였다. 머리가 굵어졌지만 아직 아이라는 생각에 그 이야기는 뒤로 미루고 있었다. 아들이 아버지에 대해 자주 묻곤 했지만 그때마다 다른 말로 둘러댔다. 그러다 어느 순간부터 아들의 질문이 줄어들었다. 관심이 없어졌다고 생각했다. 하지만 궁금증은 더 커지고 있었던 것이다. 당연한 일이었다. 아버지가 궁금하지 않은 아들이 어디 있겠는가. 다만 자신이 알아서는 안 된다는 것을 체감하고 그 마음을 감추고 있었던 것이었다.

아들은 울먹이며 말을 이었다. 웬만한 매질에도 인상 한번 쓰지 않았다. 그녀가 있는 힘껏 종아리를 내려쳐도 이를 악물고 울음을 삼키곤 했다. 그런데 오늘은 몇 대 때리지도 않았는데 목소리가 젖어 있었다. 핏줄의 땅김은 어쩔 수 없었을 거라는 생각이 들었다. 그 땅김을 어머니와 할머니의 눈치를 봐가며 참고 있었을 것을 생각하니 마음 한쪽이 허물어지는 것 같았다. 자신이 그를 그렇게 기다렸듯이, 그 기다림이 그렇게 깊고 넓었듯이, 아들도 그랬을 것이다. 자신은 실체가 있는 기다림과 그리움이었지만 아들은 그것마저 없었다. 알 수 없는 대상에 대한 맹목적인 기다림과 그리움이었을 것이다.

"동네 애들이 나보고 호래자식이래요. 그거 홀어미 밑에서 본 것 없이 자라서 막 되먹은 놈이라는 뜻이라면서요? 나는 아버지가 있어서 호래자식이 아니라고 했어요. 그래도 애들이 안 믿어요. 그러면 왜 아버지가 집에 없냐고 하면서요. 다시는 그런 말 못하게 혼내줬어요."

"……."

"그런데 어머니, 저도 아버지가 궁금해요. 어떤 사람인지 알고 싶어요. 삼촌도 말해주려다가 말고……. 어머니께서 저 크면 말해준다고 했잖아요. 저 이제 다 컸으니까 이제 말해주세요. 예전에 아버지 본 것 같은 데 하나도 기억이 안나요."

아들의 말이 못이 되어 가슴에 박혔다. 커다란 대못이 가슴을 뚫고 들어오는 것처럼 고통을 느꼈다. 하지만 아들이 느꼈을 고통은 이것보다 얼마나 컸을까? 그녀는 가슴을 손으로 감싸 쥐었다. 말해줘야 할 것 같았다. 이제는 아버지에 대해 알아도 될 때가 된 것 같았다. 평소 아들의 마음가짐과 몸가짐이면 충분히 가능한 일인 것 같았다. 그녀는 자신도 모르게 커버린 아들의 모습이 대견했다. 하지만 한편으로 가슴이 내려앉기도 했다. 이 아이가 이렇게 빨리 커버리다니! 이렇게 빨리 마음이 여물다니! 아들도 이 집안의 남자들이 그랬던 것처럼 곧 더 큰 세상으로 곧 나갈 것 같아 걱정이 됐다. 가슴 속에 작은 새처럼 품어주고 쓰다듬어주고 싶었다. 지금까지 그러지 못했으니 더 그래주고 싶다.

그런데 벌써 이 작은 새는 날 준비를 하고 있는 것 같았다. 조부, 백부, 아버지, 그리고 삼촌에 대해 알면 그들이 날아올랐던 창공을 향해 날갯짓을 시작할 것 같았다. 아직 더 가슴에 품고 싶었지만 한편으로는 다른 마음이 들었다. 그게 이 집 안 남자들의 운명이라고. 그리고 그렇게 새를 놓아주는 것이 이 집 안 여자들의 숙명이라고.

그녀는 은장도를 꺼내었다. 시간이 날 때마다 갈아온 칼날이 공기라도 밸듯 예리하게 서 있었다. 햇빛마저 칼날에 잘렸다. 평소와 다른 그녀의 모습에 아들은 놀라며 고쳐 앉았다.

"지금부터 어미가 하는 말 잘 들어라."

"예."

"어미가 지금부터 하는 말 어디 가서 내놓지 마라. 너 하나 위험한 건 상관없지만 가족은 물론 여러 사람들이 위험해질 수도 있다."

"예."

"이 칼에 대고 맹세해라. 지금 여기서 하는 말을 대한제국이 독립되기 전에 누설한다면 이 칼을 거꾸로 물고 죽겠다고."

그녀의 말에 아들은 놀라 잠시 대답을 하지 못했다. 하지만 곧 힘주어 대답했다.

"예."

"너는 덕수 이씨 충무공파 후손이다. 네 몸에는 조선바다에서 왜놈을 몰아낸 이순신 장군님의 피가 흐르고 있다. 또한 신사임당과 율곡 이이 어르신의 피도 흐르고 있지. 네 조부님은 통정

대부 정삼품 이 도자 희자 쓰시는 어른이시다. 일찍이 화순군수를 지내셨다. 그리고 네 아버지는 감리교 목사님이시다. 나라가 어려워 먼저 나라를 구하고 의를 구하시려고 만주와 연해주에서 김좌진 장군과 무장 항일 투쟁을 하고 계신다. 청산리 전투에서 큰 전공을 세우셨다. 또한 노령 운랍간(雲拉間)이라는 곳에 있는 독립군관학교에서 군관을 양성하고 계신다. 또한 우리나라 최초의 정부인 한성정부를 수립하시려고 동분서주하고 계신다. 대나무라는 별명처럼 올곧고 강직하신 분이시다. 백부님은 무과 급제를 하신 이 규자 풍자 쓰시는 어른이시다. 광무황제폐하의 밀지를 가지고 만주로 가셨다. 이등박문을 사살한 안중근 선생과 함께 무장투쟁을 하셨다. 너는 삼촌이 단지 양의인줄만 알고 있지만 사실은 만주에서 독립군 군의관을 하시고 계신다. 이렇듯 우리 가족 전체가 지금 독립운동을 하고 있다.”

“이 규자 갑자.”

“너도 눈치를 챘으리라고 생각한다. 우리 집에 들이닥치던 헌병들은 백부님과 너희 아버지 그리고 삼촌을 잡으러 다니는 것이다. 그분들은 왜놈들 손에 무너진 대한제국을 살리기 위해 모든 것을 버리고 투쟁을 하고 계신다. 일찍이 충무공 어르신이 그러셨던 것처럼 나라와 국민을 위해 싸우고 계신 것이다. 그러니 너는 그분들의 피가 온몸에 흐르고 있음을 명심해야 한다. 그러니 행동 하나 하나를 조심해야 한다. 그리고 너도 그 분들의 뜻을 이어받아야 한다는 것을 명심해야 한다.”

“예, 알겠습니다. 어머니.”

한참 만에 대답을 한 아들의 목소리가 떨렸다. 그 깊은 떨림을 그녀도 느낄 수 있었다. 그 후로도 오랫동안 가족에 대한 이야기를 들려줬다. 무릎을 꿇고 그 긴 이야기를 듣는 동안 아들은 자세를 한 번도 흐트러트리지 않았다.

*

그날이 아들의 가슴에 그렇게 깊게 남아 있는 줄 몰랐다. 잘했냐고 아들이 물었을 때는 단지 가족을 위해 확대경을 포기하는 대견스러움에 잘했다고 말한 것이었다. 하지만 아들의 물음은 그날의 기억을 염두에 둔 것이었다. 그것에까지 생각이 이르자 그녀는 아들이 더욱 믿음직스러웠다. 그가 없는 빈자리, 그 어떤 것으로도 채울 수 없는 그 공허함을 아들이 조금씩 채워주는 것 같았다. 아니, 어쩌면 이렇게 견디며 살아갈 수 있는 것은 그 빈자리를 아들이 다 채웠기 때문일지도 모른다는 생각이 들었다. 그런 생각을 하고 있는데 갑자기 가슴 깊은 곳에서 욕지기가 치밀어 올랐다. 속엣것을 전부 뱉어내야할 것 같은 심한 욕지기였다. 그녀는 마당 귀퉁이로 갔다. 쭈그리고 앉아 헛구역질을 했다. 먹은 것도 없어서 속에서 나오는 것도 없었다. 하지만 속이 뒤집힐 듯한 욕지기는 그치지 않았다. 시모가 와서 등을 쓸어내려줬다. 등에 와 닿는 시모의 손길이 따뜻했다. 그 손길은 그녀보다 먼저 모든 걸 알았다는 듯이 조심스러웠다. 그제야 그녀는 자신의 속에서 일어나는 일이 뭘 의미하는지 알게 되었다. 그날, 자신의 몸에 뿌려진 씨 하나가 싹이 나기 시작했다. 초록색 떡잎이 고개를 수줍게 들기 시작한 것이었다. 콩 알 하나가, 그녀의 몸에 가녀린 뿌리를 내리고 실핏줄 같은 줄기를 뻗어 올린 것이다. 그 작은 콩알 하나가 생명이 되려고 몸을 뒤틀고 있는 것이었다.

'아, 하나님 감사합니다.'

우리 조선은 진실로
좋은 나라이라

포웰 부인[63]은 수업 진행 방향과 가족의 근황에 대해서 물었다. 하지만 부인이 하고 싶은 말을 숨기고 있다는 것을 직감할 수 있었다. 그런 이야기라면 굳이 따로 불러서 할 필요가 없었다. 부인의 파란 눈이 흔들리고 있었다. 그 흔들림이 무엇을 뜻하는지 알 수는 없었지만 왠지 불안했다.

"자제 이름이 민철이었던가요? 참 영특해 보이던데, 건강하지요?"

"네, 무탈하게 잘 지내고 있어요."

"다행이네요. 요새 건강이 제일 큰 걱정이지요. 저번 호열자[64]는 만주에서 왔다고 하고 이번에는 부산에서 철로를 따라 북상했다고 하더군요. 일본 사람들이 호열자까지 가지고 들어와서 조

---

63) Mrs. E. D. Follwell, 미국 북감리교 선교사, 1899년 평양 정의여학당 설립. 의료선교사인 남편(E. D. Follwell)은 홀 박사를 기념하기 위해 만든 기홀병원(紀忽病院, The Hall Memorial Hospital)의 초대 원장.
64) 虎列刺, 콜레라(cholera).

선 사람들이 다 죽는 것 같아요. 홀 박사님도 호열자 환자들을 돌보다가 과로로 돌아가시지 않았어요? 포웰 박사님도 지금 돌림병 환자들이 넘쳐 나서 일손이 많이 부족하다네요. 우리 학당에서 의료 봉사활동을 나가야할 것 같아요. 나병과 결핵도 창궐하고 있으니 개인위생을 철저히 하고, 당분간 사람 많은 곳은 절대 가지 말아야 할 것 같아요. 학생들에게 주의하라고 전해주세요."

"네, 그렇게 할게요. 그런데…… 하실 말씀이 그것만은 아닌 것 같은데요. 다른 하실 말씀이 있는 거 아니신가요?"

부인은 잠시 말을 끊더니 그녀에게 책을 내밀었다.

"일전에 말씀 드렸지요? 새 조선어 교과서예요."

"……."

"저희도 더 이상 버틸 수가 없어요."

그녀는 부인이 넘겨준 새 교과서를 받아들었다. 겉장에 '보통학교 조선어독본, 조선총독부 간'이라고 쓰여 있었다. '조선총독부'라는 글자가 화인이 되어 가슴을 짓눌렀다. 펼쳐보지 않아도 어떤 내용이 담겨져 있을지 짐작이 갔다. 책장을 넘기자마자 예상대로 일장기로 도배가 된 삽화가 보였다. 집집마다 일장기가 걸려 있고, 길에 늘어선 사람들의 양손에도 일장기가 들려 있었다.


'일, 우리 국기는 흰 바탕에 붉은 빛으로 둥글게 물들였습니다. 막 돋은 아침 해처럼 아름답습니다. 이것을 히노마루라고 합니다. 축일과 제일과 나라의 경사스러운 일이 있을 때에는 학교나 집이나 다 국기를 답니다. 바람에 너풀너풀하는 국기를 쳐다보면 참 힘 있게 보입니다. 그저께 신무천황제 날에 나는 아침에 일찍 일어나서 국기를 달았습니다. 마을 앞에 나가보니 다른 집에도 모다 국기가 달려있었습니다. 히노마루가 아침 해를 받아서 붉은 빛이 더욱 곱게 보였습니다. 국기는 해가 돋을 때에 달고 해가 지면 곧 감장해야합니다. 또 비가 오면 꼭 떼여 들여야 합니다. 국기를 달고 떼고 감장하는 때에는 반드시 공경하는 마음을 가져야 합니다.

이, 해가 돋는 쪽이 동쪽이고 해가 지는 쪽이 서쪽이올시다. 동쪽을 바라보고 두 팔을 벌리면 오른손 편이 남쪽이고 왼손 편이 북쪽이올시다. 동서남북을 사방이라고 합니다. 동경은 동쪽에 있습니다. 동경에는 천황폐하께옵서 계시옵시는 궁성이 있습니다. 우리 집에서는 식구들이 아침마다 뜰에 늘어서서 동쪽을 향하여 궁성요배를 합니다. 치운 때나 더운 때나 비가 오나 눈이 오나 하로도 빠진 일이 없습니다.

구, 오늘은 애국일올시다. 아침에 진흥회관에서 치는 종소리에 잠을 깨여 일어났습니다. 시계는 다섯 시를 쳤습니다. 아버지와 어머니께서는 벌써 일어나셔서 마당을 쓸고 계셨습니다. 곧 아버지와 어머니를 따라서 진흥회관으로 갔습니다. 동네 사람들이 이 골목, 저 골목에서 모여들어 마당에 가득 찼습니다. 국기를 높이 달고 두 줄로 늘어서서 정성껏 궁성요배를 하고나서 국가를 두 번 불렀습니다. 그 뒤에 진흥회장의 소리를 따라서 황국신민서사를 소리 높이 읽었습니다. 그리고 곧 목청을 다하여 천황폐하만세를 세 번 부르고 헤어졌습니다. 국기는 아침 바람을 받아서 힘 있게 너풀거리고 있었습니다. 산꼭대기에 떠오르기 시작한 아침 해가 사람들의 얼굴을 찬란하게 비추었습니다. 저녁에는 면 직원 한 분과 경관 한 분이 오셨습니다. 동네 사람들을 진흥회관에 모아놓고 전쟁 이야기와 애국반의 할 일을 말하야주셨습니다. 우리 동네서는 초하룻날을 애국일로 정하고 다달이 이와 같이 합니다.

십사, 오날은 십일월 삼일인데, 명치절이올시다. 집집마다 달린 국기가 마치 꽃밭같이 보였습니다. 학교에서는 예식이 있었습니다. 교장선생님께서 명치천황의 여러 가지 장하신 말씀을 하야주셨습니다. 식이 끝난 뒤에 학교 뒷산에 있는 신사에 가서 참배를 하고 왔습니다. 명치천황께옵서는 백이십이대의 천황이옵신데, 천황폐하의 할아버지가 되옵십니다. 명치천황께옵서 우리나라를 훌륭하게 발달시키옵시고 두 번이나 큰 전쟁에 이기옵셨습니다. 그리하야 우리나라는 세계에서 강한 나라가 되었습니다. 십일월 삼일은 명치천왕께옵서 나옵신 날이올시다. 이 날을 명치절로 정하고 왼 나라가 정성껏 축하합니다.'

새 교과서를 눈으로 빠르게 읽었다. 그 내용에 몸서리가 쳐졌다. 교과서가 아니라 일본이 자신들의 이념을 손쉽게 주입하기 위해 만든 도구에 불과했다. 교실에 있을 아이들과 이제 막 글자를 익히기 시작한 민철이가 생각났다. 그 아이들에게 이 책을 읽어줄 수가 없었다. 그리고 뱃속에 있는 아이에게도 그럴 수 없었다.

부인은 그녀의 얼굴색을 살피며 다시 말을 이었다.

"조선 속담에 그런 것이 있다지요. 돌아가는 길이 더 빠를 때가 있다고요. 선생님, 큰 뜻을 위해서는 돌아갈 필요도 있다고 생각합니다. 저희도 학교 유지를 위해서는 어쩔 수가 없어요. 그간 외국인 학교라 상대적으로 영향을 덜 받았는데 최근에 압력이 많이 심해졌어요. 우리 학교도 더 이상 버티기 힘들어요."

"이게 무슨 교과서입니까? 이건 일제가 자신들의 이념을 주입하기 위한 도구 아닙니까? 이건 교육이 아닙니다."

"자신들의 이념을 주입하려는 것은 선생님이 지금 사용하는 교과서도 마찬가지 아닙니까? 선생님께서 생각하시는 교육은 무엇입니까? 우리는 하나님의 복음을 이 땅에서 실천하는 것입니다. 그런데 조선인 선생님들은 민족적인 감정만 고양시켜서 일본에 대한 적대감만 심어주려고 있어요. 마치 테러리스트만 양성하려는 것 같아요. 학무국에서도 우리 학당을 그렇게 보는 것 같고요."

"테러리스트라고요?"

그녀는 자신의 귀를 의심했다. 하지만 부인은 분명 그렇게 말했다.

"지금 안중근, 이재명[65] 같은 사람이 국내는 물론 해외에서 테러를 자행하고 있잖아요."

---

65) 1909년 이완용 암살 기도 후, 이듬 해 사형집행으로 순국.

"그건 테러가 아니고 의거입니다."

"의거요? 하나님께서는 오른쪽 뺨을 맞거든 왼쪽 뺨을 내밀라고 했습니다. 폭탄을 던지고 칼을 휘두르는 게 의거라고요? 폭력을 폭력으로 되갚아서 무슨 일을 이룰 수 있겠습니까?"

평소와 달리 언성을 높인 그녀와 부인은 잠시 말을 끊었다. 부인과 무릎이 닿을 듯 가깝게 앉아 있지만 그 사이로 대동강 보다 넓은 강이 지나가고 있는 것을 느낄 수 있었다. 아무리 훌륭한 뱃사공이 있다고 해도 건너기 쉽지 않다고 생각했다. 수업 시작을 알리는 종소리가 침묵을 깼다. 그녀는 종소리를 배경으로 말을 이었다.

"저는 부인과 폴웰 박사님을 존경해요. 폴웰 박사님께서 경성과 이곳에서 조선 사람들을 헌신적으로 치료해주시는 것을 보며 그 존경심이 더 깊어졌어요. 홀 박사님이 돌아가신 후 그 유지를 받들어 조선 사람을 치료해주는 모습을 보며 하나님이 보내주신 분이라는 생각이 들었어요. 평양 사람들도 다 그렇게 생각하고 있어요. 부인과 박사님, 두 분께서 조선과 조선 사람을 얼마나 사랑하시는지 알고 있어요. 하지만 지금과는 다른 시선으로 우리 조선을 바라봐주셨으면 좋겠어요. 이방인의 시선이 아니라 조선 사람의 시선으로 말이죠. 이 땅에서 오천년을 넘게 살았으면서도 자신의 땅이라고 말할 수 없는 사람들의 마음으로, 집과 땅 심지어는 피붙이까지 잃어버려야 하는 사람들의 심정으로……."

"이애라 선생님, 저는 선생님께서 오늘만 보지 않았으면 좋겠어요. 내일도 보고 모레도 봤으면 좋겠어요. 그리고 우리 학당과 학생들도 생각했으면 좋겠어요."

"내일도 보고 모레도 보기 때문에 제가 그런 행동을 하는 거예요. 그리고 우리 학생들을 위해서 그러는 거예요."

"이애라 선생님!"

"말씀 잘 들었어요. 수업 때문에 이만 돌아가겠어요."

"이애라 선생님! 선생님과 이규갑 목사님 때문에 저희도 난처해요. 그리고 사경회 활동도 교단 내에서 순수하게 보지 않아요. 게다가 요시다가 풀어놓은 밀정들이 여기저기 들쑤시고 다니는 거 아시죠? 자꾸 그러시면 저희도 대책을 마련할 수밖에 없어요."

문을 열고 나서는데, 부인의 말이 그녀를 얼어붙게 만들었다. 그와 자신 때문에 학당에 여러 차례 헌병들이 찾아왔었다. 그녀도 수업 중에 끌려 나가 수차례 조사를 받고 돌아온 적도 있었다. 이로 인해 학당은 더욱 심한 간섭을 받게 되었다. 하지만 부인의 말은 이러한 사실만을 표현하는 것은 아니었다. 학당이 자신 때문에 어려움을 겪고 있으니 조심하라는 말일 것이다. 더는 감싸줄 수 없다는 엄포일 것이다. 학당 차원에서 그녀의 거취에 대해 적극적인 행동을 할 수도 있다는 경고일 것이다.

파란 눈으로 볼 수 있는 세상은 단지 파랗기만 한 것일까? 검은 눈으로 바라보는 세상과는 같을 수가 없을까? 파란 눈으로 검은 눈의 세상을 볼 수는 없는 것일까? 그녀는 진심으로 폴웰 부인을 존경했지만 가끔 건널 수 없는 강 같은 것을 느꼈다. 그 강이 때로는 건널 엄두조차 낼 수 없을 만큼 넓어서 마음은 더 무거웠다. 어쩌면 그런 거리는 당연한지도 몰랐다. 부인의 말처럼 그들은 선교를 하러 온 것일 뿐이기 때문이다. 복음을 전파하러 온 것이지 정치적 문제에 개입하려는 것은 아니었다. 정치적 중립성을 표방하는 그들에게 대한제국의 정치적 문제까지 고려하라고 하는 것은 무리한 요구일 수도 있었다. 그들에게 지금 이상의 것을 바라서는 안 되는 것이었다. 일제의 눈치를 봐가며 예배당, 병원, 학교를 유지해야하는 그들의 입장을 헤아려야 했다.

교실로 향하는 걸음이 무겁기만 했다. 옆 교실에서는 이미 창가 수업이 시작되었다. 동경 유학까지 다녀온 김현경이 풍금을 연주하며 노래를 가르치고 있었다. 의식 때 사용되는 '천황찬가'였다. 어느 누구보다 독립을 원하던 김현경이었다. 그녀도 어쩔 수 없이 돌아가는 것 같았다.

신대로부터 고귀하고 빛나는 천황의 나라.
천황폐하를 위한 우리들의 목숨을 바쳐서 싸우고
의리에 용기 솟는 자들이어라.
천황을 위한 군대야말로 동아를 지켜가는 우리 일본의 근원.

곡교천에서 불깡통을 돌리며 나무타령을 부르던 동무들이 떠올랐다. 가자가자 갓나무 오자오자 옻나무 가다보니 가닥나무 오자마자 가래나무, 일제가 아니었다면 이 아이들도 줄줄이 나무 이름을 되뇌며 그 노래를 불렀을 것이다. 씁쓸하게 지켜보다 발걸음을 돌렸다.

"전 시간에 어디까지 했지요?"

"27과까지 했어요."

"그럼 애시덕 학생이 복습하는 의미에서 27과를 다시 읽어볼까요?"

"제 이십칠과 조고마한 양이라. 조고마한 양 둘이 각각 한 길로 산에 올라가서 외나무다리에서 서로 만났삽나이다. 이 다리는 매우 좁아 한 마리 아니면 건널 수 없거늘, 저 양들은 각각 길을 사양치 아니하고, 서로 먼저 건너랴고 하야 한 걸음도 물러가지 않고 서로 노하야 남을 밀치다가 마침내 둘이 같이 내에 떨어졌소. 만일 이 두 마리 양이 서로 길을 사양하였으면 이러한 고상은 아니 볼터이오이다. 여러분은 이 말씀을 잘 헤아려보시오."

또래보다 키가 크고 입매가 단정한 학생이 자리에 일어나 교과서를 읽었다. 다른 학생들도 눈빛을 빛내며 교과서를 봤다. 어쩌면 앞으로 이 교과서를 가르칠 수 없을 지도 모른다는 생각에 가슴 한쪽이 저리는 것을 느꼈다. 세 권 중에 이제 겨우 한 권 밖에 가르치지 못했다는 아쉬움이 밀려들었다. 그녀는 칠판 옆에 붙어 있는 시간표로 눈을 돌렸다. 수신[66] 한 시간, 국어 열 시간, 조선어 다섯 시간, 산수 다섯 시간, 성경 두 시간, 창가 한 시간……. 조선 교육령에서는 보통학교의 제일 교육 목표가 국어(일본어) 교육을 통해 충량한 국민을 만드는데 있다고 명시했다. 국어, '우리나라의 말' 시간에 일본어 수업이 진행되었다. 우리나라의 말이 일본어가 되어 매주 열 시간씩이나 수업이 진행되었다. 조선어는

_____

66) 도덕.

외국어 취급을 받아 학년이 올라갈수록 수업 시간이 줄어들었다. 지금은 주당 다섯 시간이지만 삼사학년이 되면 두 시간 밖에 배우지 않았다. 이러다가 아예 교실에서 사라질 것만 같았다.

"네, 잘 읽었어요. 친구들 사이에 양보가 얼마나 중요한지 알려주는 글이었어요. 여러분들도 친구들에게 양보 잘 할 거지요?"

"네!"

아이들의 대답이 댓잎에 떨어지는 소나기 소리처럼 교실을 가득 매웠다. 싱싱한 그 소리에 입가에 웃음이 맴돌았다. 하지만 웃음의 끝은 씁쓸했다. 조심스럽지만 결기가 있는 부인의 목소리가 귀에서 맴돌았다. 그녀는 잡념을 털어내며 시선을 아이들에게로 옮겼다.

"앞으로 여러분들은 이 교과서를 배우지 못할 지도 몰라요. 이 교과서를 지켜내지 못해서 여러분들에게 선생님으로서 면목이 없어요. 하지만 우리에게 오늘만 있는 것은 아니지요. 내일이 있기에 과거를 거울삼아 더 노력하려고 해요. 분명히 오늘보다 더 나은 내일이 올 거라고 믿어요. 여러분들을 보니 그 믿음이 인왕산의 화강암처럼 더욱 확고해져요. 올 1월부터 구라파[67] 대륙에 있는 법란서[68]라는 나라에서 강화회의가 열리고 있어요. 세계대전 전범국들에 대한 처리를 의논하는 중이지요. 회의 중에 미리견의 대통령인 윌슨[69]이라는 분께서 '민족자결주의원칙'이라는 것

---

67) 歐羅巴, 유럽.
68) 佛蘭西, 프랑스.
69) Thomas Woodrow Wilson, 28대 미국 대통령.

을 발표하셨어요. 한 민족이 다른 민족이나 국가의 간섭을 받지 않고 자신의 정치적 운명을 스스로 결정하는 권리를 실현하려는 사상을 말해요. 우리 대한제국 같은 많은 식민지들의 국민들이 쌍수를 들어 반기고 있지요. 전 세계의 약소국들이 이 민족자결주의 원칙에 고무되어 독립을 논하고 있어요. 우리나라도 그렇고요. 그러니 언젠가 이 교과서를 다시 만날 날이 돌아올 거예요. 그날이 멀지 않을 거라고 생각해요. 우리 손으로 그날이 더 빨리 오게 만들게요. 알았지요?"

"네!"

그녀는 한 번도 쉬지 않고 이야기를 이어나갔다. 보통학교 학생들이 제대로 이해하기는 어려운 말이었다. 하지만 그녀의 간곡한 음성에 아이들은 목소리를 높여 대답을 했다.

"오늘 진도 나갈게요. 선생님이 먼저 읽어 볼테니 잘 들어보세요. 제 이십팔과, 아국. 우리 조선은 진실로 좋은 나라이라. 그 인수는 일천오백만이오. 풍속이 순박하오이다. 서울을 한양이라 정하며, 군주폐하께옵서 계시는 데니, 크고 번화하기는 조선국 중에 제일이오이다. 조선은 기후가 좋고 토지가 좋으니 각색 곡식이 많이 나며 또 광물도 많이 산출하옵나니다. 조선에는 예부터 어진 사람이며, 용맹한 사람이며, 이름난 사람이며 허다하니, 여러분도 학교에서 각선 공부를 하여 재예를 닦고, 몸을 충실하게 하오며, 제세할 사람이 되야 국가를 위하야 마땅히 진충하고 갈력할 것이니라. 여러분, 잘 들었어요?"

"네."

"이번에는 선생님을 따라서 큰 소리로 읽으세요. 우리 조선은 진실로 좋은 나라이라."

첫 구절을 읽자 가슴 속에서 솟아오르는 것이 있었다. 그 감정을 억누르며 한 글자 한 글자 또렷하게 발음하였다.

"우리 조선은 진실로 좋은 나라이라."

"목소리가 작아요. 더 큰 소리로, 우리, 조선은, 진실로, 좋은, 나라이라!"

"우리 조선은 진실로 좋은 나라이라!"

그녀는 힘주어 읽었다. 교실에 가득 찬 아이들도 그녀를 따라 더 큰 소리로 교과서를 읽었다. 복도로 아이들의 목소리가 울려 퍼졌다. 복도 쪽 창문 너머로 포웰부인의 얼굴이 보였다. 그녀는 애써 부인의 눈빛을 외면하며 교과서를 읽었다. 아이들의 커다란 목소리가 그녀를 따라왔다.

＊

남산현 감리교당[70] 지하실로 들어섰다. 신홍식[71] 목사의 배려로 지하실을 회합 장소를 쓸 수 있었다. 지하로 뻗은 비밀 계단이 그녀를 반기는 것 같았다. 어두웠지만 몸에 익어 어렵지 않게 지하로 내려갔다. 지하실문을 열고 들어서니, 촛불 주변으로 박승

---

70) 평양 김일성광장 뒤 인민대학습장 자리에 있었음. 강제 폐쇄되었다가 이규갑에 의해 현재 서울 서초구 방배동에 있는 남산감리교회로 재건됨.

71) 申洪植, 남산현 교회 목사, 민족대표 33인중 한 명.

일, 김현경, 손진실, 기미코가 먼저 와 있었다. 그들 앞에는 성경 구절을 빼곡히 써넣은 종이가 한 움큼씩 쌓여 있었다. 한 글자 한 글자 정성을 다하여 옮겨 적었을 것이다. 그녀도 야학을 끝낸 후 밤 시간을 쪼개어 성경을 옮겨 적었다. 그들이 한 획 한 획 흐트러지지 않게 온힘을 다해 쓴 글씨들이 가슴을 뜨겁게 달구었다.

 ―네가 좀 더 자자, 좀 더 졸자, 손을 모으고 좀 더 눕자하니 네 빈궁이 강도 같이 오며

 ―두려워하지 말라 내가 너와 함께 함이라. 놀라지 말라. 나는 네 하나님이 됨이라. 내가 너를 굳세게 하리라. 참으로, 너를 도와주리라. 참으로, 나의 의로운 오른손으로 너를 붙들리라.

 ―남에게 대접을 받고자 하는 대로 너희도 남을 대접하라.

 ―아무에게도 악으로 악을 갚지 말고 모든 사람 앞에서 선한 일을 도모하라 할 수 있거든 너희로서는 모든 사람으로 더불어 평화하라.

 ―무엇보다도 열심으로 서로 사랑할지니 사랑은 허다한 죄를 덮느니라.

 비밀 회합이 일경에 의해 발각되었을 때를 대비해서 써온 글귀

지만, 그녀는 가슴에 새겼다. 특히 서툴지만 조선을 생각하며 적었을 기미코의 글씨가 눈에 들어왔다. 조선어와 조선 글 쓰는 것이 통 늘지 않아서 그녀가 하는 야학에 나오고 싶다고 했던 말이 떠올랐다. 비록 글씨는 삐뚤삐뚤하지만 기미코의 마음은 그렇지 않다는 것을 잘 알고 있었다. 그녀는 촛불 주변에 모여 앉은 그들을 다시 바라봤다.

"언젠가 이 겨울도 끝나겠지요? 요시다의 감시가 자심해지고 있는데, 자매님들 그간 무고하셨습니까?"

그녀의 말에 웃음 띤 대답이 돌아왔다. 좌중을 둘러본 그녀는 말을 이었다. 출입문을 바라보며 목소리를 줄였다.

"우리 모임이 하는 일이 많아지니 사람 손이 자꾸만 더 필요해지는군요. 그래서 첫 번째 안건은 동지 규합에 관한 것이에요. 이건에 대해서는 박승일 자매께서 이야기해주시겠어요?"

"사경회에서 출발한 우리 감리교 애국부인회가 하는 일이 많아지면서 더 많은 자매님들의 도움이 필요해졌습니다. 하지만 보안을 위해서 아무나 회원을 받을 수 없어서 동지 규합은 쉽지 않았습니다. 그러다 장로교 애국부인회 한영신 자매께서 양 단체의 통합을 제안해 와서 의견을 조율하고 있습니다. 두 부인회가 통합된다면 독립군에게 더 큰 도움을 줄 수 있으리라고 생각합니다. 또한 관서와 관북 지방을 중심으로 지회를 설립하려고 노력하고 있습니다. 그리고 전국적인 조직인 경성의 대한애국부인회와 연락을 긴밀하게 취하고 있습니다."

박승일의 말이 끝나자 모두 소리 나지 않게 박수를 쳤다.

"두 번째 안건은 독립군 군자금 모금 관련에 관한 것입니다. 이건은 손진실 자매님께서 말씀해주시겠어요?"

"현재는 우리 회원들의 회비와 성금이 주로 보내지고 있습니다. 그러니 배일사상을 고취해서 회원을 좀 더 많이 확보하는 게 관건이라고 생각합니다. 그래서 심방을 많이 다니는 전도부인을 통해 회원 가입을 유도하고 모금 활동을 하고 있습니다. 그래서 내년까지는 최소한 2천 원 이상의 군자금을 부친[72]께 송달하려고 하고 있습니다. 특히 모금 활동과 전도 활동에 이애라 자매님께서 홀몸도 아닌데도 불구하고 경성, 아산, 익산의 예배당까지 다니시며 큰 성과를 거두었습니다."

"부끄럽게 그런 말씀을 하십니까?"

손진실의 말에 그녀는 얼굴을 붉혔다.

"다들 맡은 바 일에 최선을 다해주시고 계시니 저도 힘이 나네요. 각자 맡은 일이 있기는 하지만 네 일 내 일 가리지 말고 상황이 허락하는 대로 서로 도와주셨으면 합니다. 세 번째 안건은 기홀병원 의료 봉사에 관한 것입니다. 모친과 함께 그곳에서 일하시는 박승일 자매가 사정을 제일 잘 아실 테니 한 말씀해주시겠어요?"

"현재 조선 전역에 돌림병이 창궐하고 있습니다. 매일 밀려드는 환자들의 숫자를 셀 수가 없을 정도입니다. 양의와 간호부들이 며칠씩 잠을 못자며 환자들을 돌보고 있지만 역부족입니다.

---

72) 손정도(孫貞道), 감리교 목사이며 상해 임시정부 임시의정원 의장과 교통부 총장 역임.

그렇다고 환자들을 돌려보낼 수도 없는 노릇이어서 복도에 이불을 깔고 환자를 받고 있습니다. 의료 시설이나 약도 모자라지만 인력이 턱없이 부족합니다. 돌림병 환자들이라 이들을 도울 손길이 더욱 없습니다. 이럴 때 우리가 개인위생을 철저히 하며 환자들을 돌보는데 일조한다면 이것은 하나님의 말씀을 실천하는 데 큰 본보기가 될 거라고 생각합니다. 또한 포웰 박사와 부인도 직간접적으로 지원을 부탁했는데, 이에 응한다면 앞으로 우리 일을 하는 게 조금 더 수월해질 것 같습니다. 회원을 확보하고 군자금을 모금하여 송달하는 것도 독립에 좋은 일이지만, 조선 사람의 목숨 하나라도 더 건지는 것도 그에 못지않은 훌륭한 일이라고 생각합니다."

"맞는 말씀이에요. 그러면 우선 첫 번째 안건에 대해 좋은 의견이 있으신 분들은 말씀해주세요."

"잠시만요, 우선 그것보다 급한 안건이 있어요."

구석에서 말없이 있던 현경의 목소리가 들렸다. 아이들에게 노래를 가르칠 때와 전혀 다르게 차갑고 날선 음색이었다.

"무슨 안건인가요?"

"최근 들어 요시다의 감시가 심해졌다는 것은 다 알리라 생각해요. 구체적인 물증을 잡으려고 밀정을 풀어놓은 것 같고요. 그래서 우리의 기밀이 조금씩 새는 것 같아요. 그런데 그 정보들이 내부에서 빠져나가는 것 같아요."

현경의 말에 모두의 안색이 어두워졌다. 다들 알고 있는 이야기였다. 다들 이에 대해 한번 언급을 하려고 했을 것이다. 하지만 아무도 쉽게 말문을 열 수 없었다. 그렇게 되면 결국 동료를 의심하게 되는 것이고 그로 인해 조직에 큰 균열이 생길 수 있게 되는 것이다. 현경의 말을 승일이 받았다.

"더 이상 쉬쉬하고 내버려 둬서는 안 된다고 생각합니다. 실제로 우리 비밀 결정 사항이 새어나가는 것 같습니다. 요시다는 더 결정적인 증좌를 잡으려고 우리 목줄을 더 조여 오는 것 같고요. 이러다가 큰일도 하기 전에 우리 조직이 어떻게 될 수도 있습니다. 그러니 무슨 희생을 치르더라고 현경 자매의 말처럼 밀정을 찾아내야 합니다."

말을 끝낸 승일의 날카로운 눈빛이 좌중을 훑고 지나갔다. 모든 사람들을 의심의 눈초리로 바라보고 있었다. 하지만 유독 한 사람에게서 그 눈빛이 오랫동안 머물러 있었다. 다른 회원의 눈빛도 다르지 않게 그 사람으로 향해 있었다. 기미코는 그 눈빛을 담담히 받아들이고 있었다. 자신이 감내해야 하는 일이라는 듯 아무런 말없이 고개를 숙이고 있었다.

그녀를 향해 현경이 말을 이었다.

"일전에 우리 모두 요시다에게 끌려가 온몸이 부서지도록 취조를 당해서 다 업혀서 나왔지 않았습니까? 그런데 기미코 자매만 멀쩡하게 두 발로 걸어 나왔죠."

"……."

"어떻게 된 건지 입이 있으면 말씀을 해보시지요, 기미코 자매님."

"……."

"아무 할 말도 없습니까? 혹시 높은 자리에 계신 아버지의 도움을 받으셨습니까, 아니면 동료의 이름을 팔기라도 하셨나요?"

"그만하세요, 현경 자매님! 그게 무슨 말입니까!"

그녀가 목소리를 높였다.

"그 일뿐이면 제가 이러겠습니까? 기미코 자매가 최근에 요시다의 부인도 자주 만나고 있습니다. 그건 제 눈으로도 봤고요. 기미코 자매님, 요시다의 부인은 왜 그리 자주 만나고 있습니까?"

"……."

"왜 대답을 못 하십니까? 그럴만한 이유라도 있는 거 아닙니까?"

현경의 말에 모두 놀라 기미코를 바라봤다. 기미코도 놀란 듯 눈빛이 흔들렸다. 하지만 아무런 대답도 하지 않았다. 그녀가 기미코에게 물었다.

"기미코 자매님, 요시다의 부인을 만난다는 게 사실입니까?"

"예……."

"무슨 일로요?"

"……."

"기미코 자매님, 말씀을 해보세요."

"……."

그녀의 질문에 기미코는 답하지 않았다.

*

　집을 나섰지만 여전히 발걸음이 내키지 않았다. 자신만을 생각한다면 이렇게까지 주저하지는 않았을 것이다. 자신의 목숨 하나뿐이라면 주의하면 될 거라고 생각했다. 간호부인 승일의 말처럼 개인위생을 철저하게 한다면 전염을 막을 수 있을 거라고 다짐하며 빗나가는 생각을 다잡았다. 그런데 그때 뱃속 태아의 발길질이 느껴졌다. 뭔가 위험을 알리는 신호였다. 몸이 피곤하거나 아프면 아이의 발길질이 이어졌다. 자신과 한몸인 아기도 같이 고통을 느끼고 있는 것이었다. 아니면 엄마의 고통을 알아차리고 조심하라고 걱정하는 것인지도 모른다. 오랫동안 망설이다가 병원으로 의료봉사를 나가려고 일어서자 아이가 발길질을 시작했다. 그 발길질에 어렵게 나선 걸음이 다시 멈춰졌다. 아이도 본능적으로 위험을 느끼고 있는 것은 아닐까? 엄마로서 이 길을 가야하는 것일까? 기홀병원으로 향하는 발걸음이 계속 어긋났다. 배가 한쪽으로 뭉치는 것 같았다.

　시모는 배가 뭉친 모양을 보더니 딸이라고 했다. 딸이라는 말에 그녀는 한편으로 기뻤고 한편으로 괴로웠다. 평생 동안 자신의 마음을 알아줄 수 있을 거라는 기대. 친구처럼 장날 손을 잡고 길거리를 걸으며 주전부리를 사먹을 수 있을 거라는 생각. 모친이 해주었던 것처럼 머리를 땋아주고 같이 목간을 하고 댕기를 골라주고 색색 옷을 지어주고……. 하지만 한편으로 마음을 짓누르는 고통을 느꼈다. 개명했다고는 하지만 여자에 대한 편견과 억압은 여전히 견고했다. 형틀처럼 여자를 억압하는 구습들을 고스란히 견뎌내야 할 딸아이의 운명이 벌써부터 그녀를 고통스럽게 만들었다. 그리고 나라 잃은 백성, 게다가 여자로서 사는 일은 더 고통스러웠다. 그래서였을까, 그녀의 뭉친 배를 보는 시모의 눈 끝이 짓무르는 것 같았다.

배에 손을 대었다. 떨림이 느껴졌다. 그 떨림은 손을 울렸고 가슴을 울렸다. 손으로 배 주위를 문지르며 아이에게 말했다. 괜찮아, 정말 괜찮아. 그게 아이에게 하는 말인지 자신에게 하는 말인지 분간이 되지 않았다. 배 위에 손을 올려놓고, 집으로 돌아가지도 못하고 병원으로 가지도 못하고 있는데, 모퉁이를 도는 기미코가 보였다. 어디를 가는 지 발걸음을 서두르고 있었다.

그날 회의에서 기미코는 일찍 자리를 떠났다. 무슨 이유에서인지 회원들의 어떤 질문에도 대답하지 않았다. 그래서 더 의심을 샀다. 현경의 발의와 승일의 재청으로 기미코의 회원 자격을 박탈하자는 안건이 나왔다. 하지만 경과를 두고 보자는 의견과 재명하자는 의견이 비등해서 결론을 내지 못했다. 그 회의를 아는 지 모르는 지, 그 이후로 기미코는 모임에 나오지 않았다. 그날 이후로 기미코를 보지 못했는데, 기홀병원으로 의료봉사를 나가는 길에 먼발치에서 보게 된 것이었다. 기미코가 주변을 살피며 발걸음을 옮기자, 그녀는 자신도 모르게 따라가기 시작했다. 기미코는 광성학교를 지나 기홀병원 앞에 섰다. 주변을 두리번거리더니 곧바로 병원 안으로 들어가는 것이었다. 그동안 출입이 잦았는지 아니면 일본인이어선지 칼까지 찬 위생경찰이 아무런 제지 없이 들여보냈다.

전염병이 돌기 시작한 후, 위생국이 따로 설치되어 있지 않아서 경찰이 위생 업무까지 맡아서 했다. 그들의 위세는 일반 경찰이나 헌병보다 더 했다. 그들은 국적, 성별, 지휘 고하를 가리지 않고 어느 누구나 위생을 위해서라는 명분에 가두거나 채변을 해 갔다. 전염병 확산을 막는다는 이유로 가축이 도살되거나 심지어 마을이 폐쇄되는 경우도 있었다. 그로인해 재산을 잃어버리는 조선 사람들도 많았다. 타지에서 온 사람들은 그들에게 더 많이 시달려야 했다. 또한 치료 주사를 잘못 놓아 조선 사람들이 중독 증상을 보이며 죽는 경우도 있었다. 조선 사람들을 대상으로 주사약을 실험한 것이라는 소문도 돌았다. 그들의 주된 임무가 치료보다는 조선인의 전염병이 일본인에게 옮는 것을 차단하는 것이었기에, 많은 조선인들이 또 다른 고통을 견디어야 했다.

그녀는 건너편에서 기미코를 지켜보다가 발걸음을 조심스럽게 내딛었다. 미리 받은 입가리개와 장갑을 착용하고 위생경찰 앞에 섰다. 이미 승일을 통해 통지가 되어 있어서 병원 안으로 들어서는 것은 어렵지 않았다.

병원 복도에 들어서자마자 양옆으로 드러누운 돌림병 환자들이 보였다. 날씨가 날카로운데도 겨울옷을 제대로 입은 사람이 없었다. 장갑이나 양말조차도 착용하지도 않았다. 동상에 손가락은 까맣게 타들어 안으로 굽어들었다. 홑바지 밑으로 드러난 다리는 버드나무가지처럼 휘었다. 몸을 지탱하고 설 수조차 없을 것만 같았다. 일어서려고 하면 부러져버릴 것만 같았다. 온몸을 호랑이가 물어뜯는 것 같은 고통이 찾아온다고 해서 이름 붙여진 호열자라는 병명, 여기저기서 그로 인한 고통 때문에 신음이 새어나왔다. 하지만 그런 신음조차 내뱉을 기운이 없는 사람들도 많았다. 초점이 없어진 눈동자가 불안하게 떨며 천장을 응시하고 있었다. 떨리는 입은 의미 없는 단음절들을 뱉어내고 있었다. 부러질 것 같은 팔다리는 단속적으로 경련을 일으키고 있었다. 그리고 그들의 다리 사이에서 오물들이 쏟아지고 있었다. 호열자의 특징이 온몸의 수분이 설사로 빠져나가는 거라고 했다. 복도에 그들의 몸에서 나온 오물들이 흥건하게 고여 있었다. 간호부들이 부지런히 치우고 있었지만 역부족이었다. 양의들이 그들 사이를 뛰어다니며 주사를 놓고 있었다. 여기저기서 시체를 옮기는 사람들의 모습도 보였다.

병실로 들어가는 기미코의 모습이 보여서 정신을 다잡았다. 복도를 지나 병실로 따라 들어갔다. 안으로 들어서자 살이 썩는 듯한 역겨운 냄새가 덮쳐왔다. 속이 진정되자 다시 병실로 눈길을 돌렸다. 얼굴과 손에 붕대를 감아놓은 환자들이 있었다. 붕대로 고름과 핏물이 배여 나오고 있었다. 붕대를 감아놓지 않은 손과 발은, 정상과 달랐다. 손가락과 발가락이 뭉텅뭉텅 잘려나가 있었다. 발가락이 없는 발은 오래전에 뽑아놓은 무 덩어리 같았다. 발목에는 방울이 달려있었다. 방울 소리를 듣고 먼저 시선을 옮기라는 뜻이었다. 그 병실이 천형이라 불리던 나병 환자들을 수용하는 곳이라는 것을 알 수 있었다.

기미코는 그녀의 인기척을 느낀 것 같지만 아는 체를 하지는 않았다. 창을 바라보고 앉아 있는 환자의 붕대를 말없이 갈아주고 있었다. 손에 감겨있던 붕대를 풀자 이미 손가락 세 개가 보이지 않았다. 잘려나간 부분에서 피딱지가 져 있었다. 남은 두 개의 손가락도 곧 떨어져나갈 듯 위태로워 보였다. 그녀는 기미코의 눈짓에 따라 붕대 끝을 가위로 잘라냈다. 처음 하는 일이어서 손끝이 떨렸다. 그러다 환자와 눈이 마주쳤다. 눈썹이 전부 빠져있었다. 지우개로 지운 듯 눈 위에 아무 것도 없었다. 코끝은 녹아내린 것처럼 문드러져 있었다. 귀는 안쪽으로 짓뭉개져 있었다. 그녀는 바로보지 못하고 눈을 피했다. 하지만 그 눈, 그 눈빛이 익숙했다. 붕대를 놓치고 말았다. 그 눈, 그 눈빛이 분명히 기억 속에 있었다. 환자도 그녀를 알아본 것 같았다. 두 사람이 서로를 알아본 순간, 환자는 고개를 돌렸다. 온몸이 허물어질 것 같았다.

순향 언니였다.

언니는 고개를 돌리고 울기 시작했다. 소리 없이 시작된 울음은 낮고 깊게 이어졌다. 마르지 않는 깊은 우물에서 물을 길어내듯 울음이 이어졌다. 그녀는 언니의 발치에 주저앉았다. 기미코도 뭔가를 눈치 챘는지 붕대를 조용히 내려놓았다. 그녀는 아무 것도 할 수 없었다. 언니의 울음을 지켜주는 것, 그리고 같이 울어주는 것 밖에 할 수가 없었다.
"언니! 언니! 순향 언니!"
"……"

"어떻게 이런 일이, 어떻게 이런 일이!"

"……."

"언니, 어떻게 된 거야! 어떻게 된 거야!"

언니는 입술도 짓이겨져 제대로 말할 수 없었다. 음성마저도 짓뭉개져 있었다. 한참 후 간신히 울음을 그친 언니는, 붕대를 풀어서 상처를 확인하듯 지난 시간들을 드러내기 시작했다. 그날 아버지가 붙잡혔다. 아버지를 구하기 위해 요시다의 여자가 되었지만, 약속은 지켜지지 않았다. 아버지는 어딘가로 보내졌다. 남도 땅에서 철도를 건설한다는 이야기도 들렸고, 북쪽 어디에서 탄을 캔다는 소문도 들렸다. 제주도에서 돌산을 깨서 비행기 격납고를 만든다는, 일본 군수 공장에서 봤다는, 연해주로 건너가 독립군이 되었다는 소문도 들렸다. 하지만 확인할 수 없었다. 아무리 아버지의 행방을 물어도 요시다는 대답해주지 않았다. 여지는 요시다가 일본군인 집 애돌보기로 팔아버리면서 연락이 끊겼다. 좋은 주인을 만나기를 바라는 수밖에 없었다. 그 후 요시다에게 끌려 평양까지 왔다. 하지만 이곳에 온지 얼마 되지 않아 나병에 걸려서, 심한 폭행을 당한 후 쫓겨났다. 차라리 다행이라고 생각했다. 비록 언제 죽을지 모르고, 고칠 수 없는 병이라지만 요시다의 손에서 벗어날 수 있었다. 아버지와 여지를 찾아 나설 수 있었다. 그렇게 가족을 찾으려고 첫 걸음을 내딛는 순간, 왜갈보년이라고, 아이 심장 꺼내먹는 문둥이라고 돌팔매질을 당했다. 그들에게 양손을 뻗어 빌었지만 그치지 않았다. 가족을 찾아야 한다고 살려달라고 빌었지만 분풀이는 멈추지 않았다. 마침

길을 가던 기미코가 구해주었다. 평소 안면이 있던 기미코는 언니를 이곳 병원에 사정사정해서 입원시킨 다음 돌봐주고 있었다.

언니가 언제까지 입원을 할 수 있을지는 몰랐다. 총독부가 삼년 전에 전라도 소록도에 나병환자를 분리 수용할 목적으로 자혜병원을 만든 후, 조선의 모든 나병 환자는 그곳으로 가라는 명령을 내렸다. 죽기 전에는 나올 수 없는 곳이었다. 나병이 유전된다며 강제로 단종 수술을 하는 곳이었다. 기미코는 우선 걸을 수 있을 때까지 만이라도 머물게 해달라고 간청했다. 하지만 호열자로 병원이 만원이어서 언제 떠나야할지 모르는 상황이었다. 말을 듣는 내내 사기 조각에 심장이 도려지는 것 같았다. 아무런 대구도 할 수 없었다. 언니의 텅 빈 눈동자만을 바라볼 뿐이었다.

"그때 죽어……버리고 싶었어. 눈 덮인 산을 맨발로 내려오는데, 마치 못 밭을 걷는 것 같았어. 발바닥이 얼마나 시리던지. 가슴이 얼마나 아리던지. 하지만 내색할 수 없었어. 그런데 그때 죽었……어야 했어. 그때 죽었어야 했는데, 아내 없는 아버지와 엄마 없는 여지가 걸렸어. 아버지와 여동생을 잘 돌봐달라는 엄마의 유언이 자꾸만 생각났어. 약 한 번 제대로 쓰지 못하고 죽는데 어디서 그런 힘이 솟아났는지 그 말은 정말 또렷했어. 그래서…… 모질지 못했어. 그런데 지금은 그때…… 죽지 못한 게 가장 큰 한이야."

"언니……."

"그런데 목숨이라는 참 우스워. 그 꼴을 다보고, 몸뚱이는 이모양이 되었는데도…… 더 살고 싶어. 이 문드러진 몰골로도 하루만 더 하루만 더…… 살고 싶어. 이 더러운 목숨 지긋지긋한 목숨, 조금이라도 더 살고 싶어. 먼발치에서 아버지와 여지를 봤으면 해. 잘 있는 거 한번만 보고 죽었으면 좋겠어. 그날까지만 살았으면…… 좋겠어. 아버지와 동생을 먼발치에서라도 보게 된다면 그땐 정말 죽을 거야. 이런 꼴로 어떻게…… 나서겠어."

"……."

그녀와 기미코는 눈물을 감출 수가 없었다. 그녀는 양손에 얼굴을 묻고 들지 못했다. 손가락 틈 사이로 눈물이 새어나왔다. 그때 뱃속의 아이가 발길질을 시작했다. 이 세상의 모든 것을 발로 차버리겠다는 듯이 거센 발길질이었다. 아이도 발버둥 치며 함께 우는 것 같았다.

\*

야학으로 향하는 발걸음은 무겁기만 했다. 태아의 발길질은 그쳤지만, 배가 뭉쳐 고통스러웠다. 병원 이곳저곳을 뛰어다니며 의료봉사를 한 탓에 손발도 퉁퉁 부어버렸다. 무거운 마음과 성하지 않은 몸 때문에 한 발자국도 떼어놓기 힘들었다. 하지만 발걸음을 멈출 수는 없었다. 식은땀을 흘리며 걷는 그녀가 걱정되는지 기미코가 따라왔다.

"몸도 안 좋은 것 같은데, 오늘 야학은 거르시는 게 좋을 것 같아요."

"그럴 수 없어요. 언제 폐쇄당할 지 모르는데 한 글자라도 더 가르쳐야지요."

"산달도 얼마 남지 않았는데 그렇게 무리해도 괜찮겠어요?"

"이 정도는 괜찮아요."

"전에 제가 말씀드렸었죠? 저도 야학에서 조선어 공부하고 싶다고요. 오늘 제가 일일학생해도 될까요?"

"그렇게…… 하세요."

기미코는 붙임성 좋게 팔짱을 끼었다. 하지만 걷는 내내 서로 한 마디도 나누지 못했다.

야학 교실에는 아낙 열댓 명이 그녀를 기다리고 있었다. 그녀가 들어서자 다들 잡담을 그치며 눈을 빛냈다. 그녀는 가쁜 숨을 내뱉으며 이마에 흐른 땀을 닦았다. 아들에게 편지 한 장 쓰고 싶어 수업을 듣는 밤골댁의 걱정스러운 눈빛이 느껴졌다. 그녀는 시모에게 아무런 말도 하지 말라고, 걱정하지 말라고 밤골댁에게 고개를 끄덕였다. 그제야 밤골댁도 눈빛을 거두고 교과서를 폈다. 그녀가 출석을 부르는 동안 기미코는 맨 뒷자리로 가서 앉았다. 출석을 부른 후 교과서를 폈다.

"어디까지 했지요?"

"28과 할 차례입니다."

밤골댁의 대답에 그녀는 28과를 폈다. 오늘 학당에서 수업했던 곳이다. 책을 펼치자마자 '우리 조선은 진실로 좋은 나라이라.'라는 구절이 보였다. 그 구절을 보자 얻어맞은 듯 머리가 멍했다. 늘 그녀가 먼저 읽고 아낙들이 따라 읽었다. 다들 그녀가 먼저 교과서를 읽기를 기다리는 눈치였다. 하지만 그녀는 교과서를 읽어나갈 수 없었다. 자꾸만 언니의 얼굴이 어른거렸다. 짓이겨지고 뭉그러진 그 얼굴이 교과서에 새겨졌다. 그 얼굴을 지우고 조선은 진실로 좋은 나라라고 말할 수 없을 것 같았다. 교과서를 펴고 아무런 말도 하지 못하고 있으니 아낙들이 웅성거리기 시작했다. 그때 맨 뒷자리에 앉아있던 기미코가 책을 읽기 시작했다.

"우리, 조선은, 진실로, 좋은, 나라이라."

잠시 어리둥절했던 아낙들이 기미코를 따라 책을 읽기 시작했다.

"우리 조선은 진실로 좋은 나라이라."

그녀는 숙였던 고개를 들어 책을 읽고 있는 기미코를 바라봤다. 모란봉에 갔을 때, 대동강을 내려다보며 기미코가 들려준 말이 떠올랐다. 기미코는 관료인 아버지를 따라 고향인 아이치현을 떠나 조선에 왔다. 이세만을 건너와 코끝을 간질이는 훈풍, 나고야성의 벚꽃, 하늘 높이 솟아있는 공장들의 굴뚝들이 그리워 향수병에 걸릴 지경이었다.

기미코의 아버지는 아이치현 출신임을 자랑스러워했다. 영문학을 전공한 아버지는 고향을 소재로 시를 써서 읊어주기도 했다. 집 주변에 있던 나고야성에 도시락을 싸가지고 자주 놀러갔다. 벚꽃 나무 그늘에서 아버지는 위대한 역사를 들려주곤 했다. 오다 노부나가, 도요토미 히데요시, 도쿠카와 이에야스 등이 모두 아이치현 출신이었다. 아버지는 조선을 거쳐 중국 그리고 인도까지 가려고 했던 도요토미 히데요시의 대망에 관한 이야기를 해주었다. 전설이 되어버린 일본군의 용맹함을 말해주었다. 그리고 이토 히로부미가 주창한 대동아공영론도 들려주었다. 메이지유신 때 일만 명 이상이 유럽 유학을 다녀온 후 일본은 탈아입구[73]를 이루었다. 정치, 문화, 사회, 경제 등 모든 면이 근대화되어서, 서구 열강과 어깨를 나란히 할 수 있다고 했다. 하지만 주변국인 조선과 중국은 여전히 중세 봉건주의에 멈추어 있었다. 언제 서구 열강의 침탈을 받을지 몰랐다. 같은 동양인으로서 두 나라가 서구 열강의 식민지로 전락하는 것을 가만히 볼 수 없었다. 그래서 대일본제국이 그들을 보호해주고 근대화시켜줘야 한다는 이론이었다. 대일본제국이 선구자적인 시선으로 아시아를 위해 희생하고 있다는 생각에 가슴이 뿌듯했다. 일본인으로서의 자존심이 나고야성처럼 높이 솟았다.

하지만 그녀가 목격한 조선의 현실은 달랐다. 조선은 아버지의 말처럼 미개하지 않았다. 일본 못지않은 유구한 역사와 문화를 가지고 있었고, 그들 스스로도 얼마든지 자신의 평화를 지킬 수 있을 것 같았다. 그리고 일본이 평화를 위해 노력하고 있다며 오히려 더 큰 전쟁을 벌이고 있다는 것을 알게 되었다. 조선은 물론 청나라, 아라사와도 전쟁을 치렀다. 대동아의 평화를 위한 전쟁은 확대만 될 뿐 끝날 것 같지 않았다. 그로인해 죽는 극동지역 사람들의 숫자는 셀 수 없을 정도였다. 평화니, 보호니 근대화니 하는 말들은 침략 야욕을 포장하기 위한 도구에 불과했다. 이런 사실을 알고 일제를 비판하는 내지인[74]들도 많았다. 하지만 그

---

73) 脫亞入歐, 아시아를 벗어나 유럽을 지향한다.

74) 內地人, 일본인.

들의 목소리는 광기에 휩싸여 지워져버렸다. 기미코의 아버지도 그런 뜻을 이야기했다가 배신자로 낙인찍혔다. 헌병들로부터 미행은 물론 심지어 연행까지 당했다. 조선으로 온 이후 아버지가 더 이상 시를 쓰지 않는다고 말하던 기미코의 모습이 쓸쓸해보였다. 황혼녘, 대동강에 띄어진 황포돛배를 보며 조선은 참 아름답다고 말하던 기미코의 말이 귓속에 맴돌았다.

기미코와 아낙들의 책 읽는 소리를 들으며 그녀는 조용히 되뇌었다.


"우리 조선은 진실로 좋은 나라이라……."

# 별이 지는 밤

겨울 별들을 보며 집으로 발걸음을 잡았다. 굵은 소금을 흩뿌려 놓은 듯 밤하늘은 별들로 가득했다. 뱃속 아이에게 밤하늘을 촘촘히 수놓은 별자리들의 이름을 들려주었다. 황소자리, 쌍둥이자리, 게자리, 마차부자리……. 딸아이는 엄마의 목소리에 가만히 귀를 기울이고 있는지 아무런 움직임도 없었다. 아이가 저 별들처럼 살았으면 좋겠다. 조선의 여인에서 벗어나 하늘에서 별처럼 빛나길 바랐다. 그래서 아명을 '별 진(辰)'자를 써서 '진'이라고 지었다. 목사님이 아이의 이름을 지어줘야 했지만 연락할 방법이 없었다. 언젠가 다니러온다면 그에게 꼭 이름을 지어달라고 부탁하려고 했다. 그때까지는 우선 '진'이라고 부를 것이다.

'진이는 어떻게 생겼을까? 눈은 누구를 닮았을까, 코는 누구를 닮았을까, 입은 누구를 닮았을까? 엄마의 소리를 다 담고 있을 귀는 어떻게 생겼을까? 손은 어떻게 생겼을까? 단풍잎처럼 생겼을까, 아니면 고사리처럼 생겼을까? 첫울음을 울 네 목소리는 어떨까? 이 엄마는 궁금하단다, 진이에 대한 모든 게 다 궁금하단다. 진이를 만날 날이 너무나 기다려진단다.'

그녀는 아이의 대답이라도 들리는 듯 귀를 기울였다. 순간, 동쪽 하늘에서 서쪽으로 긴 꼬리를 늘어뜨리며 떨어지는 별똥별이 보였다. 백묵으로 칠판에 긴 선을 그려놓은 것 같았다. 별똥별이라는 것을 안 순간 소원을 빌려고 했다. 별똥별이 떨어지기 전에 세 번 소원을 빌면 이뤄진다는 말이 있었다. 코흘리개 때부터 들어왔던 말이었다. 하지만 별똥별을 본적이 많지도 않았고, 늘 갑작스럽게 떨어지는 바람에 한 번도 소원을 제대로 말하지 못했다. 이번에도 마찬가지였다. 그날 종이에 써서 달집에 넣었던 소원과 딸아이를 위한 소원, 이 두 가지를 별똥별이 떨어지기 전에 세 번 말한다는 것은 어쩌면 불가능할지도 몰랐다. 흔적 없이 사라진 별똥별에 객쩍게 웃으며 집으로 향했다.

집 앞에 검은색 승용차가 주차되어 있었다. 그녀가 다가서자 뒷문이 열리며 검은색 양장 차람의 여자가 내렸다. 하란사 선생님이었다.

"만삭으로 어딜 그렇게 다니세요?"

"선생님!"

"오랜만이네요."

"추운데 왜 여기 계세요. 안으로 드시지요."

"이곳에 오래 머물 수가 없어요. 따라붙는 눈도 있고 북경으로 가는 걸음을 지체할 수도 없어요."

안으로 드시라는 말에 갑자기 선생님의 음색이 바뀌었다. 목소리마저도 선생님이 입은 옷처럼 검은색이었다. 예삿일이 아니라는 생각이 온몸을 훑고 지나갔다. 선생님이 학당을 비우고 평양까지 왔다는 것 자체가 그것을 의미했다. 선생님을 따라 차안으로 들어갔다.

"시간이 없으니 한담은 다음 기회로 미루기로 하고 바로 본론을 이야기 할게요. 놀라지 말고 잘 들어요."

"……."

"어제 저녁에[75] 황제폐하께서 붕어하셨어요."

"……."

"의친왕께서 직접 급보로 전해주셨어요."

선생님은 미리견에서 유학할 때 의친왕과 자주 만났다. 그 인연으로 황제의 영어통역관이 되었고, 이후 여러 차례 황가의 밀칙을 수행했다. 최근에는 황제가 궁중패물을 팔아 선생님에게 내탕금을 하사했다. 극비리에 의친왕과 함께 파리 강화회의에 참석할 때 사용하라는 것이었다. 황제는 선생님에게 불합리한 한일의정서 원본 등 굴욕적인 외교문서를 넘겨주며, 전 세계에 대한제국의 현실을 알려달라고 말했다. 선생님은 대한제국의 참상과

---

75) 1919년 1월 20일.

일본의 양면성을 제대로 알릴 수 있는 기회라고 생각하고 최선을
다해 준비하고 있었다. 그런데 출국을 불과 며칠 앞두고 이런 일
이 벌어진 것이었다.

"강건하시다는 기사를 최근에도 봤는데, 어떻게 이런 일
이……."

"독살……당하셨어요."

"네! 뭐라고요?"

"비상이 든 식혜를 드셨어요."

"누가 그런 짓을!"

"데라우치[76]의 지령을 받은 이왕직[77]의 주구들이 그런 것 같
아요."

한일합방 후, 대한제국 황실은 이왕가(李王家)로 격하되었다.
대한제국과 일본이 한 나라이니 황실이 둘이 있을 수 없는 것이
었다. 황제는 덕수궁이태왕(德壽宮李太王)이란 작위를 받으며 일
본 황실의 말단으로 편입되었고, 시종원은 해산되었다. 그대신
일본 황실 기관인 궁내성의 지휘를 받는 이왕직(李王職)이라는
기관이 새로 만들어졌다. 황가에 충성을 다했던 시종원 사람들
은 그녀의 부친처럼 여기저기로 흩어져야했다. 대신 친일파들이
황제 주변을 겹겹이 둘러쌓다. 그들은 각종 불평등 조약에 서명
하게 했다. 황제가 조약에 서명하지 않으려고 버티면 협박은 물론
갖은 패행까지 저질렀다. 황제가 을사늑약의 부당성을 알리기 위

---

76) 데라우치 마사타케(寺內 正毅), 조선총독부 초대 통감.

77) 일제 강점기에 황실과 관련된 사무 일체를 담당하던 기구.

해, 화란[78]의 해아[79]에 특사를 보내자 그들은 일본의 꼭두각시가 되어 황제를 압박했다. 그들은 대일본제국의 위신을 떨어트렸다며 강제로 양위를 하게 했다. 일본의 입맛대로 되지 않는데다, 항일운동의 구심점이었던 황제는 그들로부터 늘 암살의 위험을 안고 살았다.

"전에 황태자 전하[80]와 함께 독이 든 가비차[81]를 드셨다가 낭패를 보시고, 그 이후로는 그렇게 좋아하시던 것을 멀리하셨어요. 그 대신 식혜를 자주 드셨는데, 이번에 거기에⋯⋯. 강건하셨는데 식혜를 마시고 30분도 되지 않아서 경련을 일으키다 돌아가셨다고 해요. 옥체가 불에 탄듯 청흑색으로 변해있었고, 검은 줄이 목부터 복부까지 길게 이어져 있었다고 어의가 말했어요. 비상 중독의 전형적인 모습이라고 하더군요. 그리고 황제께 식혜를 올린 수라간 상궁 두 명이 누군가에게 살해되었다고 해요."

그녀가 본 별똥별은 황제의 별이었을까? 선생님의 말을 듣는 동안 문득 그런 생각이 들었다. 떨어지는 황제의 별을 보며 소원 타령이나 하고 있었다는 사실에 몸서리가 쳐졌다. 언제였던가, 아주 어릴적 어가행렬을 본적이 있었다. 용안을 보기 위해 모여든 백성들을 향해, 잠시 행렬을 멈추고 손을 흔들던 모습이 어렴풋이 기억났다. 이팝꽃처럼 하얗게 늘어선 조선 백성들을 향해

---

78) 和蘭, 네덜란드.
79) 海牙, 헤이그.
80) 훗날 순종, 이날 마신 독으로 오랫동안 고생했다고 알려졌다.
81) 커피.

보내던 따뜻한 미소. 이화학당 학생들에게 부디 나라를 위해 훌륭한 여성이 되라고 말하던 모습. 부친을 따라서 시종원에 갔을 때, 그녀의 머리를 쓰다듬어주던 그 부드러운 손길. 그녀가 봤던 황제의 모습들이 뒤섞이며 떠올랐다. 부모를 잃는다면 이런 느낌일까, 그녀는 자신을 지탱하고 있는 것이 사라지는 것을 느꼈다.

"아직 흉음이 밖으로 알려지지는 않았어요. 우리는 이 일이 세상에 알려진 다음에 일어날 일에 대해 대비해야해요. 홑몸이 아니라는 거 알지만 사세가 이러니 도와주셔야겠어요. 을미년[82]에 황후마마께서 왜놈들에게 그렇게 당하고 나서 온 국민의 울분이 터져 나왔잖아요. 살해당하시고도 일제에 의해 폐위되어 장례도 치르지 못하다가 이년 뒤에 시신도 없이 장례를 치렀잖아요. 그 사건 이후 전국에서 들불처럼 의병운동이 일어났지요. 나라의 어머니를 잃고 이번에 아버지까지 잃었으니 고아가 되어버린 대한제국 사람들의 마음이 어떨지 상상이 되질 않아요. 게다가 언론 등을 통해 독살을 알릴 계획인데 그러면 더 큰 항거가 있을 거예요. 을미년 때보다 더한 국민적 저항이 있을 거예요. 병탄 이후로 구년 동안 일본인들이 한 악행이 있으니 그 어느 때 보다 큰 항거가 있을 거예요. 이 기회를 잘 이용해야 해요. 선생님께서는 평양에서 항거에 관한 일을 맡아주길 바래요. 이화학당은 김애라 학생이, 개성은 권애라 선생님이 맡아주기로 했어요. 나는 왜놈들의 감시를 따돌리고 북경으로 가려고 하고 있어요. 만주와 연해

---

82) 1895년.

주에서 활동하는 애국지사들과 대규모 회합이 있어요. 우선 그들에게 의친왕 전하의 뜻을 전할 거예요. 황제폐하께서 죽음으로 주신 이 기회를 어떻게 하면 헛되게 하지 않을지 의논하려고 해요."

"알겠어요, 선생님."

"우리 주변에 일제가 풀어놓은 사람들이 많아요. 애국부인회 내에도 밀정이 있다는 소문이 돌더라고요. 그러니 몸조심해야 해요."

"네, 선생님."

"아이 이름이 진이라고 했지요? 이 아이가 뛰어놀 대한제국은 분명히 오늘과는 다를 거예요. 선생님과 나 같은 사람이 우리 대한제국에 한두 명입니까? 이 아이는 황국신민이 아이가 아니라 반드시 대한제국의 백성이 될 거예요. 그러니 선생님 몸조리 잘하셔서 순산하세요. 그래서 민철이처럼 옹골찬 아이로 잘 키우세요. 그리고…… 저처럼 못난 어미는 되지 마세요."

"선생님……."

선생님은 장갑에서 손을 빼더니 그녀의 배에 올려놓았다. 배 앓이를 할 때 닿던 엄마의 약손처럼 부드럽고 따스했다. 낯선 손 길인데도 아이는 거부하지 않았다. 몸을 뒤틀거나 발길질을 하지 않고 새 손길에 조심스럽게 귀를 기울이고 있는 것 같았다.

선생님이 외국에서 대한제국의 실상을 알리고 있을 때, 외동딸은 병으로 세상을 등졌다. 딸이 고열에 시달리며 엄마를 찾았지만 손 한번 잡아주지 못했다. 엄마를 찾는 아이의 울음이 바다가 되어 귓속에 고여서 마르질 않았다. 아무리 고개를 돌리고 시선을 피해도 열꽃이 핀 딸의 모습 밖에 보이지 않았다. 집 안에 가득 차있는 딸아이의 흔적에, 아이가 곁에 없다는 것을 모르고 예전처럼 밥을 차리고 옷을 개키기도 했었다. 문득 문득 아이 방을 향해 이름을 불렀다. 하지만 대답은 돌아올 수 없었다. 그 깊은 슬픔을 삭일 겨를도 없이 선생님은 많은 일들을 해야 했다. 미리견에서 돌아오자 수많은 사람들이 연이어 찾아왔다. 선생님은 그들의 청을 거절할 수 없었다. 어쩌면 그 고통을 잊기 위해 그렇게 일에 매진했는지도 모른다. 조금이라도 한가해지면 그 틈으로 딸의 모습이 찾아왔는지도 모른다. 선생님의 손은, 그녀의 배가 아니라 언젠가 딸아이를 품고 있던 그 시절 자신의 배에 얹혀 있는지도 몰랐다. 그녀의 배 위에 손을 얹고 떠나간 딸아이의 태동을 느끼고 있는지도 몰랐다. 그런 선생님의 모습이 안타까워 그녀는 입술을 깨물었다.

"우리가 언제 다시 만날 수 있을까요?"

"……."

"국경을 넘는 게 한두 번도 아닌데, 이번에는 걱정스러운 게 많네요. 마치 다시 못 올 길을 가는 것 같아요. 나이가 오십에 가까우니 저도 많이 약해졌나 봐요."

선생님의 말이 물음이 아니라 푸념에 가깝다는 것을 느낄 수 있었다. 선생님의 눈동자가 깊어지는 것을 보며 그녀는 대답을 할 수 없었다. 왜인지 선생님을 다시는 만날 수 없을 것만 같은 불길한 예감이 들었다. 차에서 내린 그녀는 멀어지는 선생님을 향해 조심하시라고 되뇌었다. 언젠가 권애라가 한 말처럼 선생님은 대한제국 여인들의 별이었다. 그러니 어떤 일도 생겨서는 안 된다. 그런데 자꾸만 치미는 불길한 느낌을 억누를 수 없었다.

그녀는 멀어지는 선생님의 뒷모습을 보며, 아이에게 말했다.


'아가, 너는 하란사 선생님 같은 사람이 되어라. 그래서 대한제국 여인들의 별이 되어라.'


*


남산현 감리교당 지하 계단으로 내려섰다. 불 하나 밝히지 않은 계단은 코앞도 알아볼 수 없을 정도로 어두웠다. 그녀는 계단 하나라도 잘못 짚지 않기 위해서 벽을 더듬으며 천천히 내려갔다. 눈이 어둠에 적응되지 않았다. 여전히 짙은 어둠뿐이었다. 발끝에 온 신경을 기울이며 어둠을 헤치려고 했지만 벽처럼 그녀를 가로막았다. 두 패로 갈려버린 감리교 애국부인회의 현실 같다는 생각이 들었다. 머릿속이 복잡했다.

"기미코를 제명해야 해요."

"저도 그렇게 생각합니다."

현경의 말에 승일이 재청했다. 또 시작이었다.

"그 건은 좀 더 시간을 가진 다음에 논의하기로 하지 않았습니까?"

"왜 이애라 자매님은 기미코를 감싸고만 도는 것입니까? 혹시 무슨 사정이라도 있는 것입니까?"

"무슨 뜻입니까?"

현경이 빈정거렸다. 그녀는 날을 세워 말을 받았다.

"기미코에 이어 요시다의 부인을 만나고 있다는 이야기를 들었어요."

"그래서요?"

"지금 같은 상황에 의심을 살만한 행동을 계속하니까 그러잖아요."

"무슨 의심이요?"

그녀의 언성이 높아졌다. 재차 묻는 그녀의 말에 현경은 답하지 않았다. 오늘은 이 일을 결말지어야겠다는 생각이 들었다. 하란사 선생님이 다녀간 이후로도 이 일로 인해 아무 것도 진행된 것이 없었다. 해야 할 일들이 많았지만 이 일로 인해 제대로 된 의견을 나눌 수가 없었다.

"확실한 증거도 없는 상황에서 어떻게 제명을 합니까? 저도 따로 그 건에 대해서 알아보고 있으니 그 결과를 기다리기로 하지요. 우선 다른 안건부터 처리를 해야 합니다. 전에 박승일 자매께서 말씀하신 장로교 애국부인회 통합 건에 대해서 먼저 이야기를 하겠습니다. 우리에게 제일 시급한 것은 흩어져있는 부인들의 힘을 하나로 모아서 독립군을 체계적으로 지원하는 일이라고 생각합니다."

"이애라 자매님, 독단이 지나친 것 같네요. 가장 중요한 건 그게 아니라 내부의 적을 발본색원하는 거라고 생각해요. 그것부터 처리해야 합니다!"

현경이 그녀의 말을 자르고 들어왔다.

"누가 내부의 적입니까? 아무런 근거도 없이 기미코 자매를 의심하는 게 더 문제가 아닙니까? 현경 자매님은 좀 더 확실한 근거를 가지고 말씀하시지요. 그렇지 않으면 우리 조직의 결속을 저해하고 장로교 애국부인회와의 통합을 막는 것으로 밖에 보이지 않아요."

"무슨 뜻입니까?"

"자매님께서 계속 그 일을 걸고 넘어져서 우리 애국부인회가 내분을 겪고 있잖아요."

마음에 담아두었던 말을 한꺼번에 쏟아냈다. 조직을 걱정하는 마음 때문에 하는 행동이겠지만, 현경이 하는 말은 아무런 근거가 없었다. 현경은 기미코를 일본인이라는 이유로 무턱대고 의심하고 몰아세웠다. 시간이 지날수록 점점 더 거세지고 있었다. 게다가 현경의 말에 동조하는 사람들이 늘어가며 조직이 나뉘고 있었다. 그리고 이 일로 인하여 다른 문제들을 상의할 시간을 허비하고 있었다.

그녀의 말을 현경은 얼굴을 붉히며 받았다.

"그 말뜻은 제가 밀정이라도 된다는 것처럼 들리네요! 몇 년을 함께 일한 동지를 의심하는 겁니까! 어디서 굴러왔는지도 모르는 일본 년과 헌병 놈의 아내는 두둔하면서, 저를 의심하는 것입니까!"

"그런 뜻이 아니었어요. 우선 먼저 처리할 것들이 있으니, 그

일은 천천히 하자는 이야기였어요."

"제가 몇 번을 말씀드렸어요. 그게 가장 큰 문제라고요. 아직도 모르시겠어요? 우리 조직을 이끌 자격이나 있는 거예요? 아니면 의지는 있어요? 출산을 앞두고 판단력이 흐려진 건 아니에요?"

"현경 자매님, 말씀이 지나치세요."

현경의 말을 진실이 끊었다.

"아니요, 전혀 지나치지 않아요! 최근 들어 이애라 자매의 행동이 이상하다는 건 다들 알고 있지 않습니까! 자신이 의심받으니 몇 년 동안 모든 것을 바쳐 일한 제게 화살을 돌리지 않습니까!"

현경의 말끝에 울음이 묻으며 떨렸다. 말을 끝내자마자 자리에서 일어나 밖으로 나가버렸다. 현경을 부르며 승일이 따라나섰다. 이번 회의도 아무런 진전이 없었다. 서로의 입장 차이만 확인하고 감정의 골만 깊어졌다. 진실도 한숨을 내뱉으며 자리에서 일어났다.

집으로 돌아오는 발걸음이 무거웠다. 그녀는 심한 복통을 느껴 집으로 향하는 발걸음을 서둘렀다. 하지만 마음만 급할 뿐 발걸음은 빨라지지 않았다. 몸에 많이 무리가 된 것 같았다. 집안으로 들어서려는데 인기척을 느꼈다. 모퉁이에서 그녀를 바라보던 사람이 황급히 몸을 숨기는 것을 느꼈다. 선생님이 한 말이 있기에 그녀는 발걸음을 돌렸다. 그런데 자신을 바라보던 눈길, 그것이 왠지 다르다는 느낌이 들었다. 살기를 담은 시선이 아닌 것 같았다. 발걸음을 되돌려 모퉁이를 바라보았다. 어둠에 몸을 숨긴 사람의 모습이 보였다. 여자 같았다. 자신을 쳐다보는 시선을 느꼈는지 여자가 모퉁이에서 나와 그녀 쪽으로 걸어 왔다. 서두르지 않고 천천히 그녀에게 다가왔다. 희미했던 여자의 얼굴이 점점 선명해졌다. 같이 지낸 시간보다 더 오랫동안 마음속에 남아 있던 얼굴이었다. 부채감으로 가슴에 가시처럼 박혀 있던 얼굴이었다.

"이애라."

"……."

그렇게 보고 싶던 사람이었는데, 막상 만나고 나니 온몸을 감싸는 불길한 느낌 때문에 말을 이을 수가 없었다.

"옛 정이 있어서 하는 경고다. 네가 하려는 일 그만 둬라. 아무짝에도 쓸모없는 짓이다. 절대로 성공할 수 없다. 너희 조직원들은 지금 한발자국 앞에 지옥이 아가리를 벌리고 있는 것도 모르고 있다. 총독부에서 이미 너희들이 하려는 일들을 다 알고 있다. 너희 조직에 심어놓은 사람도 있다. 적당한 시기에 한꺼번에 검거해서 조직을 무력화시키려고 때를 기다리고 있는 것일 뿐이야. 사냥감이 함정에 빠져들기만을 기다리고 있는 거야. 그러니 그만두고 먼 곳으로 떠나라. 그러면 너와 네 아이들의 목숨은 건질 수 있을 거다."

"여지야."

"이 세상 어디에도 그런 아이는 없다."

"여지야!"

"그 철없던 아이는 이미 오래 전에 죽었다. 나는 그날 눈 덮인 산을 내려오면 그 아이를 죽였다."

순향 언니를 부축하며 내려오던 밤이 다시 생각났다. 핏방울이 뚝뚝 떨어진 눈밭. 달빛을 받은 그 눈밭은 몸서리가 처질 정도로 파랬다. 언니는 말없이 산을 내려가고 있었지만, 온몸이 울고 있고 있다는 것을 느낄 수 있었다. 그녀와 여지 앞에서 눈과 목소리로 울 수 없으니, 그 대신 팔과 다리가 처절하게 흐느끼고 있다는 것을 알 수 있었다. 언니의 울음을 고스란히 온몸으로 느끼고 있었던 여지도 그랬을 것이다. 언니의 깊은 울음을 피부로 느끼며, 몸속으로 울었을 것이다. 그때 어리기만 했던, 철부지였던 자신을 죽였을 것이다.

짧은 시간에 수많은 생각이 머릿속을 스쳐지나갔다. 훌쩍 시간을 건너뛰어서 만나게 된 여지. 얼굴에 어릴 때의 모습이 남아있었지만 모든 것이 변해버렸다. 예전에 봤던 순수하고 여린 모습은 온데간데없고, 만주벌판을 누비는 여전사 같은 모습만 있었다. 그녀를 담던 부드러운 눈빛은 없어지고 깊게 눌러쓴 모자 아래서 주변을 계속해서 살피는 차가운 눈빛만 있었다. 여지가 건네는 몇 마디 말과 옷차림으로 그녀가 처한 상황을 알 수 있었다. 여지는 그녀와 정반대에 아슬아슬하게 서 있는 것 같았다. 너무나 변해버린 여지의 모습에 그녀는 말을 뗄 수 없었다. 어떤 말부터 시작해야할지 알 수 없었다. 하고 싶었던 말들이, 낯선 여지의 모습 때문에 한꺼번에 헝클어져 버렸다. 오랜 시간동안 가슴에 숨겨놓았던 말들이 전혀 소리가 되어 나오지 않았다. 그녀는 말을 돌려 순향 언니의 이야기부터 꺼냈다.

"기홀병원에 순향 언니가 입원해 있어."

"……."

"만나봤어?"

"죽었어."

"무슨 말이야, 순향 언니가 죽다니?"

"……."

"말해봐, 무슨 소리야?"

"병원에서 나와 네게 가다가, 엄지발가락이 떨어져나가는 바람에 길바닥에 주저앉더라고. 더 이상 걷지 못하고 달빛 아래서 가슴을 치며 울더라고. 더 이상 지켜보고만 있을 수가 없어서 앞으로 나섰지."

"나에게 오려고 했다고?"

"네게 전할 게 있다고 했어. 그걸 전하고 소록도로 가려고 했대. 나를 알아보자마자 아버지의 안부를 묻더군. 징용에 끌려갔다가 만주에서 죽었다고 말했더니 이제 됐다고 죽여 달라고 하더라고. 사실 나도 아버지가 만주나 연해주로 도망쳤다는 것 말고는 소식을 몰라. 그게 확실한지도 모르겠고. 하지만 언니한테 그렇게 말해줘야 할 것 같더라고. 어차피 다시 만나지 못할 거 미련이라도 갖지 말라고. 그랬더니 언니는 죽고 싶다고, 죽는 게 소원이었는데, 나와 아버지 때문에 그러지 못했다고…… 언니의 마지막 소원이라고 해서 그렇게 해줬어. 항상 소지하고 다니던 비상을 건네줬더니 한 순간도 망설이지 않고 바로 삼켰어. 어떻게 비상을 한 번도 망설이지 않고 먹을 수 있는지……. 그런 언니를 보니 눈물조차 나오지 않더라고."

"……."

아무런 감정도 배지 않은 것 같은 말이었다. 하지만 그녀는 믿을 수 없었다. 어둠 속에서 여지의 말은 간간이 끊기며 이어졌다.

"어차피 언니를 위한 일은 그 길 밖에 없어. 혼자 갈 수 없으니, 내가 보내줘야 했지. 비상도 달게 삼킬 수 있게 만드는 이 세상에서 빨리 떠날 수 있게 해주는 거 밖에 방법이 없어. 나도 단한순간도 망설이지 않았어. 어차피 병이 됐든 요시다가 됐든 누군가에 의해 죽게 될 목숨이었어."

"그게 무슨 말이야?"

"너도 곧 알게 될 거야. 언니나 아비갈이나 하루라도 빨리 이세상을 버리는 게 나았을 거야."

"아비갈? 네가 아비갈을 어떻게 알아?"

여지는 잠깐 말을 끊더니 담배에 불을 붙였다. 담뱃불에 드러난 여지의 옆얼굴에 검은 그림자가 일렁였다.

"넌 모르겠지만 그날 이후로 우린 만난 적이 있었어. 비원에서만난 게이샤 기억나? 두꺼운 분장 때문인지 너는 끝까지 몰라봤지만, 그 게이샤가 나였어. 난 처음부터 널 알아봤지만, 내 정체가 탄로날까봐 아는 체를 하지 않았어. 조선 남자들의 정보를 캐기 위한 비밀 임무를 수행하고 있었거든. 아비갈 일은 지금도 마음에 걸려. 마치 나를 보는 것 같아서 내가 할 수 있는 것은 뭐든 도와주고 싶었지만 일이 꼬여서 제대로 되지 않았어. 대신 임무를 끝내고 그곳을 나올 때, 그 놈 머리에 총구멍을 내줬어. 그리고 혼마치 미스코시 오복점에서 네가 밀정에게 미행당할 때, 일본인 여자에게 시비를 걸었던 것도 나였어. 옛정을 생각해서 그런 거야. 천하디 천한 우리 가족을 유일하게 사람대접 해줬던 건 너와 네 가족 밖에 없었잖아. 보릿고개 때 바가지에 가득하게 곡식을 담아주던 네 어머니에 대한 보은으로는 이정도면 충분하다고 생각해."

여지의 말에 감전된 듯 온몸으로 전류가 흘렀다. 비원과 미스코시 오복점에서 만났던 여자의 얼굴이 뒤죽박죽되어 떠올랐다. 비원에서 게이샤를 처음 봤을 때, 어디서 본 듯한 느낌이 들었다. 그런데 단지 게이샤 복장을 한 조선여인이었기 때문이라고 생각했다. 그리고 그 당시에는 아비갈 외에 다른 곳에 신경을 쓸 틈이 없었다. 그리고 미스코시 오복점에서 일본 여자에게 시비를 건 여인. 그 여인은 사람들 틈바구니에서 얼핏 봐서 얼굴이 잘 기억나지 않았다. 다만 목소리가 어디서 들은 것 같다는 생각을 했었다. 하지만 미행하는 사람 탓에 별다른 생각을 할 여유가 없었다. 그런데 그 게이샤와 양장차림의 여자가 여지였다니! 그녀는 자신이 눈뜬장님이라도 된 것 같았다.

"그런데 왜 이제야 내 앞에 나서는 거지?"

"지금 네 앞에 있는 위험은 그 어느 때보다 크다. 내가 관련된 일이니 그 위험이 얼마나 큰지 잘 알고 있다. 너도 네 아이도 가족도 모두 다 죽게 될 것이다. 그러니 그만 둬라."

"그러면 넌 내가 하는 일이 어떤 거라는 걸 아주 잘 알고 있겠구나. 넌 독립된 조국에서 살고 싶지 않니?"

"독립, 독립이라고? 그딴 게 나한테 무슨 소용이야? 개보다 못한 백성들에게 애초부터 나라는 없었어. 나 같은 사람에게는 조선도 일본도 조국이 아니었어. 나 같은 사람에게는 영원히 조국 같은 것은 없을 거야. 누가 다스리던 그 놈이 그 놈이니까. 너는 독립을 원하겠지. 원래부터 누리던 부귀영화를 다시 찾아야하니까. 하지만 나는 다시 나라를 찾는다고 해도 달라질 건 없어. 오히려 더 나빠질 게 뻔할 테니까. 내겐 조선도 일본도 상관없어. 내 목숨을 건져주고 학교에 보내주고 사랑을 베풀어준 다야마 사다코[83] 여사님만 중요해. 조국보다 더 중요해."

"여지야……."

"그 이름 더 이상 부르지마! 나를 사람취급 하지도 않았던 그 이름! 계집녀에 그칠지! 더 이상 딸을 안 낳겠다고 지은 그 이름! 나에게 사람다운 이름을 붙여준 사람은 사다코 여사님 밖에 없었어. 동상에 걸려서 끊어질 듯이 아픈 손을 찬물에 담그며 마룻바닥을 닦고 있었는데 하늘에서 내려온 것 같은 그 분이 말을 걸어주셨어, 눈이 참 맑은 아이라고. 료쿄란 이름을 지어주시고 자신의 성도 주셨지. 내겐 그분이 조국이야."

"……."

"이애라, 그만 둬!"

"너는 지금 내가 그만 두라고 하면 그럴 수 있니?"

---

83) 田山貞子, 배정자의 일본 이름.

"……."

"그럴 수 있겠어?"

"……."

잠시 둘의 말이 끊겼다. 오랫동안 담배를 피던 여지가 말을 이었다.

"하란사가 죽었다."

"무슨 말이야? 선생님께서 돌아가시다니!"

"북경에서 있었던 환영 만찬 중에 독이 든 음식을 먹었어. 협화의원으로 옮겨졌지만 목숨을 건지지 못했어. 하란사가 북경으로 갈 때부터, 여사님께서 중요한 일이라고 하시며 미행하셨어. 여사님께서 직접 하신 일인데 실패할 리가 없지. 전부터 여사님이 계획하고 있었던 일이었지만 생각보다 빨리 실행됐어. 작전이 좀 더 앞당겨지고 있는 것 같다. 그러니 네가 하려는 일 그만 둬라."

여지가 한 말을 알아들을 수 없었다. 말은 알아들었지만, 그 말이 의미하는 것은 받아들일 수 없었다. 선생님께서 돌아가시다니, 하란사 선생님께서 돌아가시다니! 그녀는 이 말만 되풀이했다. 땅이 꺼지는 것 같아서 그 자리에 주저앉아 버렸다. 아무 것도 보이지 않았다. 끝없는 낭떠러지로 몸이 빨려 들어가는 것 같았다. 자신을 지탱하는 기둥이 부러진 것 같았다. 그때 봤던 별 똥별은 황제의 별이 아니라 하란사 선생님의 것이었던 것일까? 조선의 여인들은 이제 별을 잃어버린 것인가? 희망을 잃어버린 것인가? 서쪽 하늘로 무수히 많은 별들이 떨어지고 있었다. 황제의 별, 순향 언니의 별, 아비갈의 별, 그리고 선생님의 별…….

주저앉은 다리 사이가 끈적끈적하게 젖는 것을 느꼈다. 비릿한 피 냄새가 나는 것 같았다. 이슬이 비치는 것 같았다. 양이 민철이 때보다 더 많았다. 이슬이 아이가 나올 길을 닦아내고 있었다. 민철이 때보다 더 신경 써서 새아기가 나올 길을 닦아내고 있었다. 곧 긴 여행을 끝낸 아이를 만나게 될 것이다. 그렇게나 궁금하던 아이를 곧 만날 것이다. 무언가가 쏟아질 것만 같은 고통과 함께 극심한 통증이 시작되었다. 그녀는 양손으로 배를 바치고 집안으로 들어가려고 했다. 하지만 다리가 묵직해지더니 움직일 수 없었다. 몸이 그녀의 의지가 아니라 저절로 움직이는 것 같았다. 스스로 아이를 맞을 준비를 하고 있는 것 같았다. 여지가 상황을 알아채고 대문을 두드렸다. 대문이 삐걱이며 열리는 소리에 이어 밤골댁이 놀라는 목소리가 들리는 것 같지만 꿈처럼 멀게만 느껴졌다. 분명 가까이에서 들리는 소리일 텐데 아주 먼 곳에서 들려오는 메아리 같았다.

목사님이 생각났다. 한성 정부 일로 경성, 인천, 상해를 수시로 오간다는 소식만 들었다. 그가 말하지 않아도 생각은 늘 평양으로 뻗어있을 거라고 생각했다. 그녀와 가족들에게 향해 있을 거라고 생각했다. 들었는지 확인할 수는 없지만 딸아이가 태중에서 잘 자라고 있다는 것도 알고 있을 거라고 여겼다. 마음 같아서는 바로 달려와서 그녀의 배에 귀를 대고 새근새근 딸아이의 숨소리를 듣고 싶을 것이다. 딸아이의 이름을 지어주며 그녀의 볼을 어루만지리라. 다정다감한 사람이니 분명히 그렇게 할 것이다. 하지만 나라가 먼저다. 황제가 붕어한지 얼마 되지 않는 급박한 상황이니 더 중요한 일들이 있을 것이었다. 하지만 한편으로 다른 생각이 들기도 했다. 여염집의 아낙들처럼 문밖에서 아이 소식을 속 태우며 기다려줬으면 하는 마음도 있었다. 하지만 그런 마음은 애초부터 먹지 말아야했다. 가당치 않은 일이었다. 그녀는 이를 악물었다. 시모가 걱정하는 말소리가 들리고, 밤골댁이 산파를 데리러 가는 발걸음 소리가 들렸다.

모친이 떠올랐다. 모친이 그녀를 낳을 때도 허리가 찢겨나갈 것 같은 이 고통을 느꼈겠지? 그녀도 그런 고통을 주며 모친의 몸에서 나왔겠지? 모친은 그 고통을 전부 감내하고 그녀를 사랑으로 감싸주었다. 그 고통을 겪었는데도 그녀에게 넘치는 사랑을 베풀었다. 부친도 그 시간을 전부 곁에서 지켜주었다고 들었다. 창호지 한 장을 두고 밖에서 서성였다. 한 시간이고 두 시간이고 새 아이가 세상으로 나오는 것을 지켜주기 위해 속을 태웠다. 정월 칼바람을 전부 견디면서 산모가 순산하기를 기도했다. 산모의 비명소리에 마음을 졸이며 눈밭 위에 무수한 발자국을 만들었다. 고통이 전신으로 퍼지자 그리운 사람들의 얼굴이 떠올랐다. 목사님, 부친, 모친, 선생님, 아비갈, 권애라, 김애라…….

"힘줘! 힘줘!"

"아!"

"정신 잃으면 안 돼. 산모가 정신을 차려야 아이가 나올 길이 열려!"

"아!"

"힘들어도 참아야해. 지금 참는 건 애 기르는 고통에 비하면 아무것도 아니야. 정신 차리고 힘줘!"

산파가 도착했는지 낯선 목소리가 들렸다. 멀리서 들려오는 것처럼 선명하지 않았다. 목청을 높여 이야기하는 것 같지만 희미하기만 했다. 다리 사이는 점점 더 뜨거워졌다. 불덩어리 같은 것이 다리 사이를 벌리고 나오려고 하는 것 같았다.

산파는 명주실을 기다랗게 달아놓고 양손으로 잡으라고 했다. 천장에서부터 그녀의 팔까지 내려트린 명주실. 누에가 온 힘을 다해 뽑아놓은 흰 실을 바라보았다. 누에가 실을 뽑듯 쉽게 아이를 낳으라는 이야기일까? 명주실은 장수를 기원할 때 쓰이기도 했다. 그녀는 새로 태어날 아기의 목숨도 명주실처럼 끊이지 않고 길게 이어지길 바랐다.

그녀는 산모의 말을 따라 힘을 주었다 풀었다가를 반복했다. 몸에 힘을 줄 수 없었지만, 그래야 아이가 나올 길이 열린다는 말에 남은 힘을 쥐어 짰다. 여지가 그녀의 손을 쥐었다. 그 손이, 그날 자신을 잡고 산속으로 도망가던 때처럼 따뜻하다는 생각이 들었다. 눈을 감고 숨을 들이마셨다. 가슴이 커다랗게 부풀어 올랐다. 그때, 다리 사이에서 뜨거운 물이 터져 나왔다. 대륙을 돌고 돈 난류가 둑을 허물고 거세게 흘러나오는 것 같았다. 그 바닷물을 타고 뜨거운 별 하나가 그녀를 열고 나오는 것을 느낄 수 있었다.

"머리숱이 참 많기도 해라."

별 하나가 빛나는 머리를 내밀었다. 그녀라는 작은 집을 열고 조선이라는 큰 집으로 들어서는 것을 느꼈다. 세상으로 나서는

길이 좁고 험해서였을까, 아니면 명주실로 엄마와 연결된 탯줄을
잘라내서였을까, 별의 울음소리가 깊고 컸다.

'진아, 너는 하란사 선생님 같은 아이가 되어라. 그래서 대한제
국 여인들의 별이 되어라.'

별이 지던 밤, 새로운 별이 그녀에게 왔다.

우리 조선이 독립국임과 조선인이
자주민임을 선언하노라

문서는 요시다의 집에서 몰래 가져온 것이었다. 순향은 현경이 훔친 문서를 요시다에게 건네는 것을 여러 번 목격했다. 그런 현경이 기미코를 밀정으로 몰고 있다는 것을 알고 고민했다. 목숨을 내놓는 일이어서 모른 체 하려고 했지만 마음이 내버려두지 않았다. 기미코의 손길을 느끼며 가만히 있어서는 안 되겠다고 생각했다. 순향은 집에서 가져온 문서를 여지에게 남겼다. 그리고 비상을 단숨에 삼켰다.

애라는 몸을 추스를 새도 없이 여지가 건네준 문서를 살펴봤다. 낯익은 문서였다. 이전에 잃어버려 한참을 찾았던 것이었다. 온몸으로 전율이 흘렀다. 산후조리는 뒷전이 되어버렸다. 빨리 다른 회원들에게 보이고 대책을 마련해야 했다.

문서에는 애국부인단의 핵심 인물과 군자금을 건넨 사람들의 이름이 쓰여 있었다. 그들이 소속된 교회는 물론 남편들의 이름과 직업까지 상세하게 기록되어 있었다. 그녀의 손을 잡고 장한 일을 한다며 돈을 건네던 사람들의 이름도 보였다. 평양 권번 기생들의 이름도 보였다. 천한 일을 하며 번 돈이지만 부끄럽게 생각지 않으시면 보태겠다고 말하던 기생들의 모습이 눈에 선했다. 나라를 사랑하는 데 남녀가 어딨으며 양반과 기생이 어딨냐고 말하던 그녀들의 결기찬 목소리가 귀에 쟁쟁했다.

"이 문건을 어떻게 해야 할까요?"

"없애야 합니다."

"네, 저도 그렇게 생각합니다."

"저도 그렇게 생각합니다. 잘못되기라도 한다면 정말 많은 사람들이 죽을 수 있습니다. 이 문건으로 인해 기껏 준비하고 있는 모든 계획들을 시작도 못할 수도 있습니다."

그녀의 물음에 모두들 문서를 없애라고 말했다.

"하지만 독립을 위해 애쓰신 분들의 이름입니다. 조국을 위해 자신의 쌀 한 톨을 아껴가며 돈을 보내주신 분들의 존함입니다. 우리가 이 존함을 고스란히 기억해야합니다. 한 글자도 잊지 말고 않고 우리가 이 존함을 후손에게 남겨줘야 합니다."

"애라 자매님의 말씀도 일리가 있지만, 그러기에는 지금 너무 위험합니다. 언제 요시다가 행동을 취할지 모릅니다."

"이 문제는 좀 더 생각을 해보기로 하겠습니다. 그전까지 이것은 제가 잘 보관하겠습니다. 우선 현경 자매에게 경위를 물어보는 게 좋을 것 같아요. 승일 자매가 집을 알고 있으니 앞장서시지요."

발걸음을 서둘러 현경의 집에 도착했다. 하지만 현경은 없었다.

누군가 이미 다녀갔는지 방안은 헝클어져 있었다. 주인을 잃어버린 가재도구가 여기저기 흩어져 있었다. 시간에 쫓겨 마구잡이로 짐을 챙긴 흔적 같았다.

"어떻게 이런 일이 있을 수 있지요?"

"열 길 물속은 알아도 한 길 사람 속은 모른다더니……."

그제야 모든 일을 확신했는지 승일이 말했다. 함께 온 성실이 말을 받았다. 한발자국 뒤에서 기미코는 조용히 이 광경을 바라보고 있었다. 승일의 물음에 아무도 답하지 않았다. 아무도 답을 할 수가 없었다. 그리고 어쩌면 승일 스스로 누구도 그 물음에 대해 답을 할 수 없다는 것을 알고 있는 것 같았다.

현경이 왜 그런 일을 했는지 그제야 짐작 가는 것이 있었다. 현경이 동경 유학을 할 때 집안이 풍비박산이 났다. 그로인하여 경제적 어려움에 닥쳐있을 때 일본인에게서 유학 자금을 받았다. 어려움을 이겨내고 동경 유학생활을 마친 것을 자랑스럽게 이야기하던 모습이 떠올랐다. 그 도움이 이 사단의 시작점이 된 것 같았다. 일본은 정부적 차원에서 그렇게 조선 사람들을 포섭하고 있었다.

문득, 현경이 부르던 노래가 생각났다. 포웰 부인과 새 교과서 때문에 언성을 높이고 교실로 돌아갈 때였다. 그녀의 교실 옆에서 현경이 수업을 하고 있었다. 동경 유학까지 다녀온 전도유망한 성악가였던 현경. 그녀는 두 손을 가지런히 모으고 학생들 앞에서 노래를 부르고 있었다. 듣는 사람을 편안하게 만드는 아름다운 목소리였다. 그런데 현경의 입에서 나오는 노래는 '천황찬가'였다. 그때는 어쩔 수 없이 그런 노래를 가르치는 것 같아서 안타깝게 여기며 넘어갔다. 그런데 지금 생각해보니, 그 노래가 현경의 진심인 것 같았다.

"그러면 왜 그때 같이 고문을 받았을까요?"

"……."

"설마 그것도 계략이었어요?"

승일은 그녀에게 계속 물었다. 그녀는 여지에게서 전해들은 말을 옮겼다. 감리교 애국부인단은 민족교육 관련 건으로 붙잡혀 간 적이 있었다. 수업 시간에 민족 교육을 했다는 학생의 고변으로 시작된 사건이었다. 하지만 그 학생이 누군지는 밝혀지지 않았다. 민족 교육을 탄압하기 위한 표적수사라는 이야기가 돌았다. 그로인해 학당 교사로 있던 그녀와 현경이 먼저 잡혀 갔다. 그 후, 야학까지 관련되어서 나머지 회원들도 붙잡혔다. 하지만 수업 중에 조선민족 운운하는 것으로 잡아들여 고문을 가하는 것은 누가 봐도 무리한 수사였다. 그녀들은 군자금 송금 때문에 잡혀 들어가는 줄 알았지만 아니었다. 독립운동이나 군자금 송금 관련해서 아무런 취조가 없어서 이상했지만 다행이라고 생각했다. 그 사건 이후, 현경은 정식회원이 되었고 조직 내부에 깊숙이 발을 들일 수 있었다. 그런데 그 모든 것이 이미 계획된 일이었다. 요시다는 일부러 그런 일을 만들어 밀정을 조직내부로 깊숙이 침투시키려고 했던 것이다. 그래서 조선에서 가장 여성운동 활동이 활발한 평양의 여성들을 장악하려고 했던 것이다. 그리고 일본인이어서 껄끄러운 기미코는 아무런 조사를 하지 않고 내보냈다. 현경을 통해 밀정이 있다는 말을 흘리게 해서, 기미코를 조직에서 내쫓게 하려고 했다. 또한 그 일을 통해 조직을 내분시켜서 다른 지역 조직과 통합되는 것을 막으려고 했다.

"십 년이면 강산이 변한다고 했는데, 일본 놈들이 우리나라를 짓밟은 지 십 년이 다 되어가네요. 그동안 독립운동이 벽에 부딪치며 여기저기서 변절자들이 생기는 것 같아요. 몸을 팔아비리고 마음을 팔아버리고 그리고 정신까지 팔아버리는 동포들이 많이 생기고 있어요. 그들이 그런 것은 희망이 없어서겠지요. 일본 놈들은 대한 제국 사람들이 희망을 갖는 것을 두려워하고 있어요. 그래서 희망의 싹을 잘라내기 위해 저렇게 날뛰는 게 아니겠습니까? 그러니 우리는 희망을 버리지 말아야 됩니다. 이런 일이 있을수록 더 희망을 가져야 됩니다. 희망이 있다면 어떠한 밤도 어둡지 않다고 생각합니다. 우리가 이번 거사를 충실히 준비하여 대한 제국의 희망이 됩시다! 하늘에서 황제폐하도 하란사 선생님도 우리를 도우실 겁니다."

낮고 부드럽게 시작한 그녀의 말은 뒤로 갈수록 강건해졌다.

*

꿈속으로 부친이 찾아왔다. 한 번도 꿈속까지 찾아온 적이 없었다. 그런데 어느 때보다 활짝 웃으며 그녀를 불렀다. 그녀는 어린 발로 부친에게 뛰어갔다. 급하게 뛴 나머지 당혜 한 짝이 벗겨지며 넘어질 뻔했다. 저고리에 찬 노리개가 달랑거렸다. 기다랗게 늘어트린 댕기머리가 그녀의 몸을 따라 나풀거렸다. 부친은 그녀를 하늘 높이 들어올렸다. 파란 하늘에 풍덩 빠져버릴 것 같았다. 담장 너머 북궐[84]까지 보일 것 같았다. 부친의 웃음소리가 파도소리처럼 귓가로 밀려들었다. 부친의 몸에서 풍기는 묵향이 코를 간지럽혔다. 부친은 줄 것이 있다며 화선지에 싼 물건을 내밀었다. 화선지가 바스락거리는 소리가 풍금 소리처럼 고왔다. 난전에서 사온 인형일까? 아니면 며칠 전부터 조른 양갱일까? 기대에 부풀어 화선지를 풀려고 하는데 아이의 울음소리가 들렸다. 배가 고픈지 진이가 칭얼대는 바람에 꿈이 깼다. 젖을 물리고 나서 다시 잠을 청했지만 꿈을 이을 수 없었다. 다시 한 번 부친을 만나고 싶었지만 그럴 수 없었다. 화선지에 싼 그 물건이 무엇인지 궁금했지만 알 길이 없었다. 그녀는 진이를 어르며 아쉬움을 달랬다.

가슴에 닿는 딸아이의 따뜻한 숨결과 귓가를 간질이는 모유 넘기는 소리. 배냇저고리에 스며있는 진이의 달콤한 체취. 기저귀에 스며있는 향긋한 똥오줌내. 빨리 크려는지 항상 엄마보다 바쁘게 콩닥콩닥 뛰는 심장 소리. 볼과 등에 얼굴을 대면 느껴지는 부드러운 솜털들. 모유를 먹이며 그 모든 느낌에 온몸이 들뜨는 것을 느꼈다. 꿀떡꿀떡 잘 먹는 진이를 보며 새벽잠이 조각나는 것은 아무렇지도 않았다.

그녀는 뒷머리를 매만지며 자리에서 일어났다. 푸르스름한 달

---

84) 경복궁.

빛이 얼굴에 내려앉은 두 아이를 바라봤다. 깊은 잠에 빠진 아이들의 눈꺼풀을 보며 가슴속으로 밀려드는 감정을 어떻게 설명해야할지 알 수 없었다. 사랑, 고마움, 그리움, 안타까움, 미안함 등 다양함 감정들이 한데 얼버무려져 단단해진 그것을 어떻게 표현할 수 있을지 알 수 없었다.

강보에 쌓인 진이는 배가 불러서 더 깊은 잠에 빠져있었다. 잔병치레가 잦아 잠을 잘 자지 못했는데 간만에 단꿈을 꾸는 것 같았다. 무슨 꿈을 꾸고 있는 건지 배시시 웃기까지 했다. 그녀도 덩달아 미소를 지었다. 민철이의 이마로 손을 뻗었다. 바깥일과 동생에게 늘 엄마를 양보해야 하는 민철이. 아빠의 이름까지 가슴 깊은 곳에 숨겨놓아야만 하는 큰아이를 보며 가슴 한쪽이 젖는 것을 느꼈다. 하지만 싫은 내색 한 번 하지 않고 그 모든 것을 견뎌내는 늠름한 모습에 대견하고 고마웠다. 그녀는 민철이의 이마와 볼을 쓰다듬었다. 볼에 손이 닿을 때마다 민철이는 얇게 미소를 지으며 들릴 듯 말 듯 노래를 불렀다.

타박타박— 타박네야—

'타박네'라는 노래였다. 민철이의 꿈은 얼마 전으로 거슬러 가 있었다. 그녀는 배를 쓰다듬으며 어릴 때 모친에게 들었던 노래를 불렀다. 그녀의 노랫소리에 아이는 발길질을 그치고 귀를 기울이는 것 같았다. 마당에서 굴렁쇠와 씨름을 하고 있던 민철이는 엄마의 노랫소리에 방안으로 들어왔다. 곁에 와서 엄마의 노래를 유심히 듣더니 곧 두어 소절을 따라 불렀다. 그날 제대로 배우지 못한 노래를 꿈속에서 마저 부르고 있는 것 같았다. 그녀는 무릎까지 내려온 이불을 가슴으로 끌어올려주며 노래를 불렀다.

타박타박 타박네야 너 어디메 울며 가니
우리 엄마 계신 곳에 젖 먹으러 찾아간다
물이 깊어서 못 간단다 물 깊으면 헤엄 치지
산이 높아서 못 간단다 산 높으면 기어 가지
길을 몰라서 못 간단다 길 모르면 물어 가지
범이 무서워 못 간단다 범 있으면 숨어 가지

그때, 마당을 가로지르는 인기척을 느낄 수 있었다. 시간이 갈수록 귀가 예민해졌다. 보고 싶은 사람이 있고, 그 사람에게 언제 무슨 일이 생길지 모르니 청각은 늘 예리한 칼처럼 벼려져 있었다. 아주 작은 소리, 미세한 공기의 흔들림까지도 느낄 수 있을 것만 같았다. 한겨울의 찬 공기를 조심스럽게 헤집고 오는 인기척에 목사님이 왔음을 알 수 있었다. 그의 인기척에 맞춰 방문을 조용히 열었다. 겨울 달빛을 등에 이고 그가 다가오고 있었다.

"혼자 출산하느라고 고생이 많았소."

"혼자라니요? 어머님이 계시고 밤골댁도 있는데요. 많은 분들이 마음을 써주셔서 고생스럽지 않았어요. 제 고생이야 목사님에 비하면 아무 것도 아니지요."

"아무런 힘이 되어주지 못해서 미안하오."

"그저 그 자리에 계신 것만으로도 큰 힘이 되니 그런 말씀은 하지 마세요. 큰 일 하시는 분이 어떻게 집안일까지 다 신경 쓰시겠어요. 여기 일은 걱정하지 마세요."

그는 그녀와 눈을 맞추었다. 어둠 속에서도 그의 눈이 깊어지고 있다는 것을 느낄 수 있었다.

"나는 죄인이오. 가족에게 죄인이고 부모님께 죄인이고 조상님께 죄인이오. 하나님께 죄인이오. 나로 인해 가족들이 너무 큰 고통을 받고 있소. 그리고 부모님이 주신 몸을 고신으로 인해 다 상하게 했으니 또 죄인이오. 그리고 조상님이 물려주신 금수강산을 지켜내지 못했으니 또 죄인이오. 나라 일을 한다고 예배를 게을리 했으니 또 죄인이오."

"그런 말씀 마세요. 목사님을 가족이 사랑하고 부모님이 자랑스럽게 여기고 조상님께서 귀하게 여기실 거예요. 주님께서도 헤아려주실 거예요."

그녀는 고문으로 인해 뒤틀어진 그의 손을 잡았다. 비틀어지고 마른 손가락이 나무의 뿌리 같다고 생각했다. 그 뿌리가 가지 끝에 무수한 싹을 틔울 것이고, 열매를 맺게 할 것이다. 그는 잡았던 손을 풀며 진이에게 다가갔다. 처음으로 보는 딸아이의 머리를 쓰다듬는 그의 얼굴에 여러 가지 표정이 한꺼번에 스쳤다.

"핏줄의 끌림이라는 게 이런 건가 보오. 한 번도 본 적이 없는 아이인데 단번에 내 핏줄이라는 걸 알겠소. 당신을 닮아서 참 곱소."

그녀는 얼굴을 붉혔다.

잠시 말을 끊었던 그가 눈도 마주치지 않고 말을 이었다.

"사실 전해야 할 말이 있소."

"……."

"어떻게 말머리를 잡아야할지 잘 모르겠소."

"……."

"하지만 꼭 해야 할 말이니……. 놀라지 말고 잘 들었으면 하오.."

"……."

놀라지 말라는 말에 숨이 턱하고 멎는 것 같았다. 놀라지 말라는 그 말은 이미 상대가 그 말에 얼마나 놀랄지를 알고 하는 말이었다. 황제의 붕어를 전하기 전에 하란사 선생님도 그런 말을 먼저 했다. 그가 하려는 말도 그것과 비슷한 일일까? 누군가가 세상을 떠난 것일까? 내용을 듣지도 않았지만 온몸으로 예리한 칼날이 훑고 지나가는 듯한 섬뜩함을 느꼈다. 그녀의 시선을 피하며 그는 가슴에서 지함을 꺼냈다. 그의 표정과 상자의 검은 색 때문에 손을 내밀지 못했다. 지함을 열면 그곳에서 불행이 뛰쳐나올 것 같았다.

"이게…… 뭡니까?"

"열어보면 알 것이오."

그녀는 천천히 지함을 열었다. 안에는 머리카락 한 타래가 있었다. 섬뜩한 느낌에 지함을 놓쳤다. 하지만 다시 그 상자를 보니, 눈에 익은 댕기가 보였다. 기다랗게 늘어트린 댕기가 머리카락을 감고 있었다. 그것은 그녀의 머리였다. 부친에게 자신의 뜻을 보이기 위해 은장도로 잘라내었던 머리카락이었다. 순간적으로 짚이는 것이 있었다. 이 머리카락은 부친이 주워 보관하고 있었을 것이다. 그리고 부친에게 무슨 일이 생겨서 이것이 유품으로 남은 것이리라. 꿈길을 다녀갔던 아버지가 떠올랐다. 처음이자 마지막 발걸음이 되어버렸다. 아무 말도 하지 못하고 머리카락을 가슴에 쥐고 울기 시작했다. 눈물이 눈에서도 가슴에도 쏟아졌다. 하지만 소리를 낼 수는 없었다. 이 사이로 터져 나오려는 울음소리를 어금니로 깨물며 소리 죽여 울었다. 마르지 않는 우물처럼 가슴 깊은 곳에서 울음이 계속 길어져 올라왔다.

"어떻게, 어떻게, 이런……일이."

"빙장 어른께서 별입시를 하셨소. 아무런 제한 없이 수시로 황제폐하를 독대하며 밀명을 받들었소. 최근 들어 군자금 관련 활동을 하시다가 돌아가셨소. 어차피 그렇게 죽을 분이셨다고 빙모님께서 슬퍼하지 말라고 하셨소. 자신이 원하는 대로 돌아가셨으니 그 또한 복이라고 하셨소. 그러면서 이것을 당신에게 보내라고 하셨소."

부친의 얼굴이 보였다. 머리카락 뭉치가 부친의 모습으로 보였다. 그녀는 한손으로 가슴을 쳐댔다. 그 소리가 작은 방안을 매웠다.

"아……버지, 아버……지."

"빙장 어른께서 평소에 그 머리카락을 아주 소중하게 여겼다고 하오."

그 말을 끝으로 그는 아무런 말도 덧붙이지 않았다. 그녀도 더 이상 말을 이을 수 없었다. 하늘이 무너져 쏟아지는 고통에 심장이 멈춰버리는 것 같았다. 오직 눈물샘만 쉬지 않고 눈물을 쏟아냈다. 온몸의 물기가 다 쏟아질 것만 같았다. 그는 그녀를 안고 등을 쓰다듬어주었다. 먼 길을 떠나야하는, 늘 쫓기는 그를 놓아줘야한다는 것을 알았지만 그럴 수 없었다. 조금이라도 더 그에게 기대어 있고 싶었다. 그가 받쳐 주지 않는다면 그대로 쓰러져버릴 것 같았다. 땅 끝까지 떨어져 버릴 것 같았다.

*

첫닭이 우는 소리에 정신이 돌아왔다. 울다 지쳐 정신을 놓은 것 같았다. 꿈속에서도 울어댔지만 부친을 만날 수는 없었다. 부친은 어디로 가버린 것일까? 그렇게 부친을 부르며 꿈속을 헤맸지만 발자국 하나 찾을 수 없었다. 꿈까지 눈물로 젖어버렸다.

"머리카락에 관한 이야기는 들었소. 빙장어른께서도 초심을 잃으실 때는 당신의 머리카락을 보셨다고 하오."

그의 말이 뜻하는 것을 짐작할 수 있었다.

"빙장 어른의 죽음도, 하란사 선생님의 죽음도 그리고 황제 폐하의 죽음도 헛되게 하지 맙시다."

"……."

"우리 아이는 제 나라에서 살아야겠지요. 3월 1일, 황제폐하 인산일에 전국적인 만세 운동이 펼쳐질 예정이오. 국상으로 찢어진 조선 백성들의 가슴을 이 독립선언서로 어루만져 줄 것이오."

그는 가슴에서 종이 뭉치를 꺼내 그녀에게 건넸다. 오십 매 정도 될 것 같았다. 얼마나 가슴 속 깊이 품었는지, 종이에 그의 온기가 묻어 있었다.

독립선언문[85]

우리는 이에 우리 조선이 독립한 나라임과 조선 사람이 자주적인 민족임을 선언하노라. 이로써 세계 만국에 알리어 인류 평등의 큰 도의를 분명히 하는 바이며, 이로써 자손만대에 깨우쳐 일러 민족의 독자적 생존의 정당한 권리를 영원히 누려 가지게 하는 바이다.

"최남선 선생께서 기초를 하셨소. 첫 구절을 보자마자 가슴이 뜨거웠소. 그 구절을 수십 번 수백 번 읽었소. 가슴을 불에 달구는 것처럼 계속 뜨거워졌소. 평양에서는 각 교파 별로 세 곳에서 모여 인산례를 진행한 후 가두행진을 해 한곳에서 모일 것입니다. 황제의 인산례라지만 실상은 독립선언식이 될 것이오. 종교지도자들이 독립만세를 선창하면 뒤이어 많은 사람들이 뒤따를 것입니다. 벌써 우리 민족의 거대한 함성이 온 나라를 뒤덮는 것 같소. 평양 여성들의 힘이 많이 필요하오. 당신이 고생 많은 것은 알지만 좀 나서줘야겠소. 빙장 어른도 통곡보다는 그것을 바랄

---

85) 원문에 한자가 많아 이희승의 한글 풀이를 차용함.

것이오."

"알겠어요."

그는 말을 마치고 그녀를 바라봤다. 그 눈빛이 무슨 말을 하고 있는지 잘 알고 있었다. 말이 없는 말, 말이 필요 없는 말. 하고 싶은 말이 너무 많기에, 말로 표현할 수 없는 그의 마음을 느낄 수 있었다. 그리고 그녀를 또 한 번 위험에 빠트리게 했다는 자책감 때문에 말을 할 수 없다는 것도 알 수 있었다. 차라리 그가 아무런 말을 하지 않아서 다행이라고 생각했다. 그런 미안함 감정을 겉으로 드러내지 않는 것이 더 낫다고 여겼다.

"이제 어디로 가십니까?"

"인천과 개성에 독립선언서를 나눠주고 오는 길이었소. 평양을 거쳐 다시 만주로 가려고 하오. 그곳에서 형님과 함께 이곳의 상황을 주시하며 훗날을 도모하려고 하오."

그때, 문밖에서 인기척이 났다. 그의 얼굴이 순식간에 굳었다. 동시에 옷 안에서 권총을 꺼냈다. 총구가 어둠 속에서 차갑게 빛났다. 그와 그녀는 숨을 죽였다.

"갈 걸음이 머니, 어서 떠나자."

시모의 목소리가 들렸다. 그와 그녀는 문을 열고 나섰다. 보따리를 쥐고 시모가 마당에 나와 있었다. 언젠가 두 아들이 독립운동을 잘 하고 있는 것 같지 않다며 직접 해삼위로 가야겠다고 했던 말이 생각났다. 빈말을 할 사람이 아니라는 것은 알고 있었지만, 먼저 길을 잡고 나서는 모습에 놀랐다.

"노구라 걸음이 재지 않아서 네게 짐이 될까 두렵다. 하지만

늙은이라도 크게 쓰일 때가 있을 것이다. 이런 시국에 뒷방 늙은
이로 편히 있어야 되겠느냐? 해삼위에 가서 너와 네 형 뒷바라지
를 하며 더 큰 일을 하겠다."

"어머니……."

"늙은이라고 괄시하지 말고 어서 앞장서라."

"어머님……."

"아가, 모진 시어미 많이 욕하거라. 네게 뭐하나 제대로 해주는
게 없구나. 밤골댁에게 누차 말해 놓았으니 불편함은 없을 게다.
다시 만날 날이 있을 게다."

"어머님……."

안 된다고 말리려고 하였다. 하지만 달빛 밑으로 드러난 시모
의 표정은 어느 때보다 굳었다. 그 표정을 보자 뒷말이 저절로 잘
리며 또 눈물이 쏟아졌다. 시모의 뜻이 굳으니 누구도 말릴 수
없었다. 그도 마찬가지인 것 같았다. 그는 그녀와 아이에게 짧은
눈빛을 보내고 마당으로 내려섰다. 그를 따라 시모도 발걸음을
떼기 시작했다. 마당을 나서기 전 시모는 그녀에게 눈인사를 건
넸다. 그 눈인사에도 얼마나 많은 말과 감정이 스며있는지 느낄
수 있었다. 남겨진 그녀와 손주들에 대한 애틋한 마음이 담겨 있
었다. 시모 스스로도 어디에 있는 것이 더 중요한 일인가를 많이
고민했을 것이다. 손주들의 재롱을 보며 평양에 있는 것보다 두
아들을 뒷바라지 하는 것이 더 큰 일이라고 생각했을 것이다. 그
래서 노구임에도 불구하고 한 겨울 추위도 꺼리지 않고 길을 나
선 것이었다. 그래서 눈에 넣어도 아프지 않은 두 손주를 뒤로

하는 것이었다. 시모가 남겨놓은 눈빛이 오랫동안 머물렀다.

시모와 그를 떠나보내고 나서야 마음먹었던 말을 하지 못했다는 것을 알았다. 부친의 일로 머리 한 쪽에 갈무리해놨던 생각들이 흐트러졌다. 그에게 진이의 이름을 지어달라는 말을 건네지 못했다. 아마 그도 진이의 이름을 지어놨을 터인데 다른 것 때문에 이름을 말해줄 생각을 하지 못했을 것이다. 언제가 될지 모르겠지만, 다시 남편을 만날 때까지 아이는 진이라고 불러야 했다. 그리고 여지에게 건네받은 서류, 그것도 그에게 들려 보내지 않았다는 것을 알았다.

*

"아주머니, 진이 잘 부탁드릴게요."

"걱정하지 마세요. 여기보다 밖이 더 걱정이네요. 새벽부터 왜놈들이 곳곳에 깔려있던데 부디 몸조심 하세요."

"예, 알겠어요."

밤골댁에게 진이를 부탁했다. 진이는 고뿔 때문에 간밤 내내 고열에 시달렸다. 밤새 물수건을 갈아주고 보리차를 먹였지만 열은 떨어지지 않았다. 계속된 열 때문에 진이는 울 기운도 없었다. 얼굴에 열꽃이 피어있는 아이를 놔두고 가야하는 발걸음이 내키지 않았다. 잠시만 더, 조금만 더, 한번만 더, 이렇게 진이 곁에 머무르다 벌써 시간을 많이 지체했다. 민철이는 엄마를 따라나서겠다고 아침부터 칭얼댔다. 그녀는 아들을 떼어내며 무슨 일이 있어도 누구에게도 문을 열어주지 말라고 당부했다. 곡절을 몰라 까만 눈동자를 빛내던 민철이는 계속된 당부에 뭔가를 느꼈는지 치맛자락을 놓았다.

"잘 부탁드릴게요."

그녀는 다시 한 번 부탁했다. 어련히 잘 알아서 할 텐데도 자꾸 그 말이 나왔다. 이미 전후 사정을 잘 아는 밤골댁은 아무 말 없이 고개를 끄덕였다. 밤골댁의 눈동자가 흔들리며 금방 눈물이 흘러내릴 것 같았다. 그녀는 말없이 밤골댁의 손을 잡아주었다.

옷깃을 여미며 대문을 나섰다. 3월의 첫날, 아직 날이 쌀쌀했다. 3월이라고는 했지만 꽃샘추위 탓에 대동강을 건너온 아침 공기가 찼다. 코끝이 시릴 정도였다. 봄은 아직도 먼 곳에 있는 것 같았다. 얼마나 더 기다려야 봄이 오려는지……

밤골댁의 말대로 평양 시내 곳곳에 헌병들이 총검을 앞세우고 배치되어 있었다. 경찰서 주변은 물론이고, 장대현 교회와 광성학교, 대성학교 등 학교와 교회 주변에도 위압적으로 도열해 있었다. 황제의 인산례 도중 발생할지도 모르는 사태를 대비해서 대규모 병력이 투입된 것 같았다. 을미년[86]에 전국적인 저항을 경험했던 터라 긴장하고 있는 것이 느껴졌다. 위협적인 모습을 보여서 만약에 일어날지도 모르는 사태를 미연에 방지하려는 뜻과 단호하게 진압을 해서 사태가 번지는 것을 막으려는 뜻이 담겨 있는 것 같았다. 총검의 끝이 겨울 볕에 서늘하게 빛났다.

---

86) 1895년.

이른 아침부터 남산현감리교당에는 수많은 사람들이 운집했다. 교당에는 이미 발 디딜 틈이 없었다. 안으로 들어서지 못한 사람들은 교당을 몇 겹으로 둘러쌓다. 모두들 비통한 표정을 짓고 있었다. 이미 사람들 사이에 황제가 독살 당했다는 소문이 돌고 있어서 더 그랬다. 국모에 이어 국부까지 잃어버린 백성들의 원통함은 그 너비와 깊이를 가늠할 수 없었다. 그리고 지난 십년 동안 계속되어온 일제의 폭정에 원한과 분노는 더 깊어졌다.

예정대로 인산례가 진행되었다. 여기저기서 오열이 터져 나왔다. 황제는 떠났지만 그를 보내지 못하는 백성들이 목 놓아 울었다. 기둥을 잃어버린 백성들이 곳곳에서 주저앉았다. 가슴을 치고 땅을 치는 소리가 예배당을 메웠다. 그녀는 감정을 추스르며 사람들 사이에 섞여있는 동지들을 살펴보았다. 승일, 성실, 기미코 그리고 많은 회원들. 모두들 제자리를 지키고 있었다. 그녀들과 일일이 눈빛을 교환했다. 눈빛이 전부 불타고 있는 것 같았다. 모두들 예정대로 행동할 것이다. 한 치의 망설임도 없이 결행할 것이었다. 하지만 아무리 좌중을 살펴도 보이지 않는 사람이 있어 걱정스러웠다. 거사 전에 그녀에게서 서류를 건네받기로 한 동지가 여태 나타나지 않은 것이었다. 그 사람에게 무슨 일이 생긴 것 같다는 불길한 생각을 지울 없었다. 그녀의 불안한 눈빛을, 군자금을 건네기로 한 성실도 느꼈는지 고개를 끄덕여 보였다.

그녀는 가슴께에 손을 가져다 댔다. 깊숙이 품은 종이 뭉치들이 만져졌다. 일제의 감시를 피해 밤새 은밀히 등사한 독립선언서였다. 손가락 끝에 우리 조선 사람이 독립국의 국민임을 밝힌 당당한 문구가 가슴 떨리게 만져졌다. 그 문구를 새긴 잉크가 가슴으로 푸르게 번지는 것 같았다. 보자기 안에는 태극기가 들어 있었다. 그녀들의 손으로 태극을 그리고 사괘를 칠했다. 붉고 푸르고 검고 하얀 우리의 국기가 펄럭이는 게 느껴졌다. 신흥식 목사는 민족대표로 경성으로 갔다. 그래서 이향리 교당 목사인 김찬흥이 독립선언문을 대신 낭독하기로 되어 있었다. 그의 낭독이 시작되면 동시에 나눠줄 것이다. 평양 시내 아니 온 대한제국이 태극기의 물결로 넘쳐날 것이었다. 멍울진 가슴을 토해내는 백성들의 외침이 하늘과 땅을 들썩이게 만들 것이었다.

김찬흥 목사가 강대 앞에 섰다. 그는 좌중을 둘러보며 큰 목소리로 연설을 시작했다. 그 음성이 예배당 곳곳을 울리며 사람들 가슴 속으로 파고들었다.

"여러분, 무릇 독립의 자존은 하늘에서 인류에게 내려주신 품성입니다! 이러한 마음이 없으면 우리는 한낱 사육동물에 지나지 않을 것입니다! 우리들의 이번 거사의 목적은 전 민족적인 것이지 개인적인 것이 아닙니다! 설풍혹한의 무력시대는 이미 지났습니다! 애당초 우리는 비합리적인 한일합방을 부인하였기 때문에, 정당한 생존과 동양의 영구평화가 도래함을 알고 명정한 양심적 사명으로 이번 거사를 실천하기에 이르렀습니다! 천하의 그 누가 우리의 생존을 마음대로 할 수 있단 말입니까! 천하의 그 누가 우리의 독립을 저해할 수 있단 말입니까! 여러분, 저는 일본국민으로 백 년을 살기보다는 내 나라 대한제국의 국민으로서 단 하루를 살겠습니다!"

"옳소!"

"맞소!"

"찬동하오!"

여기저기서 웅성대는 소리가 들렸다. 갑작스러운 김찬흥 목사의 말에 당황하거나 놀라는 기색은 보이지 않았다. 예배당을 가득 채운 사람들은 모두들 그의 말에 맞다며 맞장구를 쳤다. '옳소' 소리가 여기저기서 메아리쳐 되돌아왔다. 장내 여기저기서 박수 소리도 터져 나왔다. 박수갈채는 계속 커졌다. 사람들의 마음이 점점 끓어올랐다.

김찬흥 목사의 신호로, 종이 뭉치를 꺼내 주변에 있는 사람들에게 갈라주었다. 눈치를 챈 사람들은 곧 주변으로 건네기 시작했다. 여기저기에서 같은 모습이 보였다. 승일, 성실, 기미코를 비롯한 회원들도 품속에서 꺼낸 독립선언서를 부지런히 배포하기 시작했다. 반지(半紙)가 부스럭 거리는 소리가 곳곳에서 들렸다. 그녀들의 품에서 나온 독립선언서는 순식간에 모든 사람의 손으로 나눠졌다. 태극기도 마찬가지였다. 손수 만든 태극기는 꺼내자마자 여기저기서 손들이 나와 가져갔다. 천이 모자라 치마저고리를 탈색하여 만들기도 한 태극기였다. 그래도 부족하여 창호지에 그려 수숫대에 붙여 만들었다. 예배당 안은 태극기의 물결이 가득 일렁거렸다.

"이천만의 소원을 담은 독립선언서를 낭독하겠습니다. 독, 립, 선, 언, 서! 우리는 이에 우리 조선이 독립한 나라임과 조선 사람이 자주적인 민족임을 선언하노라! 이로써 세계 만국에 알리어 인류 평등의 큰 도의를 분명히 하는 바이며, 이로써 자손만대에 깨우쳐 일러 민족의 독자적 생존의 정당한 권리를 영원히 누려 가지게 하는 바이다! 5천 년 역사의 권위를 의지하여 이를 선언함이며, 2천만 민중의 충성을 합하여 이를 두루 펴서 밝힘이며, 영원히 한결같은 민족의 자유 발전을 위하여 이를 주장함이며, 인류가 가진 양심의 발로에 뿌리박은 세계 개조의 큰 기회와 시운에 맞추어 함께 나아가기 위하여 이 문제를 내세워 일으킴이니, 이는 하늘의 지시이며 시대의 큰 추세이며, 전 인류 공동 생존권의 정당한 발동이기에, 천하의 어떤 힘이라도 이를 막고 억누르지 못할 것이다!"

공약 삼장까지 낭독한 김찬홍 목사는 만세를 선창했다. 그동안 총검에 억눌려 가슴에 품어야만 했던, 입 밖으로 낼 수 없었던 나라의 이름을 목청이 터져라 부르며 팔을 들어올렸다.

"대한 독립 만세!"

"만세!"

"대한 독립 만세!"

"만세!"

"대한 독립 만세!"

"만세!"

그렇게 시작된 만세 소리는 그치지 않았다. 입에서 입으로 퍼지고 날라지고 커졌다. 누구나 가릴 것 없이 선창을 하였고 그 소리에 따라 만세 소리가 이어졌다. 허리 굽은 노인에게서, 갓 쓴 양반에게, 젖먹이를 업은 여인에게, 목비녀를 꼽은 아낙에게, 양장을 한 신여성에게, 댕기를 늘어트린 아이에게, 자치기 채를 든 소년에게, 박가분 향내가 나는 권번 기생에게, 여드름 가득한 떠꺼머리총각에게, 흰 저고리에 검정치마를 입은 여고보 학생에게, 중절모를 쓴 양식 신사에게, 안경잡이에게, 술주정뱅이에게, 땜장이에게, 방물장수에게, 똥지게꾼에게서 만세 소리가 터져 나왔다.

대한 독립 만세 소리는 소리에 소리를 불렀다. 그 소리는 군무가 되어 춤추며 나아가기 시작했다. 덩실덩실 슬픔을 녹인 춤을 추기 시작했다. 소리는 남산현교회를 빠져나가 광성학교 앞을 지나 물결이 되어 흐르기 시작했다. 물결은 숭실학교에서 출발한 물결과 천도교교구당에서 시작된 또 다른 물결과 합수되었다. 평양경찰서 앞에서 물결과 물결과 물결이 만나 강이 되었다. 멈추지 않고 흐르는 거대한 강이 되었다. 대동강보다 더 푸른 강이 되었다. 외침이 강이 되고, 태극기가 강이 되었다. 거대한 강은 평양 전 시내를 흘렀다. 행렬의 앞을 가로막고 있던 헌병들이 거총을 했다. 총구가 강물의 심장을 겨누었다. 말을 탄 요시다가 멈추라고 외쳤지만 강물은 멈추지 않고 그들 속으로 전진했다. 헌병들의 오와 열이 흐트러졌고 말들이 날뛰었다. 강은 계속 흘렀고 강에 휩쓸리지 않기 위해 그들이 물길을 내줘야만 했다. 강의 흐름을 막을 수 있는 것은 없었다.

"멈춰라! 멈춰라!"

"대한 독립 만세!"

"만세!"

"해산해라! 당장 해산하라!"

"만세!"

"발포하겠다! 발포하겠다!"

"만세!"

물결은 요시다의 외침까지 집어삼켰다. 그가 탄 말은 함성에 놀라 머리를 흔들며 뒷걸음쳤다. 한손으로 권총을 들고 다른 손으로 고삐를 잡고 있어서 떨어질듯 위태로워보였다. 말에서 떨어져 물결 속으로 빠질 것만 같았다. 그가 아무리 외쳐대도 물결은 멈출 수가 없었다.

그녀는 대한독립만세를 외쳤다. 아버지에게, 하란사 선생님에게, 순향에게, 아비갈에게 그리고 황제에게 들리라고 온힘을 다해 소리쳤다. 그들 몫까지 목이 터져라 대한독립만세를 외쳤다. 그녀 혼자라면 힘들겠지만, 물결이 모두 그렇게 외치니 하늘까지 충분히 들릴 것이라고 생각했다. 하늘 높이 태극기를 흔들며 목이 터질듯 대한독립만세를 외쳤다. 그 소리에 여기저기서 대답하듯 만세소리가 이어졌다. 이 골목에서 만세를 외치며 나오는 사람이 있었고, 저 골목에서 만세를 외치며 나오는 사람이 있었다. 뒤에서도 나왔고 앞에서도 나왔다. 온 세상이 만세의 물결, 태극기의 물결이었다. 개성에서는 권애라가 물결의 맨 앞에 나서서 만세를 부르고 있을 것이다. 이화학당에서는 김애라가 학생들 틈에서 만세를 부르고 있을 것이다. 지금 조선 팔도 전국에서 온 백성이 나서서 독립을 부르짖고 있으니 하늘도 감응할 것이라고 생각했다.

"대한 독립 만세!"

"만세!"

"대한 독립 만세!"

"만세!"

그녀는 행렬을 따라 기홀병원 쪽으로 발걸음을 옮기고 있었다. 그런데 행렬 사이에 끼어 오도 가도 못하는 사람이 있었다. 벽에 몸을 붙이고 행렬에 휩쓸리지 않으려고 잔뜩 웅크리고 있었다. 하지만 역부족이어서 조금씩 앞으로 밀리고 있었다. 곧 인파에 떠밀려 쓰러질 듯 위태로워보였다. 그 사람이 누구인지 단번에 알 수 있었다. 불길한 느낌이 온몸으로 번졌다. 끊임없이 몰려오는 사람들을 헤치며 밤골댁을 불렀지만, 만세 소리가 그녀의 목소리를 삼켜버렸다.

"만세!"

"여긴 어쩐 일로 나오셨어요?"

"대한독립 만세!"

"진이가 심상치 않아서 진찰이라도 받아보려고요."

"만세!"

그녀를 알아본 밤골댁의 표정이 풀렸다. 갑자기 만난 인파에 적지 않게 놀란 모양이었다. 가까이 있지만 밤골댁의 말도 만세 소리에 뚝뚝 끊기며 들렸다. 그녀는 말이 끝나기도 전에 밤골댁의 품에 안겨있던 진이를 받아들었다. 온몸이 불타듯 뜨거웠다. 감은 눈 주위로 눈물이 얼룩져 있었다. 의식도 없는 듯 가는 숨만 간신히 뱉고 있었다. 희미한 숨소리는 금방이라도 스러질 것만 같았다. 그녀는 진이를 업고 발걸음을 잡았다. 포웰 박사에게 보이고 밤골댁에게 뒤를 맡기려고 했다. 같이 있어주고 싶지만 빠질 수 없었다. 마음만 진이에게 남겨두고 몸은 동지들과 함께 있어야 했다. 못난 엄마다, 못난 엄마다, 라는 자책이 자꾸만 그녀를 괴롭혔다. 등에 업힌 진이에게 정신을 차리라고 외치며 발걸음을 서둘렀다.

그때,

탕! 탕! 탕! 탕!

진이를 뒤돌아보며 달래고 다시 고개를 앞으로 돌렸다. 불꽃을 튀기는 총구가 보였다. 온몸의 신경들이 돌처럼 굳어버렸다. 시간이 정지한 것 같았다. 앞서 가던 사람들이 총소리에 이어 쓰러졌다. 아무 소리도 들리지 않았다. 화약 냄새, 뜨거운 화약 냄새! 대열을 앞질러 다시 도열한 헌병들이 발포하고 있었다. 권총을 든 요시다가 소리치고 있었지만 귀가 멍멍해서 아무 소리도 들리지 않았다. 그녀의 선창에 이어 만세를 부르던 주변 사람들이 쓸어졌다. 흰색 저고리를 입은 여고보 학생이 가슴을 쥐며 고꾸라졌다. 손가락 틈에서 피가 뿜어져 나왔다. 그녀는 곡교천 백사장을 뛰어 도망치던 그날로 돌아갔다. 발이 푹푹 빠지는 모래사장, 팔다리를 할퀴어 대는 산길, 멀리서 따라오는 마을 사람들의 비명소리와 총소리. 눈밭에 떨어지던 순향 언니의 피. 짐승 같던 요시다의 숨소리. 손을 밸 것 같은 추위. 그날이 보이고 그날이 들렸다.

탕! 탕! 탕! 탕! 탕! 탕! 탕! 탕! 탕!

그때, 등에서 움직임이 느껴졌다. 아주 작은 움직임인데도 등의 감각은 그것을 느꼈다. 고물고물한 손길을 느낄 수 있었다. 익숙한 체취에 볼을 대고 손을 꼼지락 거리는 것 같았다. 그 작은 감각에 그녀는 다시 정신을 차렸다. 총구를 피해 옆 골목으로 몸을 숨겼다. 많은 사람들이 아수라를 피해 주변 골목으로 뛰어들었다. 그들을 따라서 착검을 한 헌병들이 나타났다. 총탄과 칼끝이 사람들의 몸을 꿰뚫기 시작했다. 길바닥이 금세 피로 물들었다. 하늘에 핏빛 비명이 번졌다.

탕! 탕! 탕! 탕! 탕! 탕! 탕! 탕! 탕!

그녀는 밤골댁과 함께 달리기 시작했다. 골목을 벗어났을 무렵 누군가의 손이 등에 닿는 것을 느꼈다. 그녀의 머리채를 붙잡으려는 손길이 빗나갔다. 짧은 머리 때문에 어긋난 손이 진이의 몸에 닿은 것 같았다. 눈길을 돌렸을 때, 진이는 핏빛으로 물든 바닥에 떨어지고 있었다. 작은 몸이 바닥에 떨어지자 바닥에 고여 있던 피가 사방으로 튀었다. 그 뒤로 군복이 피로 물든 요시다가 서 있었다. 그녀는 돌아서며 손을 뻗으려고 했다. 순간, 온몸을 훑는 섬뜩한 느낌. 몸에 있는 명단에 생각이 이르렀다. 인산례 전에 전하려하던 그 명단. 건네받을 동지가 오지 않아서 품고만 있던 그 명단이 몸에 있다는 생각이 떠올랐다.

진이는 온몸으로 비명을 지르며 발버둥 쳤다. 마지막으로 남은 기운을 짜내어 엄마를 찾고 있었다. 허공에 헛손질을 하며 엄마를 잡으려고 했다. 손끝에 아무것도 닿지 않자 울음소리는 더 커졌다. 밤골댁이 요시다의 몸을 밀치며 진이를 안았다. 수많은 비명들 속에서 진이의 붉은 울음만 선명하게 들렸다. 그녀는 다시 발걸음을 돌리려고 했지만, 눈이 마주친 밤골댁이 고개를 흔들었다. 발길질을 견디며 요시다의 바짓가랑이를 잡고 있었다. 밤골댁의 입가에서도 피가 흘러내렸다. 발길질에 밤골댁은 진이를 떨어트렸다. 진이의 비명은 그녀의 온몸을 날카롭게 배었다. 요시다는 진이의 온몸을 군홧발로 밟아댔다. 머리를, 얼굴을, 배를, 다리를. 진이의 입에서 울컥울컥 피가 쏟아졌다. 하지만 발걸음을 돌리지 않았다. 그녀의 눈에서 귀에서 코에서 입에서 피눈물이 흐르고 있었다.

탕! 탕! 탕! 탕! 탕! 탕! 탕! 탕! 탕!

요시다를 피해 다른 골목 안으로 몸을 숨겼다. 바닥에 주저앉아서 몸에 지니고 있던 명단을 꺼냈다. 그 명단을 입안에 집어넣었다. 손가락으로 쑤셔 넣었다. 명단이 비집고 들어갔는데도 어디에 틈이 있었는지 붉은 눈물과 울음이 새어나왔다. 아니 새어나오는 게 아니라, 눈물과 울음이 명단을 통과하며 수십 곱절 수백 곱절 더 커졌다. 명단에 쓰여 있던 많은 사람들, 조국의 독립을 바라며, 목숨을 걸고 정성을 보낸 그 사람들이 그녀와 함께 피눈물을 흘리고 피울음을 울고 있었던 것이다. 뒤늦게 도착한 요시다가 그녀의 등을 쳐대고 목구멍에 손가락을 집어넣었다.

"이애라! 빠가야로!"

"네 이놈 요시다!"

"뱉어! 뱉어!"

"우리 진이를 어떻게 했느냐!"

"뱉어!"

"우리 진이를 어떻게 했느냐! 내가 네 놈을 갈아 마실 테다!"

"이런 독종!"

"니 놈의 뼈를 오도독 오도독 씹어 먹을 것이다!"

"칙쇼!"

"니 놈의 살 한 점 한 점을 발라 먹을 테다!"

요시다가 그녀의 등을 권총손잡이로 내리쳤다. 그녀는 피울음과 피눈물만 토해냈다. 요시다가 강제로 입을 벌리고 손가락을 넣었다. 그녀는 요시다의 손가락을 깨물었다. 요시다가 비명을 지르며 그녀의 얼굴에 주먹질을 했다. 주먹질과 발길질이 그치지 않았다. 하지만 그녀의 피 묻은 저주도 그치지 않았다. 바닥에 쓰러져서도 귀기가 서린 저주를 퍼부었다. 등위로 헌병들의 발길질이 계속 되었다. 그때 바닥에 떨어져 있는 종이 한 장이 보였다. 글씨마저도 핏빛으로 번져 있었다.


－우리는 이에 우리 조선이 독립한 나라임과 조선 사람이 자주적인 민족임을 선언하노라!

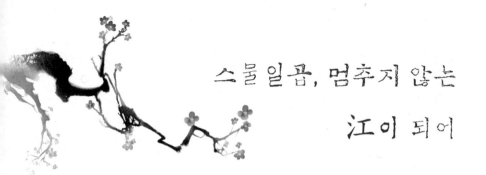

## 스물일곱, 멈추지 않는 江이 되어

너 살거든 독립군의 용사가 되고
나 죽으면 독립군의 혼령이 됨이
동지야 너와 나의 소원 아니냐
나가 나가 싸우러 나가 나가 나가 싸우러 나가
독립문의 자유종이 울릴 때까지 싸우러 나가세

그녀는 노래 소리에 잠을 깼다. 꿈속에서 그 노래 소리가 끊
겼다 이어지고 끊겼다 이어지고 했다. 흑룡강을 지나는 바람 소
리가, 연해주 벌판에서 흔들리는 풀소리가, 언젠가 들은 적이 있
었던 독립군가가 들리기도 했다. 시모의 노래는, 독립군들이 부
를 때와는 사뭇 느낌이 달랐다. 한 땀 한 땀 바느질을 하는 시모
의 입에서 흘러나오는 노래는 전투에 대한 독려보다, 나라를 위
해 사지에 나서는 것도 마다하지 않는 아들을 자랑스러워하는 듯
한 느낌이었다. 하지만 자식을 보내고 나서 옷고름에 눈물을 찍

는 어머니의 깊은 슬픔이 담겨 있기도 했다.

"일어났냐?"

시모의 말에 그녀는 대답대신 자리에서 일어나려고 했다. 그런 기색을 보며 시모가 말렸다.

"아니야 됐다. 누워 있거라. 그 몸으로 어떻게 일어나려고 하느냐."

"……."

"안 도와줘도 된다, 이건 나 혼자도 할 수 있다."

"……."

"그래도 나이대접 해준다고 밖에서 찬물에 손 담그게는 하지 않더라. 따뜻한 방에서 바느질하라고 배려해주더라. 그런데 나이 들어서 새 시집살이를 하는구나. 새색시 때 시어머니의 옷을 만질 때 보다 더 신경이 쓰여. 이게 누구 옷이겠느냐? 다 우리 아들들, 대한제국의 아들들이 입는 옷인데 바느질 한번 한번을 허투루 할 수 있겠느냐. 바느질 한 번 한 번에 신경을 쓰니 온몸이 안 쑤시는 데가 없구나. 그래도 아직 눈이 어둡지 않아서 다행이다."

"어머님……."

시모의 주변에는 군복이 수북이 쌓여 있었다. 헤지고 뜯어지고 찢어진 군복들이었다. 독립군들의 군복을 빨고 삶아서 가져오면 찢어진 부분에 천을 덧대어 바느질하고 있었다. 한번 삶아냈다지만 군복에서는 화약 냄새, 땀 냄새, 피 냄새 그리고 연해주 벌판의 흙냄새가 나는 듯 했다.

그녀는 조심스럽게 몸을 일으켰다. 시모의 옆모습을 바라봤다. 참빗으로 빗어 내린 은빛 머리가 황혼에 빛나고 있었다. 곡교천의 물비늘이 일몰에 반짝이는 것 같았다.

안나, 시모의 감리교 세례명이었다. 성녀 안나는 동정녀 마리아의 어머니이다. 자식이 없어 하나님 앞에서 울며 기도하다가 천사가 다가와 그녀가 낳은 아이의 이름이 온 세상에 알려질 것이라고 말했다. 이에 안나는 그 아이를 하나님께 봉헌하겠다고 약속했다. 사람은 자신의 이름을 닮는다고 했는데, 시모를 두고 하는 말 같았다.

바늘이 잘 들어가지 않는지, 시모가 상자에서 다른 것을 꺼내어 머리에 문질렀다. 종이를 덧붙여 만든 바늘 상자가 눈에 띄었다. 바늘과 실패들이 가지런히 정돈되어 있었다. 한쪽 칸에 골무들이 여러 개 있었다. 이미 쓴 것들을 버리지 않고 모아둔 것인지 하나같이 헤진 것뿐이었다. 얼마나 많이 바느질을 했던 것일까? 얼마나 많이 독립군의 군복을 기웠기에 가죽 골무가 저렇게 됐을까? 그녀는 가슴 한쪽이 아득해지는 것을 느꼈다. 골무를 벗어나 시모의 손가락을 찌른 바늘들은 또 얼마나 될까? 시모는 자식들뿐만 아니라 자신까지도 의를 구하기 위해 바치겠다고 약속한 것은 아닐까?

"아가, 조선 들판에 흔하디흔한 게 토끼풀 아니냐? 너도 어릴 적 네 잎짜리 토끼풀을 찾느라 풀밭을 뒤져봤겠지. 서양에서도 네 잎 토끼풀을 찾으면 행운이 온다고, 그걸 선물로 주는 풍습이 있다더구나. 토끼풀은 원래 세 잎이 정상이지. 그런데 잎에 상처가 나서 떨어지면, 살려는 의지가 강해져 그 자리에 두 잎이 난단다."

"……."

"아가, 가슴에 든 멍이 쉽게 지워지겠느냐? 다 안다, 다 알아. 하지만 그 멍이 네게 행운의 네 번째 잎을 만들어 줄 것이다."

물푸레나무가 있다. 이 나무의 껍질을 벗겨서 담그면 물이 파랗게 변한다. 그래서 붙여진 이름, 물푸레나무. 물푸레나무에 의해 파랗게 변한 물을 보며, 가슴에 든 멍도 그런 색일까 하고 생각한 적이 있었다. 물푸레나무에 물든 파란빛처럼 그렇게 서글픈 빛일까 하고 생각한 적이 있었다. 그녀의 멍은 물푸레나무처럼 주변 사람들의 가슴을 파랗게 물들이고 있었다. 숨기려고 했지만 그럴수록 다른 사람들에게 더 도드라져 보이는 것 같았다. 물푸레나무처럼 자신의 멍이 주변을 파랗게 물들게 하는 것 같아서 늘 조심했다. 하지만 시모는 그녀의 멍을 한 눈에 알아봤을 것이다. 그녀의 온몸에서 풀어져 나오는 푸르스름한 멍을 보며 말을 고르고 골랐을 것이다. 그렇게 말을 다듬는 동안 시모의 가슴도 파랗게 젖어들었을 것이다.

진이는 밤하늘의 별이 될 것이다. 모래알 같이 많은 별들 중에서 가장 깨끗하고 맑은 빛을 낼 것이다. 어느 하늘에선가 못난 어미와 눈을 맞추려고 할 것이다. 뒤따르던 교인 유득신이 수습을 해 교회에서 장례를 치러주었다고 들었다. 그녀는 그 자리에서 잡혔고 보안법 위반으로 구속되었다. 옥고가 어떻게 지나갔는지 알 수가 없었다. 수차례 고문을 당했고 극악한 환경을 견뎌내야 했지만 그 시간들이 어떻게 흘러갔는지 기억나질 않았다. 온몸이 안으로 곱아들었지만 아프지 않았다. 가슴이 시퍼렇게 멍이 들었지만 고통을 느낄 수 없었다. 모든 것이 멈춰버린 것처럼 정신을 차릴 수 없었다. 그렇게 시간을 견디어내다가 출감을 한 후 미친 듯이 독립운동에 매달렸다. 하란사 선생님도 그랬을 것이다. 딸아이를 먼저 보내고 그랬을 것이다. 하지만 그것은 딸아이를 보낸 고통을 잊기 위한 것만은 아니었다. 그녀도 그랬다. 진이 같은 아이가 또 나오지 않게 하기 위해, 또 다른 진이의 엄마가 되어 밤낮을 가리지 않고 뛰었다. 진이는 이름처럼 별이 되었지만, 조선에 뭇별처럼 수많은 진이가 있다는 생각에 그녀는 정신을 차리기 시작했다. 선생님도 그랬을 것이다.

그녀의 생각이 거칠게 열리는 문소리에 끊겼다.

"제수씨, 요시다가 추격해오고 있다는 첩보가 입수됐습니다."

시숙이 뛰어 들어오며 말했다.

"여기는 우리가 맡을 테니, 우선 규갑이가 있는 곳으로 몸을 피하시는 게 좋겠습니다."

"……."

"민호야, 일전에 일러두었던 말 기억나느냐?"

"예."

"그래, 그리 하면 된다. 아서방이 이곳 지리에 훤하니 함께 가거라. 큰 도움이 될 것이다. 모쪼록 숙모님 잘 모셔라."

"예, 알겠습니다."

시숙의 얼굴에 여러 가지 표정이 스미어 있었다. 첩보를 듣고 어떤 결정을 내려야할지 복잡했을 속마음이 그대로 나타나는 것 같았다. 전면전을 벌여야할지 아니면 그녀만 빼돌릴 것인지, 결정을 내려야 했을 것이다. 자유시 참변으로 독립군의 군세가 대폭 줄어서 전면전은 부담이 되었을 것이다. 게다가 이곳의 독립군은 가족 단위로 구성되어 있어서 일본의 정규군과 본거지에서 전투를 하게 되면 더 큰 피해가 생기게 마련이었다. 시숙은 그녀를 도피시켜서 불필요한 마찰을 피하려고 할 것이다. 그리고 전투가 벌어진다고 해도 이곳에서 일어나게 하고 싶지는 않았을 것이다. 짧은 시간이었지만 시숙의 속마음을 알 것 같았다. 그녀는 고개를 끄덕이고 자리에서 일어났다.

그녀는 가족에게 인사도 제대로 건네지 못하고 마차에 올랐다. 그녀를 이곳까지 데리고 왔던 마부가 다시 고삐를 잡았다. 서둘러 따라 나온 시모는 옷 보따리 하나를 실었다. 시모는 아무 말 없이 그녀의 손을 한번 잡아줬다. 시모가 뿌옇게 보였다. 언제 다시 만날 수 있을까? 그녀의 생각은 채찍과 투레질 소리에 묻혔다.

세 명을 태운 마차는 연해주 벌판을 가로질러 다시 달리기 시작했다. 말의 거친 호흡 소리, 채찍 소리, 바닥에 놓인 장총이 덜컹이는 소리, 그리고 마부가 말을 부리는 소리가 이어졌다. 그러다 마부의 옆모습이 눈에 들어왔다. 턱에서 시작해서 입으로 내려가는 선이 눈에 익었다. 단정한 입술도 어디서 본 듯했다. 그녀는 그제야 그가 아씨 성을 쓴다는 것을 알았다. 장질도 시숙도 그를 아서방이라고 불렀던 것이 생각났다. 그리고 아비갈의 집에 갔을 때, 소식을 전해준 여자의 말이 떠올랐다. 아비갈의 아버지인

아서방이 어디 가서 죽었다는 이야기도 있고 연해주로 갔다는 소문도 있다는 말이었다. 연해주로 떠났다는 소문은 사실이었던 것이다.

'고맙습니다, 이렇게 살아있어 주셔서.'

그녀는 자신도 모르게 되뇌었다. 그는 가슴에 쌓인 고통과 분노를 이렇게 삭이고 있었던 것이다. 애고개를 붉게 물들이던 그 울음을 이렇게 토해내고 있었던 것이다. 그의 등을 보며 그녀는 아비갈을 떠올렸다. 아이의 죽음이 결코 헛되지 않았다는 생각이 들었다.

마차는 마을을 벗어나서 자작나무 숲으로 들어섰다. 고향에서는 쉽게 볼 수 없었던 자작나무를 연해주에서는 흔하게 볼 수 있었다. 눈을 돌리는 곳마다 자작나무가 있었다. 하얀 옷을 입고 길 양옆으로 늘어서있는 모습이 조선 사람을 닮았다. 흰 옷을 깨끗하게 빨아, 다듬질에 인두질까지 해서 단정하게 차려 입고 있는 것 같았다. 흰 옷을 입은 조선 사람들이 손을 흔드는 것 같았다.

자작나무 숲을 벗어난 지 얼마 되지 않아 길은 나빠졌다. 아서방이 채찍질을 하며 서둘렀지만 속도는 나지 않았다. 사람들의 왕래가 잦은 마을길은 단단하게 다져져 있었지만 주변의 길은 검은 속살을 드러내며 움푹 페인 곳이 많았다. 게다가 큰 비가 온 지 얼마 되지 않아 질척거리기까지 했다. 이곳으로 오던 날도 바퀴가 빠져 고생했었다. 그날을 떠올리는지 아서방은 속도를 줄이며 조심스럽게 마차를 몰았다. 그녀는 미안한 마음이 들었다. 자신의 몸만 괜찮았다면 마차 신세를 지지 않았을 것이다. 말을 타고 길을 나섰다면 이런 일이 벌어지지 않았을 것이다.

진창을 피하기 위해 말머리를 돌리자 마차가 좌우로 크게 흔들렸다. 말이 앞발을 내딛는 순간, 진창 주변의 흙이 무너졌다. 그 바람에 말의 한쪽 다리가 꺾이며 미끄러졌다. 덜컹하는 소리와 함께 마차 뒷부분이 들렸다. 말이 앞다리를 들며 펄쩍 뛰었다. 마차의 뒷바퀴가 밀리며 진창 속으로 빨려 들어갔다. 아서방은 고삐를 당겨 잡으며 말을 진정시키려고 했다. 말은 눈을 뒤집으며 허연 입김을 내뱉었다. 장질이 뛰어내려 재갈을 움켜쥐었다. 말의 목덜미를 손으로 쓰다듬으며 진정시켰다.

깊은 진창이었다. 말이 발목이 꺾여 뒷걸음질 치는 바람에 뒷바퀴가 빠져버렸다. 장질이 바퀴를 양손으로 쥐고 어깨로 밀어봤지만 아교를 붙여놓은 듯 꿈쩍하지 않았다. 아서방도 내려서 고삐를 길게 잡고 밀기 시작했다. 그녀도 내려서 마차의 뒷부분을 밀어댔다. 하지만 발목까지 꺾인 말은 제대로 힘을 쓰지 못했다. 움직일 기미가 보이지 않았다.

"어쩌지요, 이러다가 그놈들이 곧 들이닥칠지도 모르는데."

아서방이 걱정스러운 낯빛으로 장질에게 물었다.

"우선 해보는 데 까지 해봐야지요."

"죄송해요, 저 때문에."

"아닙니다, 제가 선생님께 죄송하지요. 길이 이 모양이면 신경을 더 써야 했는데, 급한 마음에 이렇게 됐네요."

"……."

"선생님 이야기도 그리고 딸아이 이야기도 다 들었습니다. 늦었지만 이제야 감사하다는 말씀 드립니다."

"……."

그 말을 남기고 아서방은 다시 고삐를 잡았다. 이미 그는 알고 있었던 것이다. 그래서 더 말을 재촉했는지도 몰랐다. 그녀는 대답도 제대로 하지 못하고 다시 마차 뒤에 섰다. 더 이상 쓸 수 있는 힘이 남아 있지 않았다. 그 사실을 그녀는 잘 알고 있었다. 그동안 당한 고신으로 인해 목숨이 얼마 남아있지 않다는 것을 느낄 수 있었다. 하지만 아서방이 그녀를 구하려고 하는 것처럼, 그녀도 아비갈의 아버지를 구하고 싶었다.

아서방과 장질이 숲에서 자작나무를 가지고 왔다. 그들은 부러진 자작나무 가지로 진창을 메웠다. 진창이 메워지자 아서방은 잠시 한숨 돌린 말에게 다시 채찍질을 했다. 채찍 소리가 바람을 가르며 날카롭게 울렸다. 놀란 말이 비명을 지르며 앞발을 뻗었다. 장질이 이를 악물며 등으로 바퀴를 밀었다. 그녀도 부서질 것 같은 몸으로 바퀴를 밀었다. 촛불이 꺼지듯 목숨이 꺼질 것 같았다. 순간, 수레바퀴가 덜컹이며 자작나무 가지 위로 올라섰다. 자작나무의 흰 목피가 종잇장처럼 벗겨지며 속살이 드러났다. 하얀 옷마저 빼앗기고 노란 맨살을 드러내고 다니던 조선 사람들처럼 보였다. 땅을 잃고 고향을 잃고 가족마저 잃어버리고, 몸마저 제대로 가리지 못하고 유랑하는 조선 사람들의 모습이 눈에 보였다. 그들이 뼈밖에 남지 않은 등으로 바퀴를 밀어올리고 있었다. 뼈가 으스러지는데도 이를 악물어 바퀴를 굴리려고 하는 것이었다.

탕! 탕! 탕!

등 뒤에서 총알이 날아와 자작나무에 박혔다. 껍질이 찢겨지며 여기저기로 튀었다. 나무의 온몸이 파르르 떨렸다. 바람을 가르고 날아온 총알 소리와 자작나무의 비명이 벌판을 매웠다. 연이어 날아온 총알은 굉음을 내며 마차에 박혔다. 목재가 부서지며 뒤틀렸다. 갑작스러운 총소리에 놀란 말이 앞다리를 들었다. 그 바람에 마차는 다시 진창으로 빠져버렸다. 그녀는 몸을 웅크리고 마차 밑으로 기어들어갔다. 장질은 아서방에게 장총을 건넸다. 숲 끝에 몸을 숨긴 헌병들이 보였다. 그들이 지체한 동안 요시다가 벌써 꼬리를 물었다. 장질과 아서방은 바로 응사했다. 고막을 울리는 총성과 타는 듯한 화약 냄새가 이어졌다.

"저놈들 숫자가 너무 많은 데요!"

"신한촌에서 멀리 떨어지지 않았으니, 어떻게든 버텨 봅시다!"

총성이 아서방의 물음과 장질의 대답을 동강냈다.

"숙모님! 괜찮으십니까?"

"네."

그녀는 간신히 대답했다. 대답을 들은 장질은 다시 방아쇠를 당겼다. 누구의 총알이 명중했는지 헌병 한 명이 가슴을 쥐며 풀숲으로 쓰러졌다. 그 때문인지 더 격렬하게 총알이 날아들었다. 요시다의 손짓을 신호로 헌병들이 산개했다. 서로 엄호와 약진을 번갈아하며 거리를 좁혀왔다. 장질과 아서방의 달아오른 총구에서 흰 연기가 피어올랐다. 탄피가 바닥에 어지럽게 떨어졌다. 거리가 좁혀질수록 헌병들의 탄은 정확하게 날아들었다. 탄환이 아서방의 어깨를 스치고 지나갔다. 아서방은 비명을 지르며 총을 놓쳤다. 찢겨 벌어진 살갗에서 검붉은 피가 쏟아졌다. 그녀는 바닥을 기어 아서방에게 갔다. 옷고름을 뜯어 그의 팔을 붙들어 맸다. 흰 옷고름이 금세 붉게 물들었다. 아서방은 양미간을 일그러트리면서 다시 가늠쇠에 눈을 가져다댔다. 하지만 제대로 견착할 수가 없어서, 총알은 목표에서 빗나갔다.

탕! 탕! 탕! 탕! 탕! 탕! 탕! 탕! 탕!

그때 요시다의 뒤에서 총성이 들렸다. 후미에 있던 헌병 두어 명이 한꺼번에 쓰러졌다. 전방으로 총구를 겨누고 있던 헌병들이 우왕좌왕하며 뒤로 돌아섰다. 돌아서던 헌병 한 명이 가슴에 총을 맞고 쓰러졌다. 턱밑까지 왔던 헌병들이 되돌아가며 후미를 지원 사격했다. 장질과 아서방은 퇴각하는 그들의 등에 총을 겨눴다. 혼비백산한 헌병들 뒤로, 독립군이 총을 쏘며 달려오는 것이 보였다. 선두에 말을 탄 시숙이 있었다. 그제야 시숙이 장질에게 하던 말이 떠올랐다. 마을을 떠나기 전에 시숙은 장질에게 일러둔 데로 하라고 했었다.

탕! 탕! 탕! 탕! 탕! 탕! 탕! 탕! 탕!

하지만 요시다의 반격은 만만하지 않았다. 대열을 정비한 요시다는 정면 돌파를 명령했다. 후미에 부대원을 증강시켜서 독립군을 맡게 하고, 남은 헌병들에게 진격하라고 명령했다. 이미 부상을 입은 데다 화력이 부족한 장질과 아서방 쪽으로 활로를 잡은 것이었다. 상황을 파악하고 시숙이 우회해서 지원을 하려고 했지만 후미 부대원들의 저지로 여의치 않았다.

탕! 탕! 탕! 탕! 탕! 탕! 탕! 탕! 탕!

그때, 맞은편 언덕에서 또 하나의 부대가 다가오는 것이 보였다. 부대가 쏜 총알은 그녀의 머리 위를 지나서 일본군을 향하고 있었다. 그녀를 돌파하기위해 전력 질주하던 헌병 선봉대들이 한꺼번에 쓰러졌다. 갑작스럽게 등장한 지원군에게 총 한 번 제대로 쏘지 못하고 모조리 쓰러졌다.

지원군 선두에서 말을 달리는 사람, 멀리서 봤지만 그가 누구인지 단번에 알아볼 수 있었다. 보고 싶은 사람, 숨을 쉬는 매 순간마다 보고 싶은 사람, 목사님이었다. 그가 이끈 독립군 부대원들은 헌병을 둘러싸고 집중 사격을 하기 시작했다. 후미 부대도 방어선이 뚫린 상태여서 협공을 감당하기 힘들었다. 움푹 페인 지형 안에 갇혀서 독립군의 공격을 오래 감당할 수 없을 것 같았다. 결국 헌병 한 명이 총을 내려놓고 항복하려고 손을 들었다. 이를 시작으로 몇 명이 더 총을 내려놓았다. 그 모습에 요시다가 권총을 겨누며 소리쳤다.

"너희들이 이러고도 황군이냐! 당장 총을 집어라!"

눈치만 볼 뿐 아무도 총을 집지 않았다. 요시다는 권총 손잡이로 헌병보조원의 얼굴을 내려찍었다. 그의 눈가가 찢어지며 피가 흘러내렸다.

"항명하는 것이냐! 항명은 즉결 처형이다! 당장 총을 집어라! 대일본제국의 황군은 절대로 항복하지 않는다."

"나는 조선인이다!"

"집어라, 총을 집어라!"

"나도 조선인이다!"

"조센징 빠가야로, 총을 집어라! 싸워라!"

요시다가 헌병보조원의 관자놀이에 권총을 겨누었다.

탕!

그가 방아쇠를 당기려는 순간 시숙의 총구가 불을 뿜었다. 한 발의 총성이 길게 메아리치며 울렸다. 총알은 요시다의 가슴을 관통했다. 그의 가슴에서 핏물이 튀어 올랐다.

"텐노우 헤이카 반자이!"

요시다는 피를 토하며 바닥에 거꾸러졌다. 그가 남긴 말이 핏빛으로 가을 벌판을 물들였다. 가토 기요마사의 장수였다는 그의 선조도 조선 땅에서 죽었다고 했다. 무엇이 그를 자신의 선조처럼 이국에서 죽게 만든 것일까? 얼마나 많은 요시다들이 또 이 땅에서 죽어나갈까? 그녀는 서글픈 얼굴로 주검들을 내려다보고 있는 자작나무를 보며 그런 생각을 했다. 바람이 자작나무 숲을 관통하며 노래 소리를 만들었다. 나뭇잎들이 바람에 떨리고, 가지들이 부딪히며 노래가 되었다. 바람이 자작나무 숲을 통과하며 장송곡이 되었다. 노래를 뒤로 하고 독립군들은 부상자를 돌보고 사상자를 정리하기 시작했다. 장질이 마차에서 왕진가방을 꺼내 부상병들을 살폈다.

그녀는 마차 밑에서 기어 나왔다. 일어서고 싶지만 그럴 수 없었다. 진흙이 묻어 엉망이 된 옷매무새를 고치고 싶었지만 손을 움직일 수 없었다. 마지막 힘까지 다 써버린 것 같았다. 정신마저도 점점 흐려지는 것 같았다. 간신히 바퀴에 기대어 앉았다. 목사님이 달려오는 것이 보였다. 그 긴 그리움을 한발자국으로 넘어오고 있었다. 그는 아무 말도 하지 못하고 그녀를 안았다. 그의 가슴도 그녀의 가슴도 뛰고 있었다. 팔을 뻗어 단단한 등을 안고 싶었지만 그럴 수 없었다. 가슴 속에 켜켜이 쌓여 있던 말을 다 하고 싶었지만 입을 열 수 없었다.


'당신께서 오실 줄 알았어요. 하지만 한편으로는 오지 않기를 바랐어요. 하지만 그보다 더 많이 당신이 오기를 원했어요. 단지 말할 수 없었을 뿐이에요. 그 말을 가슴 속에 넣어두고 문을 잠그고 걸쇠로 걸고 자물쇠를 단단히 채웠을 뿐이에요. 당신을 기다리는 수백 수천의 사람이 여기가 아니라 그곳에 있으니까 말이에요.

당신을 보고 싶은 내 소원보다 그것이 더 소중한 것이니까요.'

필시 그러리라고 믿었다. 그를 다시 만날 수 있을 것이라고 생각했다. 살아서 그를 만날 수 있을 거라고 믿었다. 그의 어깨에 머리를 기대며 간신히 한 마디를 건넸다.

"민철이는⋯⋯."

"당신이 왔다는 전갈을 받고, 이쪽으로 오다가 만났소. 당신이 일러준 데로 묻고 물어 나를 찾아오는 길이었다고 하더군. 어디서 구했는지 굴렁쇠까지 하나 얻어가지고 노래를 부르며 걷고 있었소. 사람 하나를 딸려서 안전한 곳으로 보냈으니 걱정하지 마시오."

아들이 불렀을 노래는 아마 '타박네'였을 것이다. 타박네야, 타박네야 노래를 부르며 이국땅을 굴렁쇠를 굴리며 아버지를 찾아갔을 것이다. 은빛 바퀴는 햇빛을 받아 반짝이며 잘도 굴렀을 것이다. 그녀는 희미하게 웃었다. 민철이가 잠결에 부르던 그 노래가 들릴 듯 했다.

'그럼요, 누구의 핏줄인데요.'

그녀가 출감한지 얼마 되지 않아서, 홍진도 머뭇거리며 말을 이었다. 만세운동 이후 탄압과 감시가 심해져서 밀서를 들고 국경을 넘을 사람이 부족했다. 게다가 중요한 문서였기에 홍진은 어쩔 수 없이 다시 그녀에게 찾아왔다. 그녀는 아무런 말도 하지 않고 문서를 받아들었다. 만주와 연해주에 있는 독립군의 국내 진공에 관한 극비 문서라고 했다. 그 말은 절대로 실수가 있어서는 안 된다는 뜻이었다. 종이장사로 변복하고 가라고 했다. 이미 복장과 종이 뭉치들이 준비되어 있었다. 그 종이들 사이에 문서를 숨겼다. 촛불에 가져다대기 전까지는 일반 종이들과 똑같아 보였다.

문서를 선뜻 받았지만 아무도 없는 평양에 민철이를 놓고 갈수 없었다. 교회에 있는 전도 부인들에게 부탁할 수도 있었지만, 이번에는 왠지 그러고 싶지 않았다. 만세운동 이후 독립운동의 구심점이 되었던 교회에 대한 탄압이 극심해져 많은 전도부인들이 흩어진데다, 웬일인지 이번 일이 마지막이 될 것 같은 불길한 기분이 들었기 때문이었다. 그러니 아버지에게 데려다 주어야 한다는 생각이 들었다. 그리고 자식을 앞세운 종이장사로 보인다면 일본군의 검색에서 조금은 자유로울 거라는 생각이 들었다.

평양에서 기차에 오를 때부터 검문검색이 강화된 것을 느꼈다. 그녀는 그때부터 따로 행동하기 시작했다. 아들에게 문서를 맡기고 멀리 떨어져 자리를 잡았다. 변복을 했지만 자신은 언제 신분이 밝혀질지 모르는 상황이었다. 아들에게 몇 번을 확인받고 다짐받았다. 아들은 총명한 눈을 빛내며 엄마의 말을 되새겼다.

"모르는 사람처럼 행동해라. 무슨 일이 있어도 그렇게 해야 한다. 이 어미에게 무슨 일이 생겨도 모른 척 해야 한다. 그렇게 할 수 있겠느냐?"

"네."

"네게 그런 일이 생겨도 이 어미는 모른 척 할 것이다."

"네."

"그 문서 반드시 전해야 한다. 니 아버지께 반드시 전해야 한다. 이 어미의 말을 알아듣겠느냐?"

"네."

아들은 눈빛을 빛내며 짧게 대답했다.

기차에서 내리자마자 요시다에게 붙잡혔을 때, 일부러 더 소란을 피웠다. 한 명이라도 더 그녀에게 시선을 돌리게 하기 위해서였다. 그러면서 단 한 번도 뒤를 돌아보지 않았다. 자신의 등 뒤에서 놀라고 있을 아들을 돌아보지 않았다. 등을 돌린 채 속으로 빨리 가라고, 일러준 대로 아버지를 찾아 가라고 외쳤다. 아들은 어미의 뜻을 알았을 것이다. 어미의 속마음을 들었을 것이다. 어미가 왜 그렇게 하는지 알고, 이를 악물고 내를 건너고 산을 넘어 아버지에게 간 것이다.


"당신, 고생이 얼마나 심했소?"

"······."

그의 눈 끝에 눈물이 고였다. 그녀는 아무런 대답도 하지 못했다. 간신히 손을 뻗어 그의 눈시울에 고인 눈물을 닦아 주었다. 그의 가슴처럼 따뜻했다.

"어서 운랍간으로 갑시다."

"네."

그는 그녀를 들어 마차에 뉘였다. 자신의 겉옷을 벗어 덮어주었다. 그의 체취가 포근했다. 장갑을 벗어 목에 괴여준 후, 그는 독립군들을 불러 모았다. 그들은 자작나무와 돌들을 주워 구덩이를 매우기 시작했다. 말 한 마리를 더 데려와 마차 앞에 매었다. 많은 사람들이 손을 거들자 진창은 금방 매워졌다. 장질에게 치료를 받은 아서방이 마차에 올랐다. 바람을 가르는 채찍 소리에 이어 구령 소리가 들렸다. 독립군들이 구령에 맞춰 마차를 밀기 시작했다. 진창에 깊숙이 빠졌던 바퀴가 들썩이며 앞으로 움직이기 시작했다. 독립군의 구령에 맞추어 자작나무를 밟고 나아가기 시작했다. 다시는 움직이지 않을 듯이 깊숙이 빠져있던 수레바퀴가 천천히 움직이기 시작했다. 그녀는 간신히 잡고 있던 정신을 놓쳤다. 어딘가로 깊숙이 빠져버리는 것 같았다. 깊은 웅덩이로 한없이 몸이 가라앉는 것 같았다.

\*

너 살거든 독립군의 용사가 되고
나 죽으면 독립군의 혼령이 됨이
동지야 너와 나의 소원 아니냐 빛낼 이 너와 나로다

나가 나가 싸우러 나가 나가 나가 싸우러 나가
독립문의 자유종이 울릴 때까지 싸우러 나가세

얼굴을 간질이는 볕과 콧속으로 깊숙이 들어오는 물비린내에 눈을 떴다. 마차 앞뒤에서 행군을 하는 독립군들의 노래 소리가 황혼과 섞여 울려 퍼지고 있었다.

"이제 정신이 드오?"

"······."

"당신의 안색이 참 안 됐소."

그의 몸에서 화약 냄새가 났다. 일본군과 전투를 치러 대승을 하고 돌아오는 길에 그녀의 소식을 들었다고 했다. 그 길로 삼천 리를 달려 왔다고 했다.

"당신 올 해 스물일곱이지요?"

"네."

"당신은 하나도 나이를 먹지 않은 것 같소. 이화학당에서 처음 봤을 때처럼 아리땁소."

그도 무엇인가를 예감했을까? 시모와 같은 눈으로 그녀를 바라보고 있었다. 그 예감과 눈빛이 무엇을 뜻하는지 그녀도 잘 알고 있었다. 그의 목소리에 황혼과 강 비린내가 섞여 있었다. 그 강이 흑룡강이라는 것을 느낄 수 있었다. 한 번도 쉬지 않고 한 번도 멈추지 않고 도도히 흐르는 검은 물결, 가슴 속에 늘 담겨 있던 그 강이라는 것을 느낄 수 있었다. 그녀는 그의 어깨에 의지해서 몸을 반쯤 일으켰다. 마차와 독립군들이 강을 따라 길게 늘어서서 행군하고 있었다. 검은 강은 용이 되어 거대한 벌판을 흐르고 있었다. 독립군과 함께 길을 나누어 흐르고 있었다. 독립군을 해갈시켜주고 몸을 씻겨주며 흐르고 있었다. 황혼에 금빛 속살을 반짝이며 흐르고 있었다.

백두산과 흑룡강을 뛰어 건너라
악독한 원수무리 쓸어 몰아라
잃었던 조국강산 회복하는 날 만세를 불러보세

나가 나가 싸우러 나가 나가 나가 나가 싸우러 나가
독립문의 자유종이 울릴 때까지 싸우러 나가세

강을 따라, 행렬을 따라, 노래도 흘렀다. 그녀는 노래도, 행렬도, 강의 흐름도, 강 옆으로 늘어서 있는 자작나무도 다 가슴에 담고 싶었다.

'이곳으로 올 때 어쩌면 제 인생의 마지막 날이 될 거라는 생각이 들었어요. 그래서 위조 국민증을 만들 때 그런 이름을 썼는지 몰라요. 선화, 조선화(朝鮮花)[87]. 마지막까지 조선의 들꽃이 되는 삶을 살고 싶었나 봐요.'

이 말이 그에게 들리지 않았을 것이다. 그녀는 마지막 힘을 내어 그에게 마음을 전했다.

"이제…… 어디 가지 마오. 내가…… 두 무릎으로…… 걸어서라도…… 당신을…… 도울게요."

그러고 싶었다, 다리가 없다면 무릎으로라도 걸어서 목사님

---

87) 조선의 독립을 보지 못하고 이역 땅에서 죽어간 사람들의 무덤에 핀 노란 들국화를 현지인들이 애처로이 부르던 말. 이윤옥 저 『서간도에 들꽃 피다 2』에서 차용.

을 돕고 싶었다. 하지만 이제 그럴 수 없다는 것을 알았기에 그런 말이 나왔다. 그가 큰 목소리로 그녀를 부르는 것 같았다. 하지만 흐릿할 뿐 잘 들리지는 않았다. 손끝에 만져지는 황혼이 따뜻하게 느껴졌다. 상처투성이 몸이 벗겨지는 것 같았다. 한 풀 한 풀 무거운 몸을 벗고 공기가 되어 하늘로 올라가는 느낌이 들었다. 흑룡강의 물비린내, 황혼에 빛나는 강의 편린들, 장질이 바쁘게 왕진가방을 뒤지는 모습, 그리고 아주 먼곳에서부터 들려오는 꽹과리 소리, 아이들이 불깡통을 돌리는 모습, 하란사 선생님, 아비갈, 순향 언니, 눈물을 흘리는 그. 마차에 보따리를 올려놓던 시모. 얼핏 비친 보따리 속에 들어있던 수의. 바늘 끝을 달래 가며 몇 날 밤을 새우며 만들었을 그 옷. 그 옷이 누구의 것인지 알 수 있었다. 시모가 어떤 마음으로 그 옷을 지었는지 잘 알고 있었다. 평양 거리를 메우던 만세 함성과 태극기. 빈 신혼방 앞에서 밤을 새우던 아버지의 발자국 소리. 그리고 진이, 내 딸 진이의 배냇웃음, 이제 곧 가마, 이 못난 어미가 곧 가마. 흑룡강과 함께 흘러갔을 모습들이었다. 그녀도 그 물결과 하나가 되어 흘러가리라고 생각했다. 바퀴에 실려 흑룡강의 물결이 되어 멈추지 않고 흐르리라고 생각했다. 곡교천을 메우던 경쾌한 꽹과리 소리가 흑룡강 위에서 황혼과 뒤섞여 흐르고 있었다. 자작나무가 바람에 잎사귀를 흔들어 은빛 노래를 부르고 있었다.

—끝

리심숙 여사(일명 앨라). 완사후인 시종 리춘식 씨의 셋째 딸로 서기 1893년 1월 7일 서울에서 출생하다. 20세 때 리규갑 씨에게 출가하여 부인이 되다. 선생은 품성이 현숙, 효순하여 범사에 관후하였다. 이화학당을 졸업하고 양육 사업에 종사하다가 서기 1919년 3·1독립만세 때에 애국부인회를 지도하다가 일경에 체포되어 서울, 평양, 공주에서 옥중생활을 하였다. 서울에서 일본 헌병은 부인의 품에 안긴 아이를 빼앗아 타살하고 부인을 체포 연행하였다. 그 후에 부군 리규갑씨가 독립운동을 하는 시베리아로 밀행하다가 함경북도 승가항에서 왜적에게 체포되어 가혹한 고문을 받고 서기 1921년 9월 4일에 순국하다. 서기 1962년 3월 1일 건국공로훈장을 받다.

―충남 아산 영인면 소재 충국순의비(忠國殉義碑)비문 중에서

– 주요 등장 인물

이애라

이규갑

하란사

홍면희

홍면희

## 작가의 말

이 소설을 시작하면서 여러 사념에 시달렸다. 문장을 써놓고 돌아서면, 어떤 질문들이 떠오르는 것이었다. 그런데 질문 자체가 무엇인지 잘 몰랐기에 대답할 수 없었다. 아무 것도 하지 못하고 밤새 하얀 화면만 바라봐야만 했다. 반디(커서)는 앞으로 나가자고 깜빡이며 재촉했지만 그럴 수 없었다. 이게 아닌데, 이게 아닌데, 가슴속 어느 곳에서 누군가 먼저 해결해야할 것이 있다고 말하고 있었다. 얼굴 없는 목소리는 커져만 갔다. 소설 속 시공간에 편입되어, 작중인물들과 함께 가슴을 치며 통곡하다가 문득 그 질문이 무엇인지 어렴풋이 알게 되었다. 그것은 두 가지 역설적인 자문이었다. '과거의 현재성'과 '소설의 허구성과 진실성'이란 화두였다. 이 두 질문은 먼 길을 떠나면서 행장을 제대로 꾸리지 않았던 것에 대한 질책이었다. 소설 쓰기를 멈추고, 그 물음에 대한 답을 찾기로 했다.

첫 번째 자문은 현재는 어디서 오는 것인지에 대한 생각에서부터 실마리를 찾아갔다. 중첩된 과거들 사이에서 현재가 생산되는 것은 아닐까? 그런 의미에서 과거는 현재의 뿌리인 것은 아닐까? 그리고 지금 이 시간, 현재라고 명명된 이 순간은 과거가 되고 그리고 미래의 바탕이 되는 것은 아닐까? '과거의 항구성과 현재성'은 연속된 시간 개념 속에서부터 시작되었다. 인간은 모든 것을 정의하고 구획하기를 좋아한다. 시간을 계절별로 월별로 일별로 시간별로 초별로 결국에는 몇 만분의 일초까지 나누었다. 그렇게 잘게 쪼개어놓았지만 시간의 항구성까지는 그럴 수 없었다. 토막난 시간의 이면을 강물이 되어 도도히 흐르는 그것! 그 강물이 흐르고 흘러 오늘을 비옥하게 만들었던 것이다. 소설을 쓰며 그 근간, 강물로 표현했던 그것을 드러내고 싶었다. 오늘의 우리를 있게 만들었던, 독립지사들의 항구성을 그리고 현재성을 이야기하고 싶었다. 과거지만 과거가 아니고 현재이며 미래인 그 이야기를 하고 싶었다. 강물이 굽이치면서도 결국은 바다에 도달하듯, 강물이 그러듯, 그들이 그랬듯, 포기하지 않고 써내려가고 싶었다.

두 번째 자문은 소설의 모순적인 특성을 고민하며 답을 찾아야 했다. 소설은 태생적으로 허구적이지만 한편으로는 진실적이다. 작가에 의해 포착되어 문장이 되는 순간 그 어떤 진실도 허구성을 갖게 되기 마련이다. 그러니 사람들은 믿을 수 없는 이야기에 '소설 같은 이야기다', '소설을 써라' 등의 말을 한다. 가슴을 뛰게 만드는 독립지사들의 삶을 사실적으로 옮겨놓으려고 마음먹었다가 막다른 골목에 도달했다. 그 골목 끝에서 서성이고 서성이다가 그것이 가능하지 않다는 것, 그리고 그럴 필요도 없다는 것을 깨달았다. 그들의 모습을 '사실적'으로 그린다는 것은 처음부터 무리였을 것이다. 그동안 써왔던 원고 뭉치를 잠시 묵힌 후, 다시 쓰기 시작했다. 이전에 쓰던 방식이 아닌 '소설 같은 소설'을 쓰기로 마음먹은 것이었다. 그것은 한 인물에 대한 철저한 고증이나 일대기적 나열이 아니었다. 한 인물을 그렸지만, 그 안에 수많은 독립지사들의 삶들을 녹여내는 것이었다. 그렇게 '소설적 사실'을 쓰기로 마음먹으니 인물들의 삶이 더 다채로워졌다. 하지만 반대편에 또 다른 소설의 특성이 기다리고 있었다. 소설의 진실성, 그것은 다른 차원에서 이해하기로 했다. 한 인물의 일대기적 고증을 소설의 사실성이나 진실성으로 보지 않았다. 더 큰 테두리 안에서 그것을 이해하기로 했다. 글 안에 그 시대 상황을 얼마나 녹여내는가, 그리고 그려진 시대의 모습이 현대에 얼마나 다가오는가, 그것이 소설의 진실성이라고 이해했다. 방황하며 찾은 답이 정답인지 모르겠다. 어쩌면 정답 같은 것은 처음부터 없었는지도 모른다. 하지만 이 고민과 방황이 독자들에게 진실하게 다가갔으면 한다.

올 봄에 이사한 집 앞에 수령이 사백년이 넘은 버드나무가 버티고 서 있다. 아침마다 시간을 내어 그 나무 앞에 서본다. 아니, 그 시간의 기둥을 올려다본다. 가늠할 수 없는 시간동안 땅에서 물을 길어 가지 끝으로 보내왔을 그 흐름을 바라본다. 밑동에 귀를 대면 힘차게 물을 길어 올리는 소리가 들릴 것도 같다. 올해도 그 물질은 그치지 않아, 넉넉한 가지 끝으로 연초록 잎들이 돋기 시작했다. 사백년이라는 시간과 마주하는 가슴 벅찬 감정을 어떻게도 표현할 수 없을 것 같다. 과거라고 치부하고 잊어버릴 수 있는 긴 시간들이 바로 앞에 버티고 있다는 황홀함. 그리고 그 긴 시간동안 한 자리를 지키며 수많은 것들을 목격했을 나뭇가지들의 진실한 말들. 감히, 그런 것들을 이 소설에 담아내고 싶었다.

평화동에서 첫 봄을 맞으며, 김수호

작가의 말  311

**애일라**

ⓒ김수호, 2014

초판 1쇄  단기 4347(2014)년 5월 1일 펴냄

**지은이** | 김수호
**펴낸곳** | 도서출판 얼레빗
**펴낸이** | 이윤옥
**디자인** | 이준훈·정은희
**박은곳** | 광일인쇄 (대표 신광철, 02-2277-4941)

**출판등록** | 제396-2010-000067호
**주소** | 서울시 종로구 새문안로 5가길 3-1 영진빌딩 703호
**전화** | 02-733-5027
**전송** | 02-733-5028
**전자우편** | pine9969@hanmail.net

ISBN 979-11-85776-00-2